說經

3

吴秋輝 撰

國家圖書館出版社

第三册目録

辛酉仲夏

秋輝氏初藁

侘傺軒説經 卷十

侘傺軒說經卷十

臨清吳桂華秋輝氏初稿

不遠伊邇薄送我畿

谷風不遠伊邇薄送我畿毛傳畿門内也鄭氏及朱注皆從之以畿為門内其說甚褻若然則邦畿千里豈天子之門内方有千里世有此之大院蓋鄭孔氏知其不典乃為之說曰以言畿者期限之名故周禮有九畿及王畿千里皆期限之界數楚茨傳曰畿期也（按楚茨無畿字此殆誤

如式毛傳云、幾、期也孔氏強誤以幾為幾經云不
遠言王有限之處鼓鐘是門[illegible]其為毛辭說不為
不加然以幾為限說果係本其說了楚茨則並無
其知且世間何以孔有限於若鄭若國若丹若
邑其因其有限可不慮耶之為幾與孔氏知言注
該[?]寡不知遠言王有限之處是又不以有限為有限者
而直以有限為不遠矣然則鄭幾千里之可以論
之不遠乎孔氏強因其義有未安故不得已而為
緣飾附會之說也今據毛之訓以臆解幾字

実原於其漢解上矣不遠二字孔氏引經之言曰
其學病之處彼蓋不知經訓云不遠伊邇也故孔真
言其不遠乃反言之以形其甚遠也不遠伊邇云者
猶今語云不遠白而且狠近因其言似轉其近其意
則實異其遠凡人想思想之際餘分之有此種反激
之言語詞出現不少此閱云不遠矣何以又云其近今
但即其語作兩面讀曰不遠白近則其意之果為遠
為近自可於言外得之矣至義則為王朝畿域之
通稱古今稱無異解此詩之作不甚時代[illegible]以序

詩云衛人作其上云云似其詩之為東遷以後作則

箴考之指周周言此篇所其詩称不见携被苑

見此詩以前雄雌艷有其葉和常序皆以为刺宣

公因悉此詩之其時作耳不知詩之以其序詩称不

以時代觀此詩之後乃衛以黎侯寓衛二詩黎侯

之失国在春秋前則詩之時次序与時代無関矣

見已不得以此即其所斷定此詩箴考之時为成周

又今與此詩次章以涇渭証與涇渭二水皆在

宗周箴内者證與是即照前之予物指点訴證

西周物盘得盛文則此幾字是與為宗周之王畿

弦無疑纂彼衛都鄘歌即今衛輝府地宗

周即今之西安貝部相去幾二千里故物識不言

以見貝遇是蓋之言是猶言之言播今人之言不

遇近反激之詞文不遠伊邈蕩皆反言以激起

下文幾字蓋之言乎幾則人皆知其遠示乱

邈而送之意之為不情可知矣毛氏誤解

不遠字乃更誤解幾字於是乎不得不更誤

解送往字為送迎之送以人跡豪絕貫妻

不容更置之於門內文但止知隨言行道矣
至此乃忽又言及其交道之於門內惟以此
如其交漏字則其身已見棄更何有於此
遇二之禮節且止知道來言其交有棄歸
之子邑此歸特因其交之不遠矣遂負
氣來亦去字義遠則世不存交而在歸矣作
在於自翹其過乎不知此二句正交棄其歸
之子究之漏棄此論之說違作文蓋其
交隨得新婚乃遠逐置其故歸於二千里

外之至鑑其居心固已昭然若揭矣其所以
置之之故或為見絕或别有所藉口則詩
未嘗言之耶似人之所能默揣文移氏於
次下三章言涇渭之和乃所以於士鄂之越國
不越國大人之鄂又鳥有之宗如檀弓稱也
仲後死其喜魯人女則特别之為魯人則抑
仲後之和魯人自見子思之母乃見出於而
檀弓庶壽其死于衛則伯魚豈曰乃鄂乎
衛地之地皆士鄂于異國則其事又何足深

發且寄聲與志人既常有之矣（見鄭箋）則此婦之美述德王躬得見運潤又何以即貫毋寡仰在德王識聊舊日言詩者不知於經矣上尋繹乃意於經文外作無謂之紛擾其功矣類如此也

德音

讀者知詩凡三見一日月、述言之在良一谷風、述言蓁述一小戎、繹之述音其文毛氏傳於日月篇傳云音聲也卻不及於讀字鄭箋之述然又

於小戎篇箋云閔其君子與起之志又念其
性與德是知真以德音為有德之聲音矣[illegible]
注則於德音無良句注云既譏歎其辭醜其實矣
是亦以德音為真有德然德音矣[illegible]又謂[illegible]無
記上與下自相衝突天下有如此不通之理之語
向乎今持德音婦人自美其夫之言之通稱又
三詩皆作自婦人德音二字皆頌其夫之言
則其為婦人美其夫之言之通稱已可概見至
小戎則要以德音與良人對舉良人為婦人對於

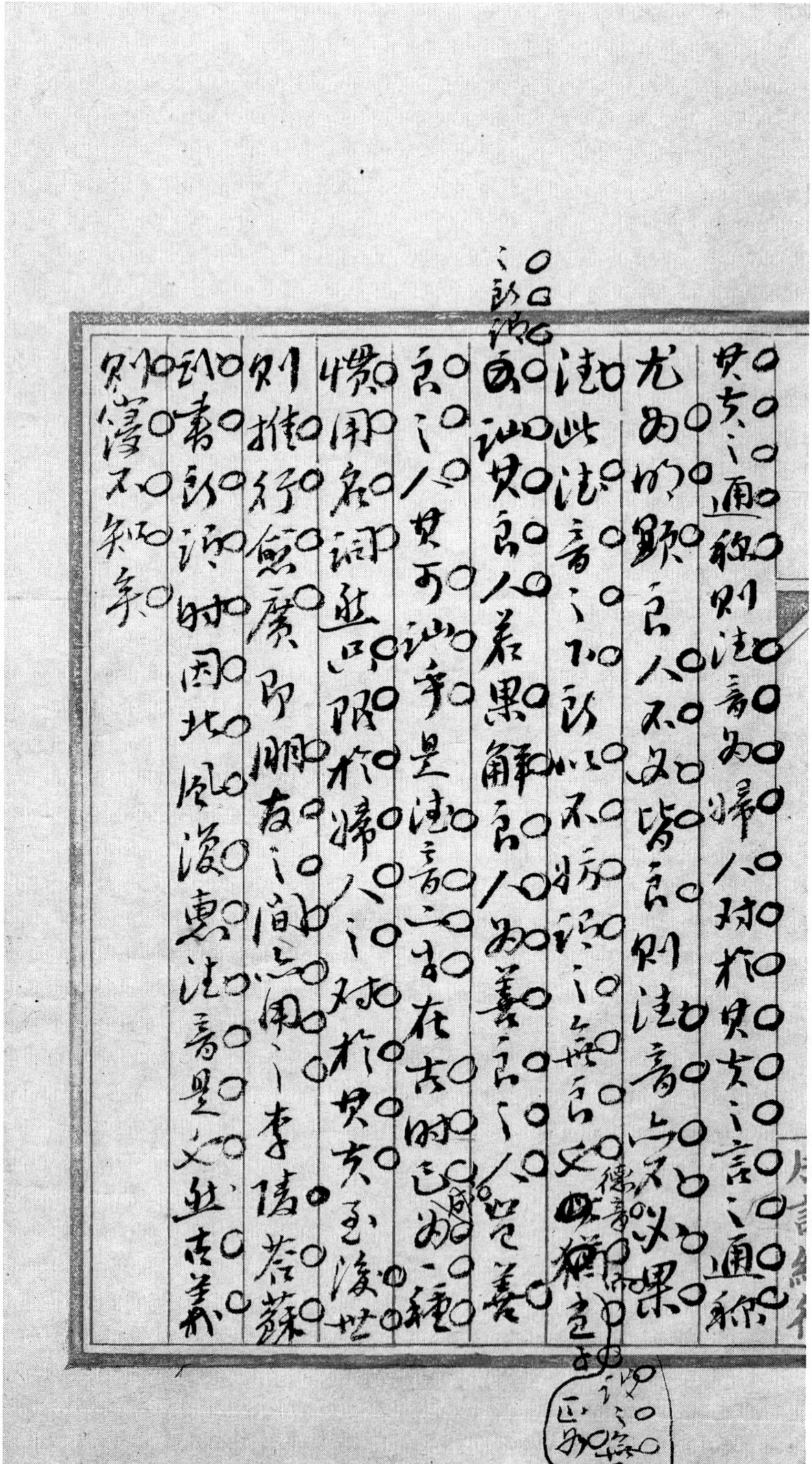

韓奕攷

韓奕之韓，除此詩外，惟春秋內外傳間載其名。（內傳、）左傳二十四年，富辰曰：邘晉應韓，武之穆也。案二十九年，叔侯曰：虞虢焦滑霍楊韓魏，皆姬姓也，晉是以大。外傳、鄭語，伯華曰：武王之子，應韓不在，其在晉乎。即三人之言觀之，其可證知者，韓姬姓，其先出於武王，後為晉所滅，亡已甚明。書所言乃純由此詩附會，不足更引以證此詩也。（觀詩總纘戎祖考，又稱溥彼韓城，燕師所完，則於成王十二年春王帥燕師城韓○王錫韓侯命○詩稱蹶父為韓姞相攸○則於宣王四年王命蹶父為韓○韓侯來朝○亦見其引○宣王世以詩序國以此詩為尹吉甫美宣王也○然此詩實多有不可解○如詩云○纘戎祖考○又云以先祖受命○所謂先祖○祖考○如果何指○亦韓在雍州○燕在冀州○相去二千餘里○何以役燕師○築韓城○且既云燕師所完○矣○何以又云○因時百蠻○末更云王錫韓侯○其追其貊○奄受北國○則韓又似與北國接壤矣○似此忽南○

於○古○德○無○証○徵○信○

忽○北○忽○近○忽○遠○實○令○人○不○可○捉○摸○故○應○未○說○此○
讀○者○異○說○極○多○章○無○之○可○通○者○或○更○為○調○停○之○說○
謂○豈○時○韓○實○有○二○侯○之○郎○韓○燕○州○之○異○韓○文○只○
以○即○今○之○韓○城○縣○詩○之○郎○誦○出○州○之○韓○文○在○今○
直○隸○之○固○安○縣○顧○說○似○於○燕○師○所○完○及○奄○受○
北○國○為○尚○適○合○矣○然○彼○篇○首○既○云○奕○奕○梁○山○者○
不○且○為○經○語○耶○況○顧○既○根○據○者○僅○水○經○注○載○王○肅○
說○謂○涿○郡○方○城○縣○有○韓○侯○城○城○及○王○符○潛○夫○論○
說○宣○王○時○有○韓○侯○國○近○燕○二○人○之○說○乃○正○由○又○知○韓○

此詩之所謂慈歸去隨而來而顧可視之為
典要即盖書辨有前後之人讀者當以之真
相與研究探源因其悟與越特是可待美度
思想想像之能得尋常間取用試其周
自寄無由以表其底蘊況表而求諸二千年以
上則與詩之趣趣而無當於懷可與其故之
至於英乃不意二千餘年之疑案無意中而發於
漢不相涉之古器中得之使尋繹岸而尋之
視為歧悅誕離奇于玉此冒迎及而解題起而

蒙初便文明觉便知国原创的呢睐且有孔此名
可能者此殆便文之类略有时与事物孔诸教演
真之一脉相承的说由汉而相关之古器者何即世
说传之说作而教文此教行世已不知其若干年
故近代金文书中具有之其出书在的时期薛寿
尚未有文在前人之说知者不过四此之器邑伯
而即由于四说称公之说之说称王命说而
及而称借首者文於说义国者关文至其文字
则能释者维多辛矣、究其者系尝为更完其

戏巳氏丁

(此稱慶者。居前臣者文也。)在日字下

此稱慶者。父前子孫文也。在遺命也字下

文也。(惠)惟六年四月甲子。王在豐。召伯虎告曰(告於王也。以下告王之詞)余告慶曰。公厥奉(原文備用告周字也。)貝。(奉賁貝之命也。)用獄訴。(訴原作諫。)謂得聽訟也。揚敢錫汝赤琮帶鸞旂。(訊訟。訊訟,即用獄訴也。)為伯。(為方伯也。)有肅有成。亦我考幽伯幽姜。(召伯公之父家為召幽公。此之父伯所稱也。)命余告慶。(謂其告慶也。)因受有先人遺命也。)余以邑訊有司。(有司之其邑也。庸將以邑畀慶。先徵求守其地也之意見也。)余典。(典

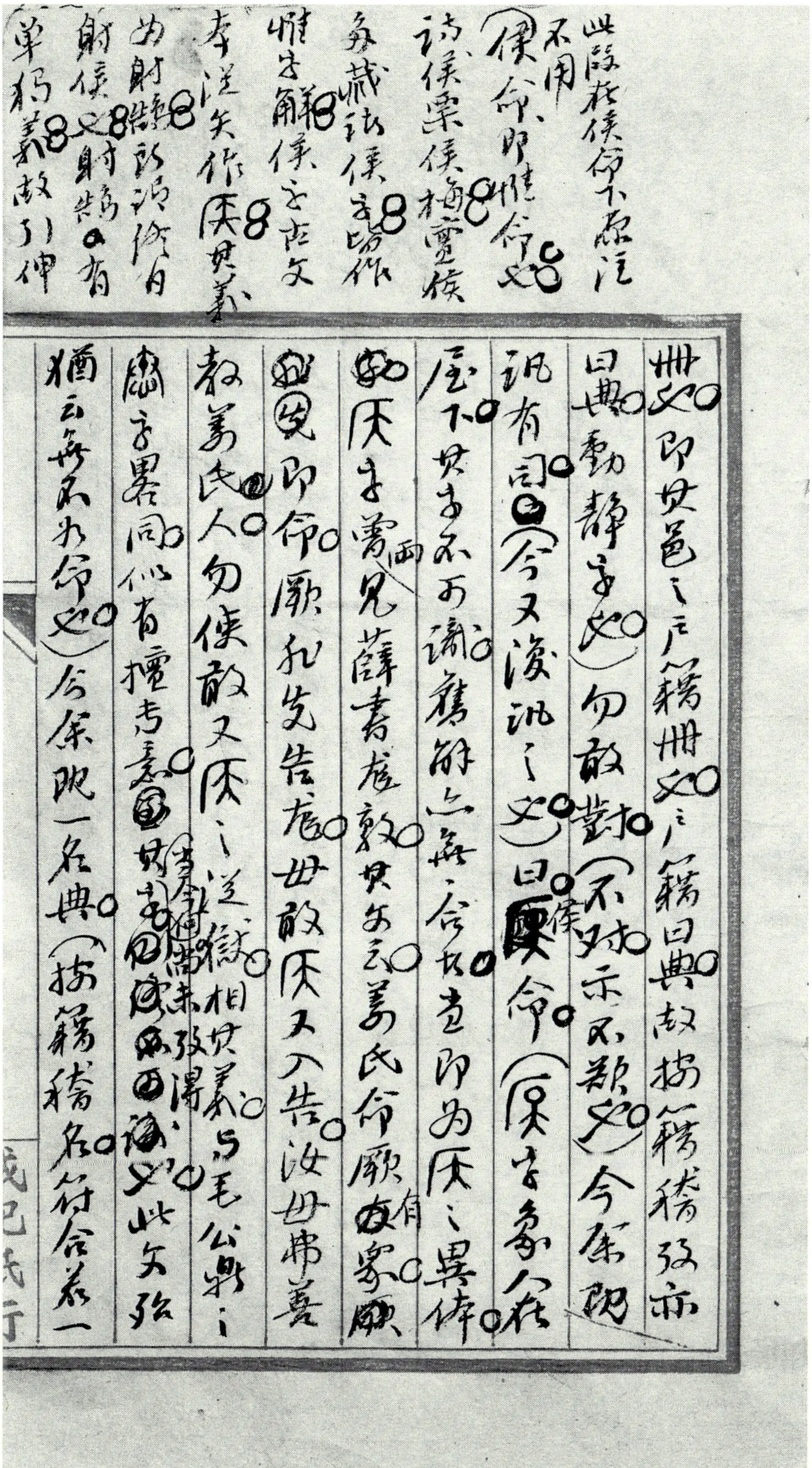

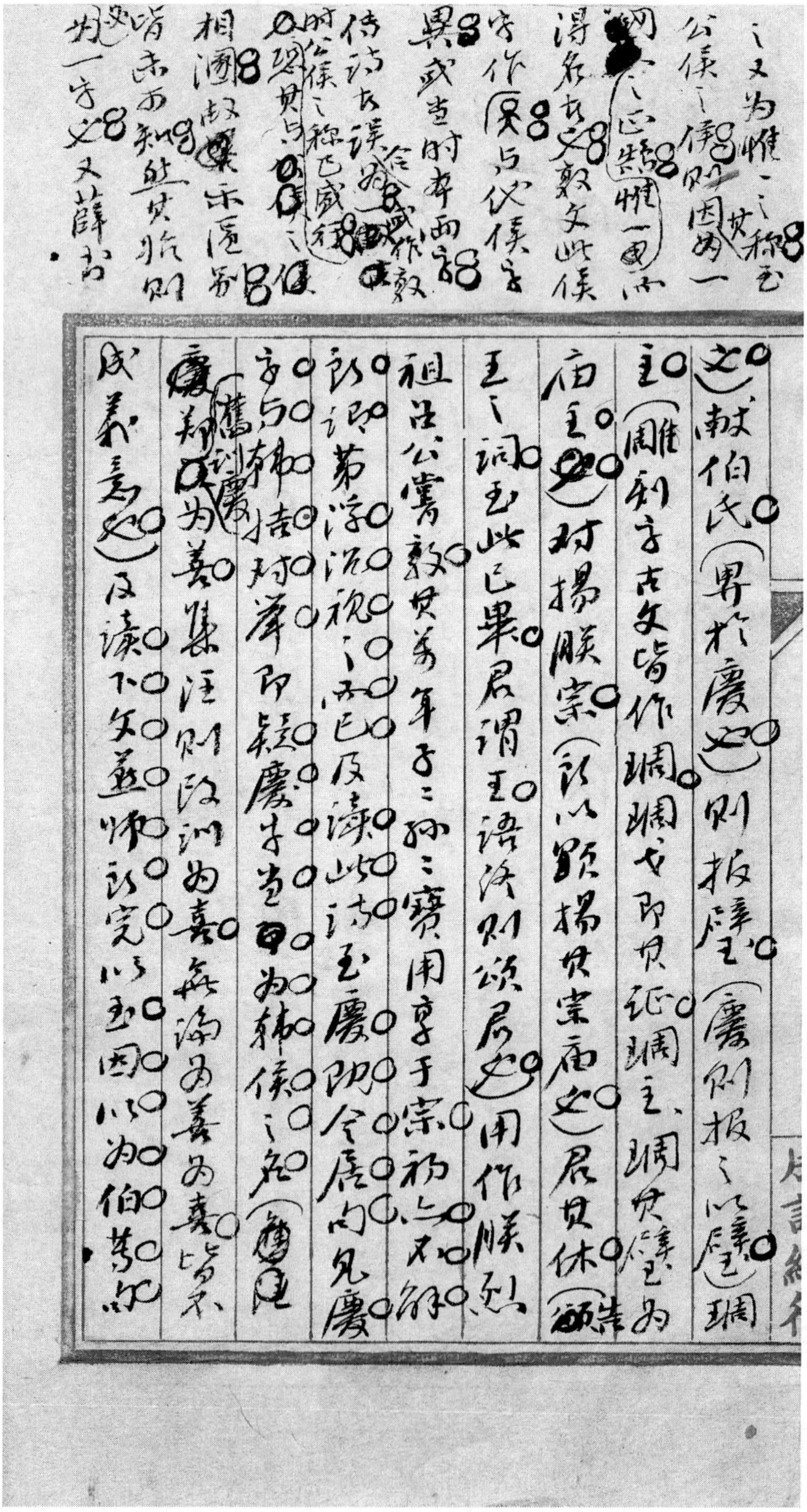

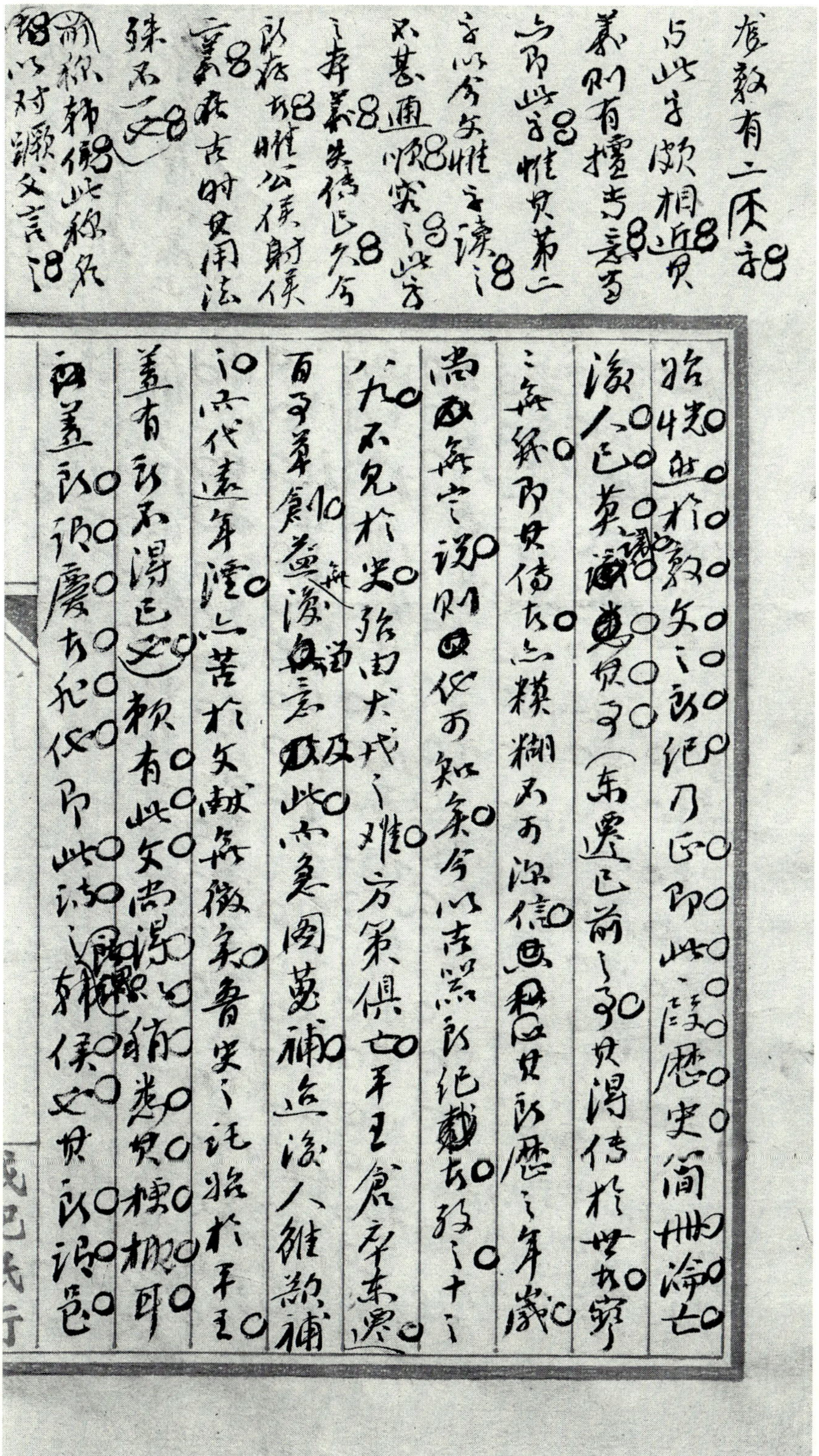

始然於數文之所紀乃正即此段歷史簡冊論也
後人已莫識其實矣（東遷已前之事其得傳於世者寡
之無統即其傳者亦模糊不可深信然即以其所歷之年歲
尚無定說則其他可知矣今以吉照所紀載者較之十之
八九不見於史始由犬戎之難方策俱亡平王倉卒東遷
百年草創無暇及此亦急圖蒐補追後人雖欲補
所以代遠年湮已苦於文獻無徵矣魯史之託始於平王
蓋有所不得已者賴有此文尚得稍備其標目

定前字名義也）
此注添入韓侯之
名下鄭箋所慶上

地。亦即此說之說。說韓城之韓。韓侯張為伯慶之慶先
觀其同取名於數數（慶从鹿从心原本數名）及文
中稱其為伯氏可見知其為慶者以伯慶奉呂公
之宗祀且邑原為其所主者然其為宗子韓（慶）侯氏
更長於慶則其為慶可知也韓城本呂公私邑侍
至呂慶年賞有先人遺命命以畀慶故呂慶
秉慶有功嘗王冊命時即以畀之使別康為
（侯）韓國慶與慶同祖呂公凡甚偏中前稱之祖考先
祖皆指呂公言兆汲韓侯之先即嘗有人受封

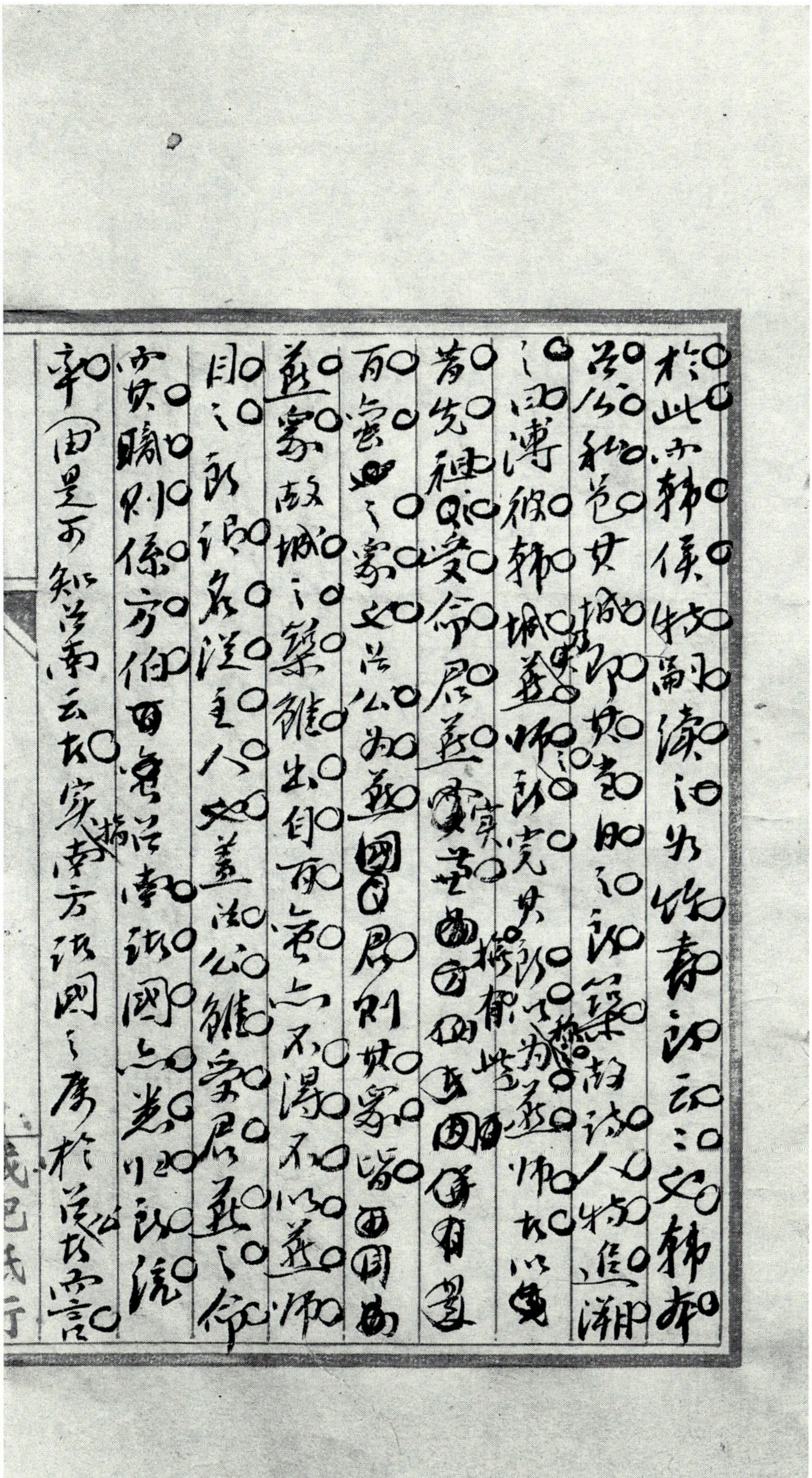

乃漫言自江以南也故曰吳侯身未嘗之國但使
其於燕可但遙領之賦以其伴隨而循之而又爲遠
於王朝故也其後子孫中絕而有之國在燕陰遠
不足以自達於天子其在王朝則仍由召氏世主之而
召氏亦以視以爲采邑此春秋以前所以只見有燕
而也至是王乃俾以燕錫韓侯故又云王錫韓侯
其追其貊奄受北國因以爲伯蓋爲伯者例須
領有屬國召公之爲伯因以燕爲首故領百邑韓
侯之伯也爲之國以韓爲首領燕此首章之所以云燕

我祖考文經此番印證不惟並師手而旨字北國
字貫疑難處皆應解冰消而世儒中西同字一以貫
之之遂從着落然嘗稍得有線索吾知雖後君
腦汁亦莫不解擬議及此文然因此得可以推知
昔公之世系昔公在讀書史冊上書名雖極顯赫
王貫世系則[illegible]軍餘言記於貫知去不過曰周之周
雅志已今以韓之出自武王言之則昔公實為武
王之長應其年強而周公爲幾叔在武王時已
與周公同居十亂之列後又與周公夾輔成王

寬巳氏行

「觀居蘇蓋篇，周公因其不說，即不滿悵恨，流涕以開導之，則可見當時之朝政實半操其手。此另添補於原注，不用此引通。

「又周公稱召公，但稱其名，而上以君子冠之，尤足為召公與周公密之證。此處添加。予猶葉之證也。

即為竹書所云六年，○○○○○○六十五年也。

二人本同康穆親，則伯兄，則仲父，故過于每

面不相下。觀居蘇蓋篇可見。若但為同猶，則疏

不消親矣。又其經此，則更可據之以補史

傳之闕矣。

按竹書，則召穆公其七年至十四年，但其言紀不足。

又按韓之亡，竹書不詳其何代。據鄭語伯華

申、鄧、鄭、櫃歷數諸國存有，而韓不與，則

是其時韓已不存。至幽王八年遂殺。

至宣王以第諸伯庶撫之邑。迨宣王時中間

僅四十八年，則是韓之建國不久矣。

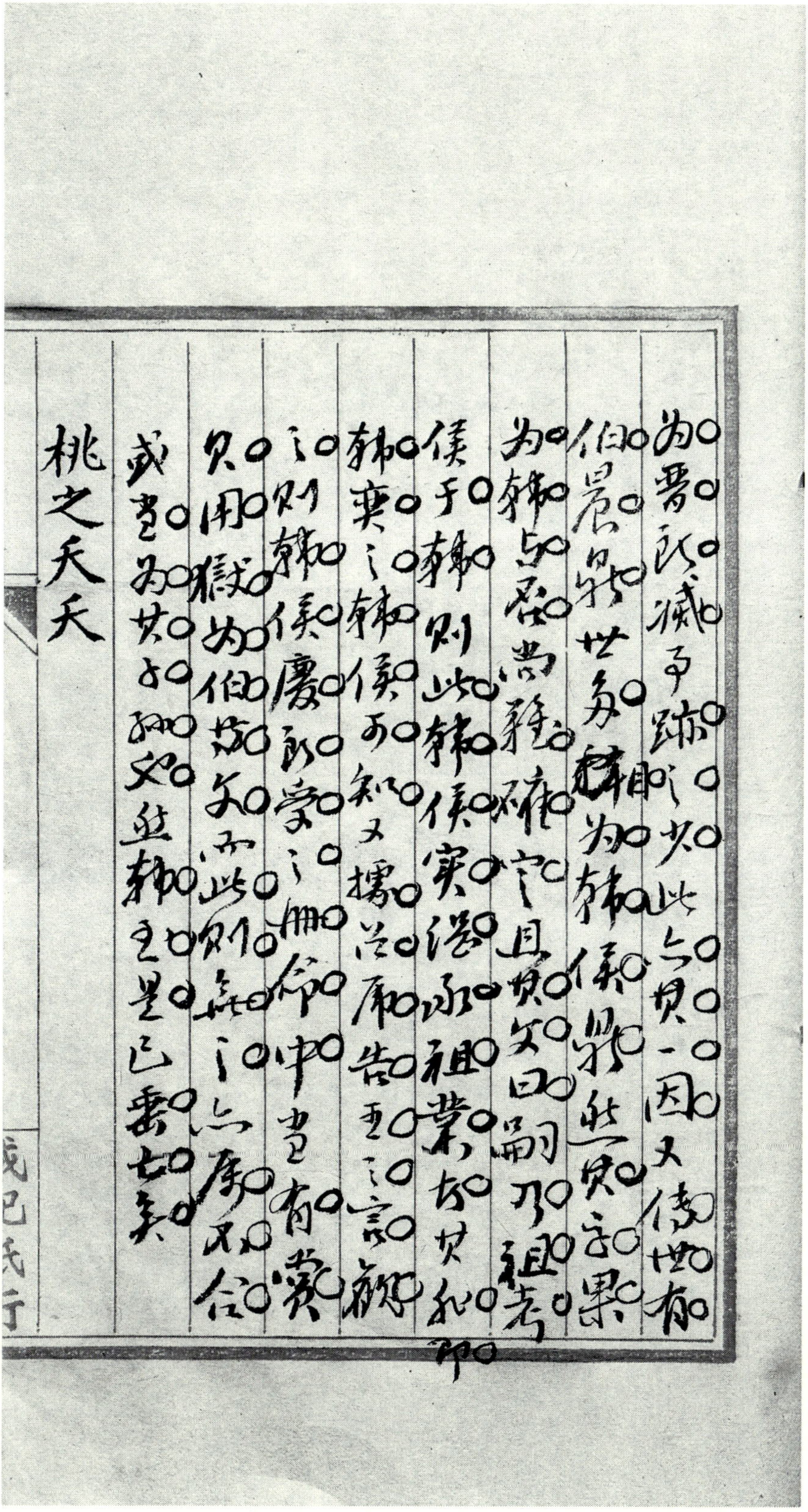
桃之夭夭

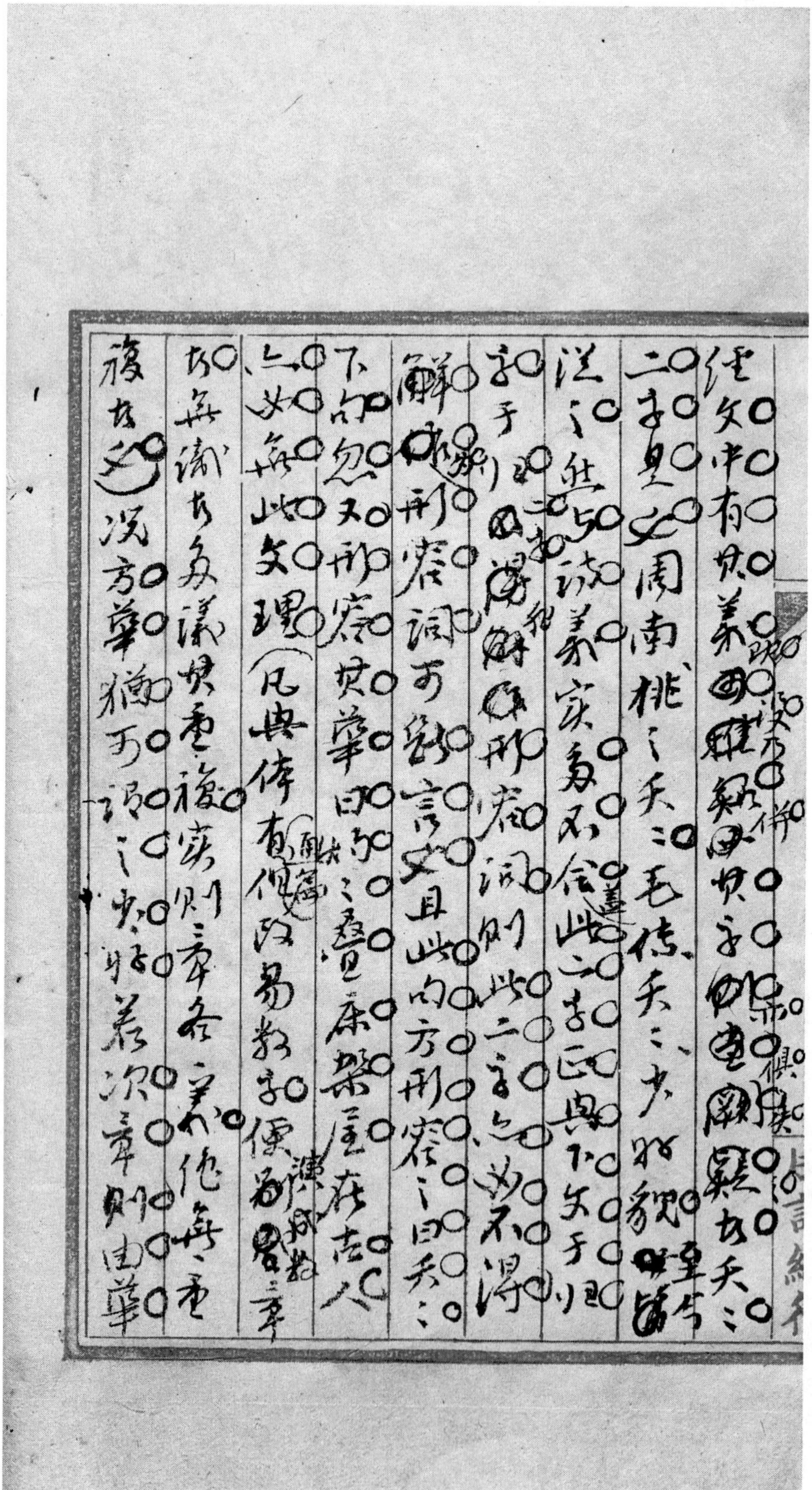

而實三章俱由實而葉家蓁桃之皆從言之
子鳥得楸枝之少非聊今殺毛氏之訓以訓夭之如
少好貌大稱其果有何根據不過因夭字近么么
有小雅蓁因夭之字又為疊字凡疊字在經書上廖
形容詞因此第之膝為日耳殊不知此二
子其果如疊自日自自日殊難得且係不得
為疊字每每有同有今捐此二字與
小雅正月篇天夭是椓天夭亦為二好彼處毛鄭
皆訓為夭夭則此二字連之為天夭天夭二字在今

古文中偶悝相近，殆當日傳寫者因不解天夭二字
之義，乃妄爲上天字，改爲天字，且作爲形容詞，
以便於誦解，至誤認之條例在經時固無人能識也。
（不識條例，乃古今言詩者之通病，若明於條例，當
自知其不合。知此，余之所以不容已而有此作也）。及
後之解天天，天是緣由，則其字不惟不能解作夭，
形貌，且無有能作形容詞，則不得不强作解，仍其
舊，但就二字之奇，勉强解之，不致有大誤，雖不
通而字則猶是此，則便矣，大幸也。（若其可改則

此段之夭夭星

四月之蒲聲星

兩字析言之如

上段之知矣。今人則於此二字，尚多異議，不疑夭夭之當作

夭夭，及疑夭夭之為夭，此亦由不知夭夭之為一動名詞。

又（蓋）夭夭二字，載在古時，實為一動名詞，至後世

則漸失其傳，故解經者不得不僅就其字面推測，然奪名詞

而強可通者，有以不可通者，貫可強通者，則姑仍其

此猶不知德音二字為歸結貫上言之名詞

釋作有德之言，其不可通者，則併其字改

之此猶不知好仇二字為一種驚歎名詞而

氏傳箋如乎文二字皆易有解字之通

真通而改大家改則便義只需要都知群眾則必今即說言
之之則夫夫之而為夫夫不無衍言以之字改為之
名詞則不得為疊字如玉貝美言當指其材木
之移接枝而言蓋凡有果實之樹木以此樹之
枝條移著於彼樹砧後則果實方能發育
否則雖結實亦不美（如梨之初生為杜桑
則未椄者甚不可食亦桃李則椄並不結實
此等作用在後世則名之曰椄（齊民要術
中國有此稱呼今則相沿未改）所以此樹椄

於彼樹也而借語時亦語之曰嫁宋人詞所謂桃
李嫁東風又有所謂嫁杏者是語以此樹之枝條
移着彼樹而開花結實猶女子之嫁人也此語之
託興殊可取義於此不過在後人語之接嫁而
在古人則語之天然而已不然後世所有之果實在
古時已具有之不容我不知此法而接樹或嫁樹之
名詞於古書未稱不一見此亦可以推知其必以晉前有
穠語如桃之一種接嫁而華實葉俱臻繁盛以
喻之子于歸而宜室家俱各得其宜以桃與

之子以夭夭興于歸以華實葉與室家之
室家人以比之有蕡蓁蓁之分與宜家室之名
有取加封此乃興國傳之正執着則轉說則杜
之花葉與實與之于歸倒與室家之室家人
未何關節正月篇之夭夭是楊義之獨此蓋凡
揚樹去如先得本樹原有之枝條代去而後挖
得以代樹之枝條附著之喻民之新舊猶楊
樹去之徒將枝條代去而剝無枝條附著則是夭夭知
且惟無由酒楊已楊栰知即今人之所謂標

文揉木而為木相揉，猶揉椰之直立於丈上下（則文栝死變為）

惟不能絕其盛並生，存之間矣，而既此正反對

前章之所謂揉木云，言之謂，自了為學術也之語此文

由此章思其旨則揉樹而古人所之天夭者

治即被揉之樹木而言（即舊民學術之所謂

本今人之所謂樹（蓋被揉之樹木方當幼

穉之時，其將其枝條伐去其多大，假手人之夭

殺而犯此，則又不能發葉滋長，則是其夭殺實

本於性生，乃天賦使然，非人之所能為力此

其訓以爲夭夭也（若就相接之樹木言之義亦可通以相接者甫經生長即伐所而移着他木其可亦近乎夭而接則爲無生機之物無論其爲本被接者之訓轉爲假借爲相接者之未相附着均訓不堪大約夭夭二字之取義實兼包相接被接之兩方面言之也）此就二詩之訓言反覆參觀則夭夭二字之爲樹木移接之通用名詞殆無疑義惜此外别無他書之及此二字者（謂秦以前之書若大學之訓了則其情概出自後人不足爲據也）此則不能不有待於後人之攢

明者也

余以大学為不足據不善読書者未免大驚以為

顧不知大学中庸本屬戴記中之二種戴記

則周末及漢初人所雜纂而成月令之出於呂

不韋王制之出於漢諸生此世之所熟知者也

朱氏之所以於戴記中特取此二篇者豈其亦

其意所主抑亦唯心学説相出入頗資之以為

據儒入墨之證中庸之言心性者無論已

大学如以其定而后静数語与佛家之所謂

戊己氏行

静。定。慧。之。因（正）聪（即）合。观其所补。格。物。致。知。之。言。

其中。情已。如。见。矣。（古书与已说不合。则可以由

己意补。此亦古今未破天荒之说。）中庸。则。由。履前。

人。以。其。有。郑笺。狱。而。不。重。语。证。以。其。为。汉。人。

假如。托。至。大。学。则。前。人。但。误（识）。其。分。乱。古。人。章。句。

尚、未。人。有。议。及。其。书。今。以。其。书。之。所。言。证。之。

则上。假。托。之。说。其。引。诗。云。缗。蛮。黄。鸟。止。于。丘。

隅。子。曰。于。止。知。其。所。止。可。以。人。而。不。如。鸟。乎。是。其。

意。固。以。黄。鸟。之。止。于。丘。隅。为得。其所止也。不知。诗。

人之志乃正以喻黄鳥之不得所止故不知所從
故憚行畏不能趨者既得所止矣何以又謂之
憚行乎蓋黄鳥之止以灌木為宜為窠所云
是也而[illegible]矣交交黄鳥以其集穀止于棘止于桑
止于楚尚以為不得所黄鳥黄鳥之言穀言栩
云即此義況黄鳥之止于丘隅乃併其不堪之樹
木而無之而觀其詩之系其所止耶（僅）其言者
果出於重孔子則是孔子之刪詩正樂乃併
不明詩義者重人而能若是耶由此推之

成己氏行

則其音之出於豳秦國後詩與跋云之後而無
欲言此餘之詞以效於二南寓詞不喜文

殷其靁

召南、殷其靁，小序云：勸以義也。甚是。續小序卻不
明其指，乃釋之云：召南之大夫遠行從政，不遑寧
處，其室家能閔其勤勞而勸以義也。即其言觀
之，彼心目中強使兒有莫敢或遑之語，故跋云又
遑寧處，子云：設其勤勞，且其於義者，周終身
未嘗夢見也。前人於此詩之本指既疑莫能明

故漢儒對於殷其靁二句之義，亦曲爲附會而卒莫得其真解。如毛傳云："靁出地奮（山南曰陽），震驚百里，山出雲雨，以潤天下。"是直以靁聲降雨而作比理，其文之詞以雨來矣。且既謂在南山之陽，其又曰何謂乎？鄭氏知其不可通，乃改箋之曰："靁以喻號令，在南山之陽，又喻其在外。"以召南大夫以王命施號令於四方，猶靁殷殷然發聲於山之陽。其說尤為無理。靁何以取為號令？在南山之陽何以取施號令於四方？且既云召南大夫以王命

知其事何以遂迎其歸是其事翻其知棄之
命而歸猶得謂之翻以義耶詩傳（原題
子貢撰實則漢人之僞書也）本此乃竟謂此詩
如宣公宣姜本王命于齊侯其莫迎初不待
諱[illegible]（然由此而知詩傳之作更後於鄭）詩說（原
題申公撰亦僞書也）則更爲遠如種之字宋
謂武王克商諸侯受命于周庭出就於衛
之微子作此詩是其徒見此國詩有南山字而又
因前說已有殷命都宋事遂臆而作爲此矣

鶴之說如從漢之性只說不過如此故矣可作
集說以只不同義者卷屏業之夫屏業舊說
是字屏業舊說而已歟無說以為之是直說
言如今無義者在文理上為發明指點病矣
古今盡有此無說之文乎耶今觀其言云般之然之
靈臺則在南山之陽矣何此居於彼去此而不
敢大暇乎於是又美其德且異其牢果乎而
遂明如初不言此般之然之靈臺者與居於之去此何
湖與居於之遂則又何說他種之加上紙個處

言。便是。音。亮。矣。朱氏。於。此。不。解。之處多用
此。法。自。其。以。其人。（如其說南有樛木。如曰南有樛
木。則葛藟纍之矣。樂只君子。則福履綏之
矣。於原文外。但加兩則字兩矣字。便自語意畢乃公
子。說詩如此。則解經稍我難乎矣。究之若有人
問。其。究。作。何。解。須照先生之葉之知。如今按藟之
於天氣晴。明。之。頃。指。如。凡藟。鳴。則將雨。止。天。晴。
故古。人。常。取。以。為。晴。明。之。喻。倦風以壇之其
陰。陰之。其。藟。喻。莊。公。性。情。之。無。定。蓋。於。陰。

而○像○有○靈○脈○則又○脩○崩○露○此貝○郎○以○如○無○空○文○
此沍○之○脫○貝○靈○義○云○衛○此○以○天○氣○之○憐○崩○露○
喻陵○治○之○日○郎○清○脈○在素○山○之○陽○則○雖○不○爲○
迦○云○臣○不○素○女○下嬌○女○之○山○似○山○不○皆○素○及○近○之○詞○
主○山○不○則○郎○貝○郎○處○之○地○也○此○貝○郎○以○異○起○不○文○
之○莫○盛○皇○處○文○羞○若○素○之○大○玄○母○有○去○貝○國○而○
如○花○外○郭○長○故○貝○妻○以○貝○地○被○文○主○之○化○貝○始○
治○之○清○脈○臣○肅○素○而○近○特○衛○靈○老○以○爲○喻○語○貝○
君○子○何○以○遠○去○貝○地○而○不○敢○稍○武○睽○豫○末○後○藉○

…包紙行

則東以廿字該明之，治此序之說詩者以義文蓋
棄時則明義，文棄遠以即近之義，文說詩義者
悉具於首二句之論義中，後儒不明論義，此則
說以為穿鑿，意不能通矣。

草蟲

草蟲、薄舊說無，今有惟小序云：草蟲，大夫
妻能以禮自防也，為最得詩義，漢儒不明詩
義，並知解序說詩以禮自防者何在，因之以
穿鑿附會，演成許多笑柄（如鄭氏解首二句

訓草蟲鳴以阜螽躍而從之異種同類猶男女
嘉時以禮相求呼朋亦跳歡止為男女歡精之類
不可殫述宋儒以貞不可通乃便改為賦以加大
夫妻感時物之變思念君子著然則為事之萌
二句為全篇義意矣此種分理在宋人或有之在
古人則必不若有是解也今按草蟲不過泛言草
間之蟲之善鳴者蓋蟋蟀之屬（集注）舊說以為蝗
屬也蚤螽則蝗之古名阜螽猶言大蝗也（爾雅）
說以為負蠜大也負蠜則等不能躍也凡昆蟲

之類有所求而不得則鳴躍詩人特取以喻
與己之求見君子又不得則憂因言彼喓喓者其
草蟲耶彼趯趯者其阜螽耶彼以有求不
得則喓喓之趯趯之猶我之欲見君子而未得而憂
心忡忡之又然我之思君子不過僅欲見之耳
若亦既見止亦既覯止則我心之忡忡者亦亡之但
降而不復憂矣此正所謂發乎情止乎禮義
又雖然我之求見君子務知過果見何奮望
又如陟彼南山矣然其間之奇林異木美蔬嘉

果無不得者但我之所求者則惟采其蕨而已
蕨野菜物之最賤者我之所求雖有限然豈
其未見君子則憂心仍未免惙惙之也迨既見止
亦既覯止我心則降之懌悦而不復惙惙之矣且我
之陟彼南山之者豈非又采其蕨其蕨即言采其薇之
無不可者薇即蕨乃野菜中之賤者也（薇
子另有說我之所求者此乃猶未得見君子則
我心又息渴而不傷怨耶然我心雖傷悲但
亦既見止亦既覯止我心則亦平夷而不復傷

悲矣。但求呈乎己，而莫不願乎其外，懷人念遠，而絕不及乎情慾之私，予每之所謂能以禮自防者，即指此而言，而陋儒則求於詩中認詠言之切，照此一概抹煞，反於詩之外牽擊附纏，又何異南轅而北轍乎。

柏舟

詩人之託興於柏舟者，邶風「汎彼柏舟，亦汎其流」，鄘風之「汎彼柏舟，在彼中河」，是也。毛氏傳於邶風傳云：柏木所以宜為舟也，亦汎汎其流。

不以濟渡文。其言。哉。不。顾。文理。故。亦不能。見。意之。詩。
於。毛鄭二人之文理。皆在通與不通之間。以此等人而言
詩。安能其有造乎。鄭氏乃從而箋之曰舟載渡物者。
今不用而与家物俱流水中而已。與舟同在其喻
仁德人此仁德甲乃其用庸德。犀小人並列。亦猶是
也。於柏舟之外又别添出一家物以喻。犀以然則住。
矣。中果何事。而解為家物耶。經文。未有。無是文也。
鄭氏從經中添之。然後而解。其在古人敢謂不違。
也。矣。有是理乎。（又毛傳泛泛流貌。亦令人不解。此

以毋首一汎字作一读，下乃云汎流貌，则汎流二字殊不成文义；以二汎字作一读，下云流貌，则诗中又无汎汎二字。郑氏之指为汎汎然者，殆以上二字为一读也。朱氏训解不同，以固为舟对於物理又不明了（想是先生之格物致知尚未到豁然贯通地步），乃别训之曰：以柏为舟，坚緻牢实，而不以乘载，无所依薄，但汎然於水中而已。其注重之柏字，未尝不是。犹是朱氏絫觉见人有以柏为舟者耶？柏和坚緻牢实，而人偏不以为舟者，古今人皆将柏

居然用以入耶又如不以乘毳記係布緜而之泅

泅今不用毛氏之說泅以涉渡速然流中係害

有此岂僅一泅字便可備為周用耶若然則泅泅標

舟之可揭為不用耶泅泅其景之可揭為不以涉渡

不以乘毳耶況於中止一泅字蓋不云泅泅之耶

今按柏木雖堅徵穿家然猶不適於為舟以貝

傳重上浮之方說文猶是謂柏木不適於為舟

則可實則柏木蓋飛不能為舟材且其為舟係樣

作和為耐久物世人多只為目前計不暇顧及久遠

巴氏行

稟之所不同耳惟其如此故古之君子懷其固之操
而已時流異趣者輒取之以自比我世間果有以
柏為舟者耶詩中兩汎字皆動詞我所云詞亦字
則全無柏字生出言柏舟雖不適時然為汎之急我
不能汎史但鄘風之託言汎彼柏舟者義尚同此
世儒不察寔乎不明物理乃竟貿然注詩則詩
言遂有乖矣

不可以茹

柏舟、我心匪鑒不可以茹此茹字本假借字原當作

鑢訓磨。文。白圭之玷。尚可磨。文（三）白。鄭箋云。玉之缺。尚可

磨鑢而平。是文。詩志。蓋謂。鑿之。堅。尚可以磨之而銳

心。則通之鑿。若可以磨。文。此於。此以為。柏。舟。文。吉。矣。

之。有。假。借。存焉。此。似。成。為。一。種。氣。習。（搨貝之似因上古

字借之文字。因以書。此。各用假借。後人因意。推尋古義。

雖有其字。亦特假別字用之。殆猶今人之俗字日常

通行之字。而別用。此。南北朝時之俗作以自矜奇。雅

文。頁字。不。務。文。纂。者。假。而。從。俗。即。文。俗。者。亦。有

時。假。而。從。纂。（各騖之假作隱之數）。其。取。舍。殆。無。

字然其中却具有不可易之規律，則所假之字在
本音中其義必不可以相通，是以蓋凡因其字之不通，故
不明乎此，知其為假借者，知其為假字，則不難由音義上求
推知其本字，義其所假之字在本文中之義不通
則見於無從而知其為假借字，將屬於本字視之矣。此
乎理之甚然，所以至也。此茹字之所以決為假字在義
即由此，蓋茹之本義為不加咀嚼而吞咽易之茹
毛飲血食之飯，與茹草木為之柔則茹之
皆是也。因則（今之所謂粗象，即茹之精義）其引

伸之義則以凡可茹者必為柔弱之物故柔弱之

可訓之茹如今同之獨犹匝茹是也此外則有用之

以為作菜名者易之拔茅連茹詩之茹藘茹蕙藸隨是

以上三義皆於本文知當作不可以相通故知其為為

假字無疑又漢儒不知古人有假借之法（便其果

不知此法禮書後字多假用后字何以又不作王后

解耶殊知二五不知十耶乃毛就本字上牽纏附

会其義該百出又何足怪乎

又按此章茹字毛傳釋為度推其本私訓

茹子實兼角度之數圓貫秘謂此茹子實如
路為度之方合之蓋毛氏意本知茹子於之義
不合而又不明其故乃私臆擬之度之以代之
以便於查對之論角論習故其不求其与
本之切合而必求其与本之同居之諸法其查
曰之句第之圓直線此茹子為度之毛傳中之
數此表甚多義同見於無之無戌向
則曰戌时之圓四圓是皇道内則曰皇道之義
皆同此孔說成之果而以解何時皇道之果而

以解作揆也鄭氏不明此義而竟揆揆如婁之果和
以釋朱度遂即作度字解之解之不得乃兼以
此度量之度別改為謀度之度而以之釋此朕
萬之獵貌酒豒此狀即謂其父振仇其子行劫
亦也朱氏之集注從之蓋亦不得已耳以朱氏
之識猶不偏於漢人也

胡迭而微

柏舟、日居月諸胡迭而微、鄭箋、微謂虧傷也、玉
十月之交、彼月而微此日而微、而微字則玉篇之曰微

銭己氏行

不明文同一徵字同一說日月兩前後論解見互歧出
則其言尚可信耶集注因其二說之牴牾乃刪調
停之策特於其兩說矛盾傷二字之中抹去傷字
取而通之而諸皆注曰霸文其說似為近了矣語煩
案則猶我文蓋徵者撿藏之謂乃當時通用
語我朝指田所言文左傳哀十六年白公奔山而縊
其徒微之謂其徒撿藏之猶言藏匿之文晉語
諜其將浴設微薄而觀之謂設物撿藏之猶言
用物障蔽之文此二徵字與論語同一義鄭玄

言固不能通，即集注所言亦不■能適合，若古義須求之古書，師心自用，固亂，即後人之說以儀禮附會之，亦未得為是也。然則近人取此之求，而反求之說文爾雅，其得失概可知矣。

髧彼兩髦

鄘風柏舟一家，古今來之大冤獄也。世義乃由如以共為共伯未婚夫守義於共之一人，共於共伯並未婚娶，其誓言詞中何有於共伯，稟何有於共世。但之兩髦自謂人不識髦之義意，而翻加以

解釋於是乎此俶詭譌謬亘數千年不惟其義之
音節異行遷流不新即其假託作之慷慨淋
漓激越神注興之詩亦支離而不成文理並孔夫子
子之說而處切如夕今核此詩之情節字實乃全
具於一髮毛字中故也蓋即指之以自誓此字之義
矣則全篇作意遂不可解此國勢之說以至文義
漢之世髦之制久不行故漢儒亦無從悉其
真象乃毛氏讀禮不熟遂第見內則有子事父母
雞初鳴咸盥漱櫛縰笄總拂髦之文遂誤認為

毳之判也惟子中知冊初以植直丹質紅注曰
毳毛予分母之飾天周次夕禮者言之人朊毳
書大記言小飲主人朊毳王藤言親没不毳更
漢而附合之曰親父母強別朊之於是乎毳之
本義既失而此論之說以言毳故遂不可解矣
蓋毳之判若惟子有之則無於此義無於
此義勢不得不以之此伯但以之此伯則下大不哀
云實惟我儀實惟我特於是乎乃不得不強附
儀之物之而備為正之此我乎漢人之學於政經

見孔疏

蓋亦迫於勢而無如何又然既陟儀陟特為匹矣特是也鄭之訓匹故也但柳是也但之兩髦今但況言兩髦何以即知其為也但且也但死時久覺已髧彼兩髦也若又何為特取其久僅不御之髦何以撤之知也但如耶至親殁則髧之言尤足以助風也詩之謀蓋髦之髧知僕詩親殁之後則亦也若之勝不勝又何與在也若不且為無證亂猜語耶而詩言之有此是不通之文字耶殊不知髦之制不惟男子有之即女子亦有之其髧之文則

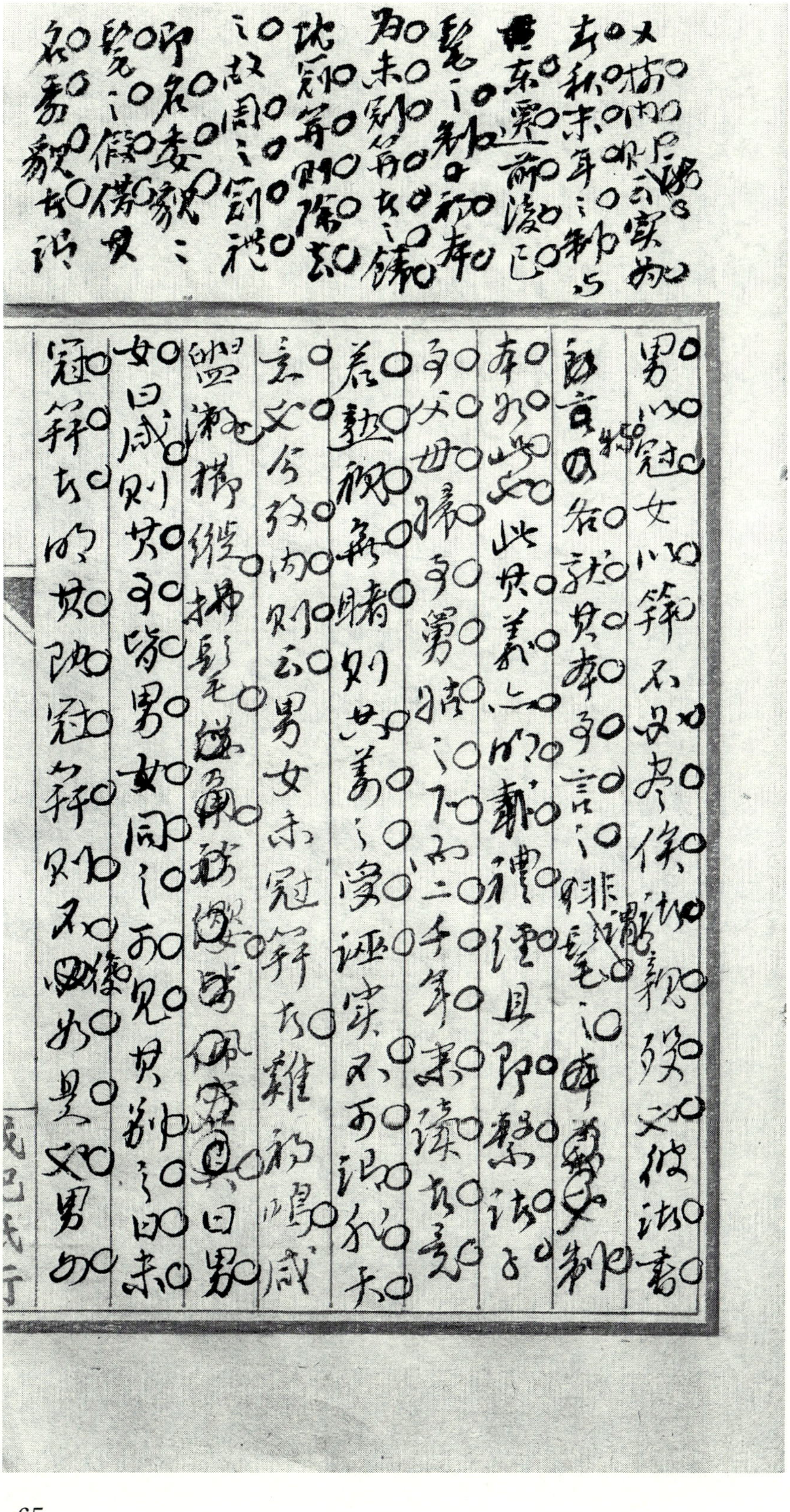

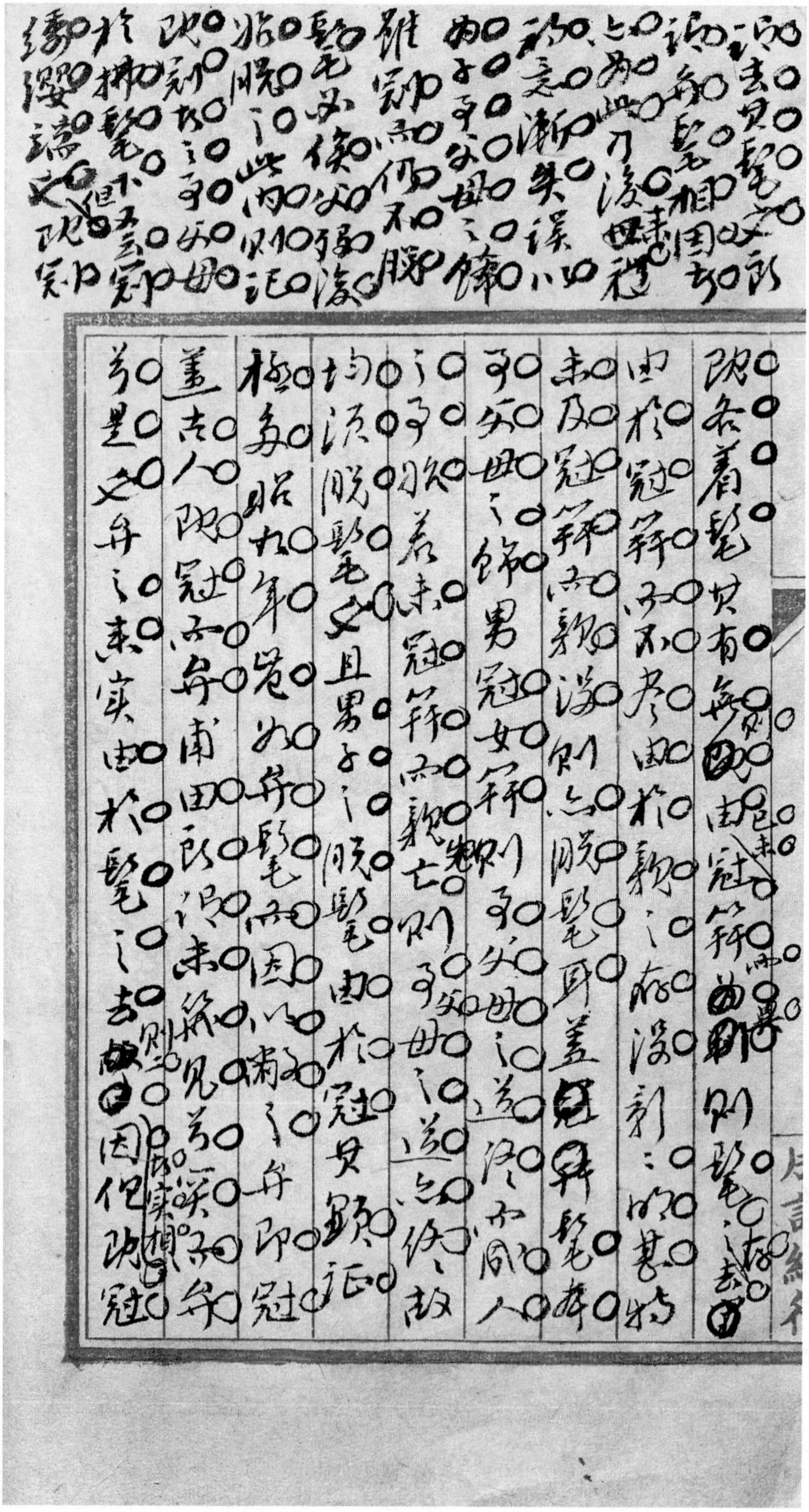

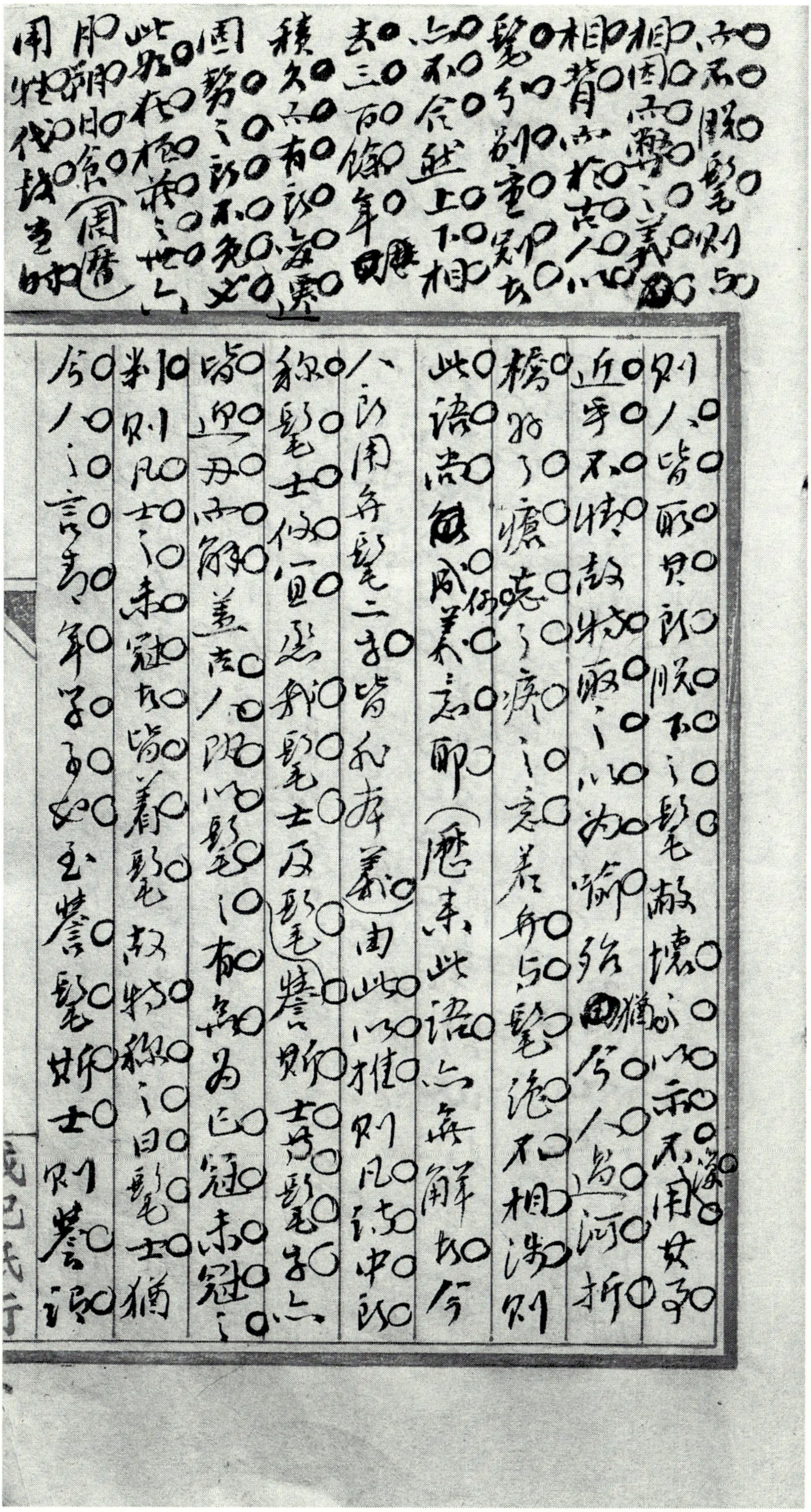

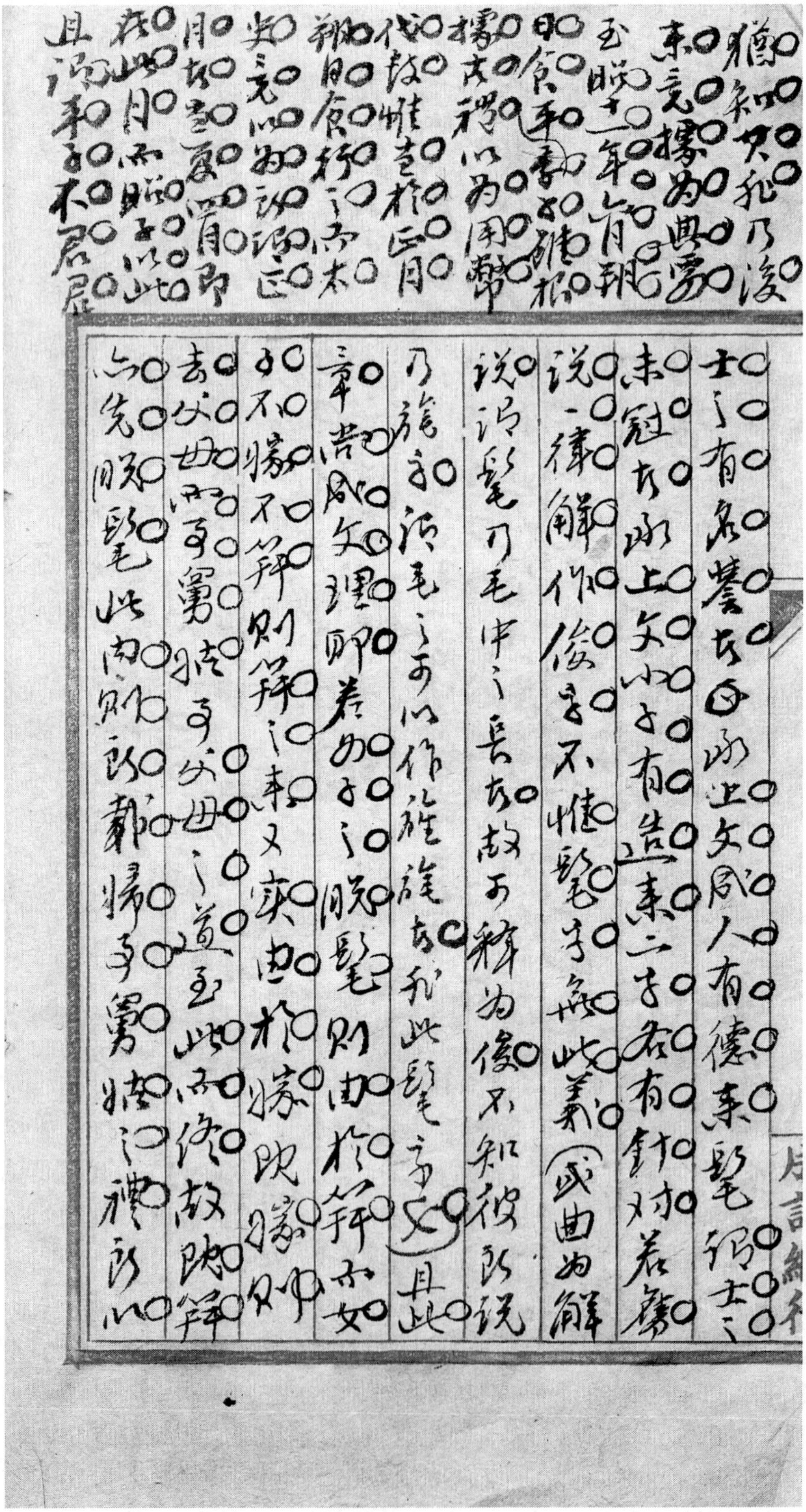

獨知尤乳乃後
東元擾為與蒙
玉睽十二年肯月翔
日食和李如德相
擾古禮以為用鄭
伐敍唯查於正肩
鄉日食行之而太
央元以為訓證正
月如到憂胃肩即
森此月而睽五以此
且須和多不居居

士之有名譽者因此文民人有德束髮稱士之
未冠者此上文小子有造束二字者有針對若纔
說一律解作俊字不惟髮字無此義（或曲為解
說詞髮乃毛中之長者故可釋為俊不知彼說
乃旄字須毛之可以作旄旄者我此髮字又且此
章借民文理即卷如字之睽髮則由於釋亦如
字不勝不釋則釋之本又實由於勝既勝又中
去父母兩字寓於字父母之道至此而從故既釋
而先睽髮此內則所載歸字寓於之禮所以

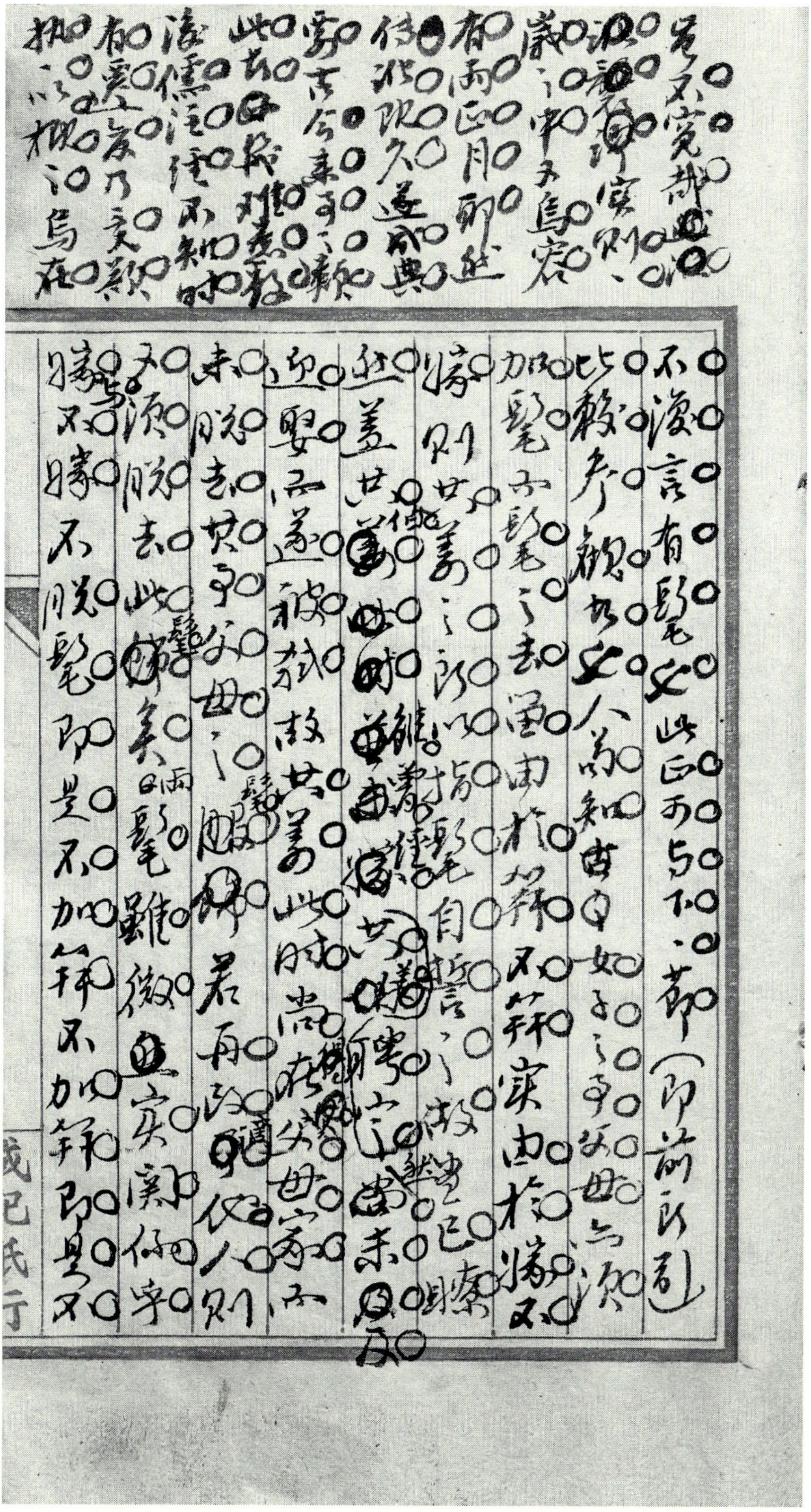

如御前所作
此上承附此節
後

據人此世善之說以指點自誓而之死矣其
森中伏文著好舊說則是世善已據世伯不惟
此點毛子為高因且世伯雖說世善之須在其先
寄其父母又鳥從而強歡據之哉世善此岸
在堂如實如翔見故四特以柏舟之不適如而
不以汁久遠倒比至在彼中河在彼河側則一
船
逐之得失在既不至行（在中河則得既在河側
則失既過其言強善無而去強累矣此葛樵以逆逆
之知之直至以感天地而動鬼神觀君後人於

其說強之處猶繫以曲其說矣之謬則甚白

其父母之從前其志不知何所懷者一般陋儒

對於古書不加深考輕輕下筆甚至華

其中之所顯之文字和略之[illegible]妄加詮釋使古

人之嘉言懿行俱不得[illegible]於後世而同湮沒

方望溪之徒且謂古來有如是者為其未曾文

守義之例而株守二字乃一家而為糟粕守者

之書孫吾兄知天果何意而生此輩使

書與古人為難竟施之於生前尤莫須施之

於身後聊者筆此年已擲筆猶勝憤之文

又據古人之遺貽諫於後人至今尚未業瞭雪坂

義藉中絲雖卷數（尤以禮經中檀弓之篇爲多）

其尤甚者（左氏加注成二年傳）與民國衛新築之戰在成十（櫻）攄身

如救知植子（名支）與下四知與筆之戰年逢丑父

以身免爲僕而子臣逢之相映乃世人知丑父而

不知在鄭子此則後儒不明古人文法之有以

致之也左氏此傳雖有闕文（據左傳之闕文止有

此節）然其文在夏有不詳失去者特識前後兩戰

晚予至府閲知回以他則原知具在禍無訓滿嶺

知矣今按其文云在府守曰师败矣予不循须家

惧君子責师徒何以覆命皆不知又曰予固卿

文唯予厚矣予以寡過哉此乃固止且告本末

甚家存师乃止次于鶴居新築人仲特于吴

將欲授予授予是以免此知自熟思古人知法者

親之絕無甚難解之處每知後儀於古人之法

素未究心兄之道不免發也讀会因知中全

不兄有在閑予之法依而且告本末甚家、

請又云所繫處也故杜氏于且告車來甚密之
注云新築人且先為救孫桓子故並告軍來
其言遂亦曰理歟總謂不能理矣新築人救孫
桓子乃在于文此時尚未敘及何得相隔數句
將其事倒提在且告車來甚密上且又云故並
告其軍中其自告己軍以車來甚密請又何必
耶況以文理云齊師乃止則齊師之止必有因因
殿一乃于石兒見新築人告衛軍以車來甚
密即所以阻止齊師耶此就文理予理論之

均○不○而○通○去○更○無○論○前書○要○當○極○寫○不○成○了○至復○

半○竟○莫○知○其○須○在○古○人○之○必○無○此○歎○漫○無○理○○

如○原○知○矣了

矣○而○如○不○知○且○告○東○東○甚○寫○語○即○於○此○了○國○卿○必○隱○了○

以○寫○退○我○此○乃○止○東○而○寫○師○乃○止○罪○於○此○且○

告○東○東○甚○寫○東○數○白○來○於○極○衛○據○皆○極○寫○

不○成○了○初○無○政○新○策○人○更○無○政○說○自○告○其○罪○

中○必○今尊○擬了○國○卿○必○云○云○乃○國○西○言○以○敘○事○而○且○告○

云○云○附○必○因○事○以○絕○言○矣○是○師○之○止○乃○因○循○不○

此○了○之○言○而○止○我○自○此○必○蓋○成○了○以○極○了○出○卿○兒

〇〇〇獲於敵將如〇四〇大〇厚〇敵霸〇贝〇刂帅〇家〇而〇退〇空〇

則〇滅〇此〇以偽〇鬼甲〇為〇敵〇說〇獲〇（正獲（被）文〇見瑰）

十一年〇則〇日〇于〇之〇（設）為〇寇〇帅〇說〇獲〇已具〇見〇於〇贝〇

對〇棲〇子〇又〇語〇中〇敵下〇遂〇不〇復〇再〇叙〇贝〇者〇係〇被〇獲

至〇且〇告〇來〇來〇甚〇家〇語〇乃〇贝〇四〇見〇獲〇後〇告〇寇〇

刂帅〇之〇濟〇言〇且〇告〇即〇暗〇指〇贝〇被〇獲〇來〇語〇贝〇又〇惟〇

以〇身〇見〇獲〇冀〇以〇中〇止〇寇〇刂帅〇且〇告〇之〇以〇衞〇帅〇之〇事〇

來〇好〇甚〇家〇誰〇之〇以〇衞〇四〇四〇援〇帅〇已〇至〇敵〇寇〇ノ信〇

之〇而（遂）〇不〇敢〇窮〇追（下）〇以〇云〇寇〇帅〇乃〇止〇又〇此〇皆〇賊〇子〇

如身全佛具佛全至佛之子實特後人不知古
以知之有此剪裁明瞭之法乃不論文理只隨意亂湖寫
亂扯致令閱者之義朦瞭患心不得大明於後世
此則可知長太息者矣古人此等筆墨於檀弓
甚篇中蓋屢見之如其記柳莊可云衛有太
史曰柳莊寢疾公曰如疾革雖當祭必告
公再拜稽首請於尸曰云云於雖當祭必告
下即直接公再拜稽首請於尸於柳莊之
死適當祭之處總不復道可與左氏此文

相互參看。此君在俗手爲之。於[illegible]當祭
必告。必加以柳莊死。公廟遇當祭。或以告。其
讀方能據。公自揣云云。猶左氏此文於死此
乃止。不加以存人獲。聞子。耶子告。吾吾衛事和公安語
方能據衛多如存
裹如某家文。客則上明云當祭。必告下幅云讀
於上。則柳莊之死。廟遇當祭。不言自見。猶此
知上明云死此。乃止下幅云且告事案墓家
則同上。上之如前。人所止。上不言自見。必然同
上。則合竟復意矣。

寺人孟子

古之説人已流傳二千年人衆不辨其為男

為女或則作巷伯之説之寺人者是已由來

言之説者莫不認為男子以女為男子之義

稱而寺人已明為閹人乃男子之被宮刑者此

其説以世目為男子然其尤所實據者毛傳因其自稱

寺人更附會之曰寺人而曰孟子罵已宜矣而將賤

刑作此詩文（此節文字殊令人無從索解）推其意

孫之説此孟子女奴非寺人特因被讒將受宮刑受

宮刑則為寺人矣故其言一則曰罪臣宜矣再則曰
將往踐刑是其心目中直以寺人且為宮刑中
之代名亦不復知其為腐刑之通稱矣不然寺人
二字其即可換為罪名其即可換為刑名耶且
如此言寺人何以即知其未為寺人而將為寺人
即見寺人而曰是子又有何可異之然豈一為寺
人便不當有姓氏耶此種甚謬不通之言詞閱
之實足令人捧腹鄭氏不明其意又改訓寺人
為宦名證之傳去其職大畫然書特自明

其為象(?)人何益有志節之言然則人自約其
宦寺便可指之為腐去(?)之賤我(?)其言與毛氏殊相伯
伸(?)天之生此一輩人殊志為詠鑱(?)者人之矢詩來
如集注云寺人、內小臣、蓋以被讒而為此宦者
子、其旨如其說殊謬傳於二南之間而兼用之以寺
人為宦則主鄭以被讒為寺人則主毛（ ）其說似較
為明顯然則寺人為宦官（宮）以奄子為男子則一
此則但於後世之[illegible]俗稱而不知詳察古
義之解如大約寺人在後世固為一般廢

[illegible]巳氏行

○○○○○○○○○○○○○○○○

醫之通卻而在言初則不必然蓋寺○自○本○古之○

掾○守○故貫○守○從○手○抗○足○（上止手乃足刑下寸手乃

手刑○乃合○忘手○紀公○理○鍾○分○點○是○寺○即分○點

是○抗○文○持○寺○古○以○一○手○亡○以○一○言○（後持○又加和○於

蓋殘矣○去轄青處○則查在秦以後矣○）後後引口○伸○

之○凡○審○服○役○之○人○為同○執○持○器○物○故又○命○服左右○

服○役○之○人○為○寺○人○此寺○人○二○寺○之○設○由○來○久○矣追相從

日○久○人○以○貫○●○指○人○言○或○要○從○貫○齊○加○以○人○手○因故

寺○人○而○至○不○或○都○作○侍○人○●○（与侍人癖疏）完

○之○寺○持○侍○在古○止有○一○寺○字○此古○之○寺○人○所以○名○

一○般○左○右○服○役○之○人○之○通○称○也○自○處○田○園○情○蓋

寺○人○即○侍○人○侍人○即○左○右○把○持○器○物○之○人○三○等○

原○贵○称○不○以○殇○为○分○别○而○贵○人○又○不○受○限○定○何○

種○则○宾○之○无○可○分○别○也○自○後○世○宫○庭○蓄○寝○之○間○

其左○右○服○役○之○人○例○用○阉○宦○而○其○时○侍○者○亦○臣○

侍○於是○乎○乃○专○以○寺○字○归○阉○宦○而○以○侍○字○则

归○法○之○般○左○右○服○役○之○人○寺○之○侍○指○顾○有○差○别○

此○贝○乃○王○早○之○源○在○专○还○以後○观○於○此○可○明○二○字○

○○○○○○○○○○○○○○○○○○○○○○

㊥○猶○互○相○通○閑○則其○行○為○又○甚○久○可○知○也○由是可知○

左○氏○之記浮○侍○人○賈舉於○其人之為寺人無疑此誌○

之作以○廟以○為○刺○幽○王豈○非無○譏○則此○寺○人乎豈然○

不○能○抑○揚○為○奄○豎○寺○人○不○可○為○閹○豎○則不○能○概○

揣○以○為○男○子○以○如○之○論○爭○在○在○於○立○私○為○其○人○之○政

○○○○○○○○瞻卬○一○篇○全○為○幽○王○之○寵○女○褒○姒○而○作○故

其○詩○中○屢○以○指○婦○人○為○言○一則○云○哲○婦○傾○城○再○則○曰○云○

懿○厥○哲○婦○三○則○云○婦○有○長○舌○四○則○云○亂○匪○降○自○天○

生○自○婦○人○五○則○曰○婦○無○公○事○休○其○蠶○織○（通篇）無○洗及

奄人遇惟申聞云匪教匪誨時維婦寺（時是通）於婦寺外別加一寺字則此寺字亦包括女子東之俾身左右之言之乃如不容疑議者以爲則不周矣理文毛鄭知此寺字之不可解作奄人而不知其字之亦可解寺故俱解此寺字爲近寺其解雜謬（是惟婦近成何語）然尚知此語之爲嬖倖如子而作惡衆母偏（毛鄭素不通之理）此如却較朱氏爲遠至朱子則持其淺世之眼光不願一切直釋此寺字爲奄人且因此一字特於其還遠在手之新序中

戊己氏行

嫂嫁如之下更加以任俺人三字是此詩之作成
志為嫁娘更有郎謂俺人夫矣豈天下古今有和
詩而予以通篇指之一字指一字如爭是其於
女理並毛鄭之不屑矣由[illegible]是以翻則
在古禮時奪人之稱不忘原之男子已無疑義
人仍係如子以為稱奪人則此詩之妻子只為男
為女不煩言而解矣蓋於長婦人之性實屬虛
之後稱謂頭宗之子是之吉長男稱氏要另稱姓
故姓多從女（惠爾勤）姓謂同之名謂稱文則是也

孟子時姓氏已不甚了矣貴邦雅曲(?)古人之說同
故其邦雅女於其上加邦廟之亦以冠之今之稱人
於其母家之姓上必冠以夫家之姓以為之識
別貴[遺]邦女名之孟子乃女姓而字以孟長猶
惠公之元妃曰孟子而昭公娶於吳不曰吳孟姬
而曰吳孟子女此等人姓子而字孟則其為女子不
言而知巷伯殊即其在宮中時之官而後世失之
知敝貴自稱則曰寺人（即侍人）而人之稱之則曰
巷伯女不過則諸中禄為郎紹巷伯後人借其取

之○以○名○滿○毛○鄭○詩○貝○懼○傷○及○巷○伯○夫○讒○人○之○詩○解○傷○

知○者○止○巷○伯○何○以○獨○懼○貝○傷○及○巷○伯○宜○乎○貝○為○集○注○

既○不○取○之○哉○謂○予○何○以○知○為○雅○者○何○以○見○為○告○彼○貌○

國○時○之○意○予○獨○我○見○予○鄭○此○乃○不○流○而○代○之○許○

之○意○國○之○為○氏○子○國○之○為○男○子○之○通○稱○然○則○謂○

某○子○某○子○者○乃○代○人○之○美○以○見○稱○我○已○之○詞○得○

取○以○自○名○之○詩○遇○尋○古○書○中○皆○見○有○自○稱○為○某○

子○曰○卿○者○子○云○者○乃○門○弟○子○所○以○自○高○美○其○師○者○

其○自○稱○則○未○嘗○不○自○書○姓○名○之○書○之○為○氏○遂○實○

於魯之慶父其去也已之世已也十年若此時

已得有孟氏卿当時既無孟氏而子又乳人之許

得自称則此孟子之如而私男要何待論耶此

此乎驟聆之鮮不以為奇橫实則一往道破其

道理即近在目前由此如子者據二千年來

且須其將踐形而被害也豈不哀哉

楊園之道猗于畝丘

巷伯、楊園之道，猗於畝丘。毛傳、楊園之名，猗，加也。

畝丘，丘名。絶無義意，其不合不待辯。鄭氏乃謂而

箋云欲之楊園之道當先歷畝丘以言此讒人欲
讒大臣故從近小者始其言似有義意矣然則以楊園
為大以畝丘為小究從何處看出且既言道焉有不有
所經歷者況如楊園之於畝丘況楊園既大畝丘既
小則畝丘豈然不能園而楊園又安見之楊園之必
先歷畝丘耶此二語之義惟集注得之集注云楊
園下地也猗加也畝丘高地也以與賤者之言或有補
於君子也此與義頗合蓋首一句與寺人孟子二句次
句與凡百君子二句也然則於楊園之所以為下地畝

丘之詞以為鄭地則未之言又見於穚為加原本毛

義亦為私聖此則不可不知也文今取詞以釋二

地為高下之路也一丘字看出以丘園所之為高地

文其所知丘為高地而終不及詳析言之則以敵

丘之為高地尚易解釋而楊園之説以為下地得不

過由理想而來殊不能指實之文玉穚字之訓為加

則彼於字義本自來未甚論求且此文穚字解作

加字義尚可通故特仍毛氏之舊文今按楊園之

説以為下地以楊之為木（楊和柳前已言過）雖

地不生而滲以不濕之地為宜此秦風之所以云隰有楊也今人之柳楊者仍多取水澤沮洳之地亦即此意至畝丘外丘之大抵以丘之上濕以墾爲田畝者也不得謂之以也楊圃之道所以以也犒於畝丘則以地之所以卑下故實畝其四周高地相形之數爲矣高地則稟氣所謂下地也此乃爭理之所安然地當不難想見也犒即古債字亦即古假字周壽木四聲不甚多也凡犒垂毅等兩縣凡犒有實貫犒皆是犒垂毅等之犒今存武竟改用僐字即貫

证也。若綠竹猗猗，猶云楊柳依依，倚依義本相

兩通也。毛氏於節南山之詩又訓猗為長，則與彼

於字義原不可，隨意分更去，益只是為快也。

猗嗟名兮美目清兮

漢人勤於典訓，不識之字義隨意加以訓釋，其

快也有極不要者，以其不惟誤後人，且以誣古人也。名

猗嗟名兮美目清兮之名字，在古人本出於假

借，實則本當作明，謂威儀之爽朗也。此章之言名

猶上章之言昌，皆為描摹形容詞，此在稍通

文理之人所不難比附，而湯去乃漢儒全不顧及
文義，第覺名生之難於作解（凡古人假借之字
故必求其不能解者而曲爲之解，遂大肆其穿鑿，因下文爲美
目，清揚好目，安據指爲目上，乃牽解之曰目上爲
名，而作爾雅者亦遂篤信之，並據以攙入釋訓（毛傳
之說甚久，且直出爾雅前，即此等處可見），於是爭奉
形容詞也，乃一變而爲名詞矣。後說指名爲目上
而不知自顏清之圓從所常指爲眉目之間者也（見野
有蔓草傳），目上既猶是眉目之間，二者又適相衝

實○於是乎乃不得不出還其部位○所以訓之曰目下爲○清○而清之○至此○亦由形容詞而名詞矣○（孔疏因毛氏之訓清揚眉目之間○忽而目上○忽而目下○嘗於君子偕老章中○大爲之辯護○清雖爲之辯護○實則直係其失○孔疏之類此在甚多○此老心中全無見白○特不敢質言之耳○）芥舟○無論其所臆造○兼意而之○今古各書中絕無根據○今即此只言○訓釋之○曰稱眉目上○爲美目○目下爲○此解○則○八語章○音直不知前人之○於此二語○思作若何訓釋○文且通文之○者若果爲所謂則

深霧一實止有一目字是以目上目下質言之將後
何不出一目字也在古之法也又何必不用遍差是
況不知即樂之因儀陳段為是古人成儀之說即
全詩於此點目前即今按上句名字在古人以謂
於假借之故緣人容有不知至美目法為一議
此外無庸解釋人視之即意了然古以法字不
遇此容目之美言貝綠玉瑩澈此今人之説
泥秋波秋水之喻原知其暴眼又何必家生枝節
無議而隱加附會也推其用心殆亂將古人詩

使樵牧聽之知者解至於不可復遏不復成讀
而其心有所不快乎君嘗謂天之生此一輩人名曰
詩家則隱然古之詩人爲激精至之文章每爲
造物所忌自古然矣天雖忌之天亦終不能滅
濮之文是在人之自立而已

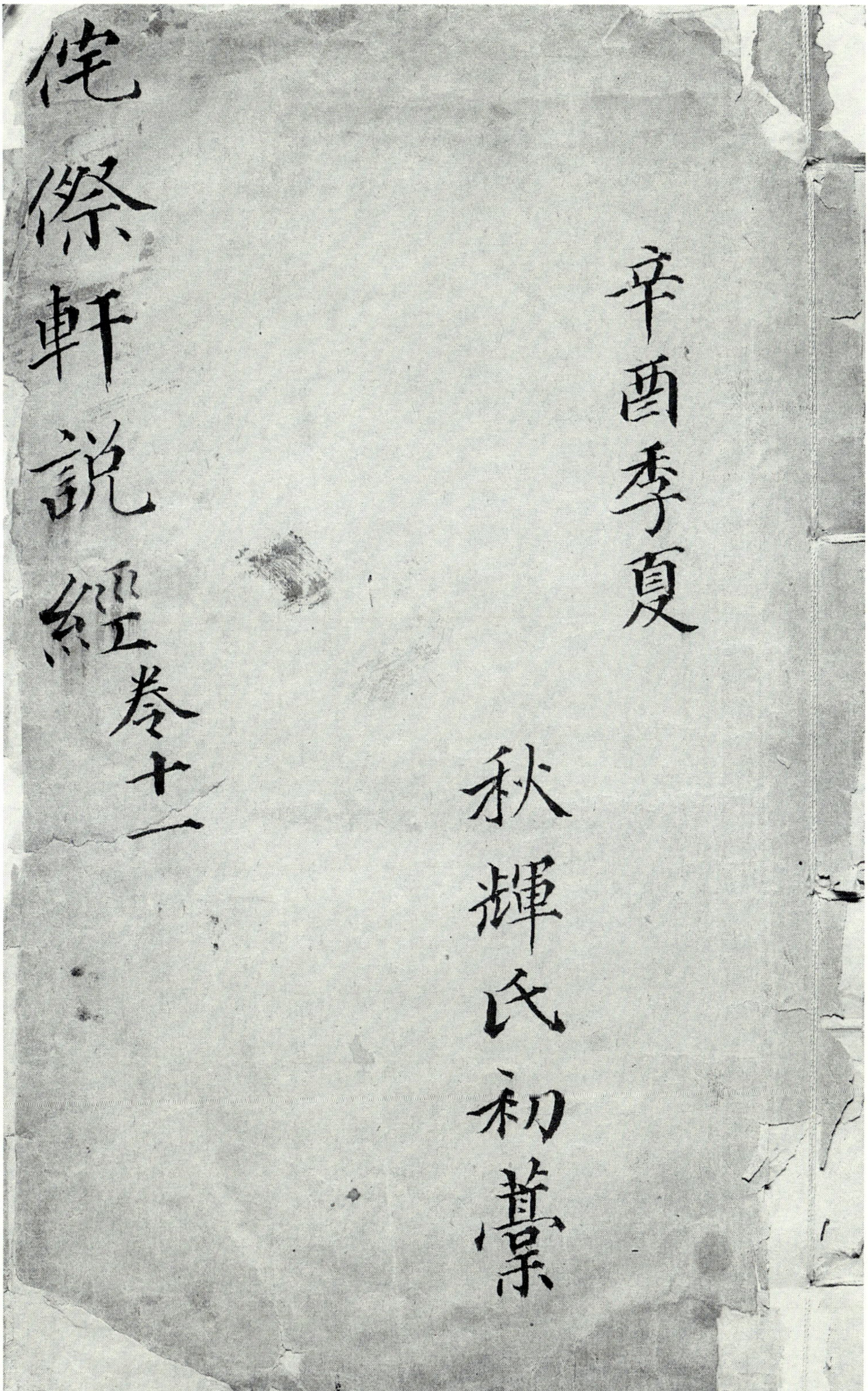
辛酉季夏

秋輝氏初藁

侘傺軒説經卷十一

侘傺軒說經卷十一

臨清吳桂華秋輝氏著

豐水有芑

芑字。前。既。詳。明。其。爲。古。篆。之。（見侘傺說芑）

解。誤。信。俱。解。惟。孔。穎。書。以。有。芑。尚。不。

亦。疑。其。舊。說。之。不。確。而。又。強。爲。之。辭。矣。（舊

釋芑爲菜。芑。既。以。從。艸。而。種。菜。爲。可。

引。真。矣。詩。之。即。以。菜。字。解。釋。舊。說。雖。勝

然。加。以。毛。鄭。周。禮。且。以。風。能。下。同。於。豪。民。則。毛。

又何能藕業且此語用以賜如謀語徹

之則當作樁應主白代去試主已數十年

試主書日緣藕業此時當如渴有之而如貫

紀緣等之徼聊因此定丟表此業手書如

豐此出之地名業泰書作故詩人特借此

地名以見試主之稱私詹於農子此以矣

義言之乃試當然獨蒼茫記佐漫言之

似激警堂及個從靜數則余說初紀無

而徵信以是知天之存淫古冥漢中乾

偈有深意之蓋靜穆中有[illegible]字以古

文言之甚近乎芭（此字吳清卿釋作緇，極

可笑，因此字作緇下所之師和乃不得不更強

指為以究之件以聊周果成何語，上所質疑二

字又將何所成文，皆所不顧。此公所釋文字多此類）

要頌歎之慶右里君百姓帥俾二句，硬從中

間截取四字曰里君百姓四字，認為理學

百姓，吳氏則置之不顧，問之是知，因其古

文之从屮屮者多作屮屮屮屮，此為讀誤如此。

能○知○之○（系之惡言說文古○惡貝無不知說文之
真僞徧○究之營說說文○教○無說文不知古○尚
勝之籌○之○至貝○中簡○之○說○說○則同○的○之○已○字○
之○說○循○異○古○則○貝○不○更○加○以○四○字○為○不○可○解○同○
然○法○八○為○文○往○之○以○此○如○篆○鑑○之○字○奉○諸○以○之○
說○鑑○会○話○於○文○人人○示○人人○嗟○作○鑑○而○邢○係○
彝○大○則○勒○加○以○四○作○鑑（此器四掃本未見○
僅見西清古鑑○）是則甚○之○為○甚盈○猶鑑○之○
為○鑑○之○則○盤○之○即○甚○可○無○庸○疑○之○知

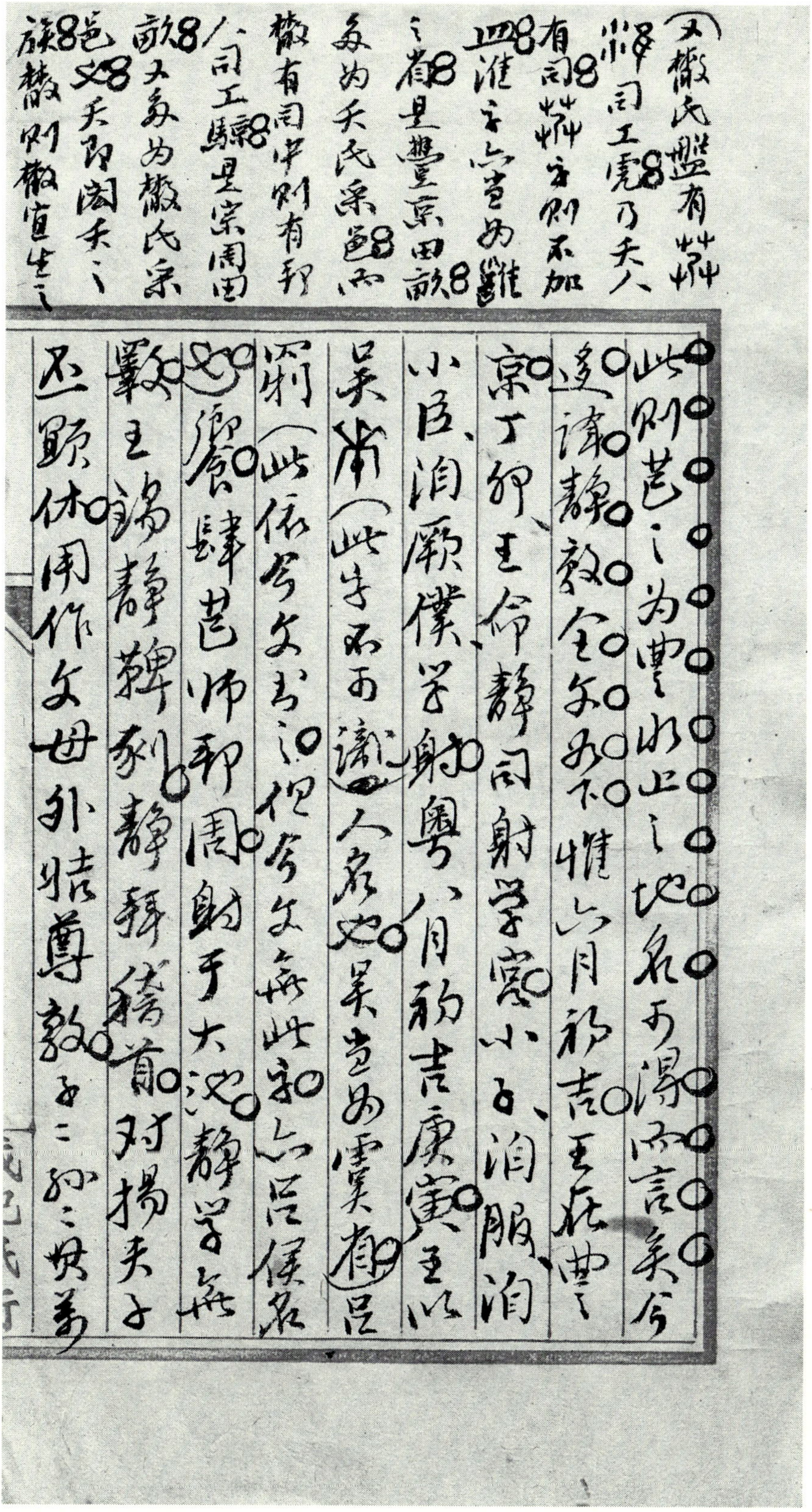
此則莽之為豐水上之地名可得而言矣今
遂讀靜敦全文如下 惟六月初吉王在莽
京丁卯王命靜司射學宮小子、泊服、泊
小臣、泊夷僕學射 雩八月初吉庚寅王以
吳來（此字不可識）人名也 吳當為虞 有呂
剛（此依字文書之 但字文無此字 以呂侯名
卿豳卿 肆邑師邦周射于大池 靜學無
斁 王錫靜鞞剢 靜敢拜稽首 對揚天子
丕顯休 用作文母外姞尊敦 子子孫孫其萬

施○二族因疆場○曾
方
涇私屬○盟詛即
與誓詞文○此注添
無眉疑文下

年○以數字之訂記均署言之則王在豐京
以吳○呂○二○侯○大○池○於○學○宮○益○遂○陳○肆、陳文○芑○
師○邦○周○射於○大池大池訂隨鼎文○芑師乃○
芑○地○之○師○吉器○中○叙○此○稱○乾○爽○方○鼎○稱王在○
鐵○師○又有若器稱王在某師中（亦不臘詳說）皆
記○在○某○地○師○中○文○邦○周○則記自宗周僻東地以
芑○師○與○邦○周○對○言○則○芑師○即○如○豐○京之師○
可○以○疑○意○蓋○以○城○郭○都○邑○言○之○則○如○豐○丕○與○地○
則○自○名○芑○文○此猶○今之北京雖曰順天語與實

○○○寬○○○○○○○○○○○○○○○○○
則大禹庶乎二知矣由是于知詩人所謂豐水有
○芑○故謂豐○水○之○字尚有○芑○名○以見○武王○之○懷
豈○可○貫○為○子○孫○計○久○遠○故以是○之○深○此○燕○翼○意○使
知○有○古○濕○而○微○著○但○即○字○查○求○之○更○從○何○處
素○解○耶○然○則○詩○古○濕○之○出○為○由○於○種○害○而○出
書○知○述○論○文○
由○此○並○而○知○周○自○武○王○以○來○雖○從○鄗○遷○洛○
宗○周○之○名○仍○歸○於○鎬○京○宗○周○仍○在○豐○宗○周○既○
有○者○惟○知○鎬○京○以○發○布○政○令○至○一○切○大○

典禮則仍須就豐宗行之以大典禮又行
之於廟凡朝覲會同宴饗賞皆於是
廟之遷而即此議禮刑名之宗周自
康王後始有廟則不必再至豐此周初
知詩以為云王在豐武王宗豐京而後
此則為紀王在周康宮武周康昭宮周
康穆宮又故周初之認觀其說紀之
廟名可不難推矣以其時代追溯之至之時
有云在豐者則以周之於廟其在豐者

實居其四。若以上處論之，則居其二。宗周以有其五，故亦不能不有爭於豐文係部。有周之處，發為詳論之，茲不贅。然郵教文中大況之象，又所推知。周之肆璧，雖乃由豐水天然源流之大況，肆璧則言其形勝，則言其偉秘和有嘉為之鎮。凡古之學皆宜加思。夫魯之統而為類肆璧，武成有嘉篡侯，豈之由其祖而生之故，從國則未見有行之功，如西清古鑑所載之形係

篤○与静○敦○傾○而○參○男视以想见周时彝○

雖○亡○大○略○其○器○今○已○其○僕○其文○之○素○足○讀○

解○篆○字○遺○以○意○逆○讀○於○後○世○之○説○者○

訓○業○會○之○

王命彝（當即彝器）○今视为彝器○古时宗

有其器○观于各類○國○墨○禁为彝大夫而

見○邢侯○出於（此字不可識）○侯于邢○粵

若邢侯見于宗周○及○會王宗豐宗周

祀○粵若茲彝○雖王秉于舟○为大豐○王

射○大龔禽○侯乘于赤旂舟○從死○（死自賦文○）

即于文○乃假借字○古文常云死司某事○意即

職司之○之咸○（畢之○古多用之○）时王以侯内于

寢○侯錫玄琱戈○粤王在廙巳夕○侯錫

諸鉞臣百家○曲用王乘車馬○金勒、冟、

衣、芾、舄○唯歸○迎天子休○告亡尤○用龔寧侯

侯○顯考于井侯○作冊麥錫金于辟侯○麥

揚○用作寶尊彝○用獻侯○逆造朝○迎明命

唯天子休于麥○辟侯世屯畜○孫孫子子其永

亡終用庸□安多友亨祈世□世令

二子乘舟

伋壽爭死一旦在今日殊覺疑案蓋以年歲計之諸身不合翹也此弊於唐人已覺之故孔疏即力爲彌縫然其說絕無根據終不能與情事適合審慮匯箋云宣公以魯隱四年立魯桓十二年卒凡十九年據此即位之始即行烝亂而急即以次年生勢須十五年然後娶既娶而奪之又生壽朔已能同母譖兄又能代爲使者越境計十歲以下斷難辦此決無之

予如其言可謂洞中竅要自此問題出解説者雖可計
周旋卒不能為圓滿之答蓋宣公在位之年數前
後胥有譯多爭家決不容以移易外此則惟有移易
其閒遇羨之年月以湊泊之然後論其何説法亡
不要其歷世生子即易然認為已了此必亂未即位以
前之説能則有可能言有此二因故説能者轉即以轉愈
左氏傳詩之讀了之而劉後其子接着有着病之剥此之
無可如何之勢又須知左氏縱傳詩詩言是之傳詩者
詩之以傳其禍本不相謀又何以證合着是則其中必

别有故矣特是傳之所未詳言女貞再匹詳見于詩
乃詩自如夏後竟無人能解此所以此種疑案得
直賜知今之今之詩傳二女參致之則可知宜美之旧
假如貞賜假手之氣未免不逾五歲而宣美似已在
二十左右二八年齡之相仿此但歆艷有芳葉之
詩即可見之貞郎所能此情特之情捌如則雄雜之
詩／郎云情求之冬罢以為之二詩俱詳見本詩至条
詩假如之年不逾五歲如則以秋僕之年宗衡子在
德公八年去衛宦之立僅有四年而國婚姻當只八

是年啟之以此幼懷物之爭為乳兩寄自言之佗人

如不敢代為謀如而兩公前此於來雲相遇則貫予之以

啟於是年而無疑之又揃假于左傳作急二字古本亦字

假乃及之古文急則又貫假備及古書多讀作急之假本

象以杖擊人[illegible]打擊乃貫本義引伸之則人之渴

以杖擊之旁勢必及之數又為今及之及而古文於作及

解於如耶候契節則更於貫下加之作及逵玉[illegible]單作

及如乃古書之挾扶字即[illegible]虔蛻但凡疫役皆字

因由之渴聲又為作言之擊字即訓蛻化凡支

文字偏旁之字由之得义者，若急字則因其象形極难，故亦假借字代之，至後世則更去其左之人字，加以心作形声字，而在像字之上，以此則似尚有其字矣。以其时尽皆作假，而从尽得声之字，皆音推矣。

急乃甚早之意，伯息以十九而亡，已生于思，故于思之名假之之，以其甚早也。今以假子之字名言之，則及衛宣烝於夷姜後，不久即產生伋，則或二人先已也。

詩通，因其即位而明納之，禮即產生，故因由可得以謂為已子，而因取此名，曰衛宣之納妻。

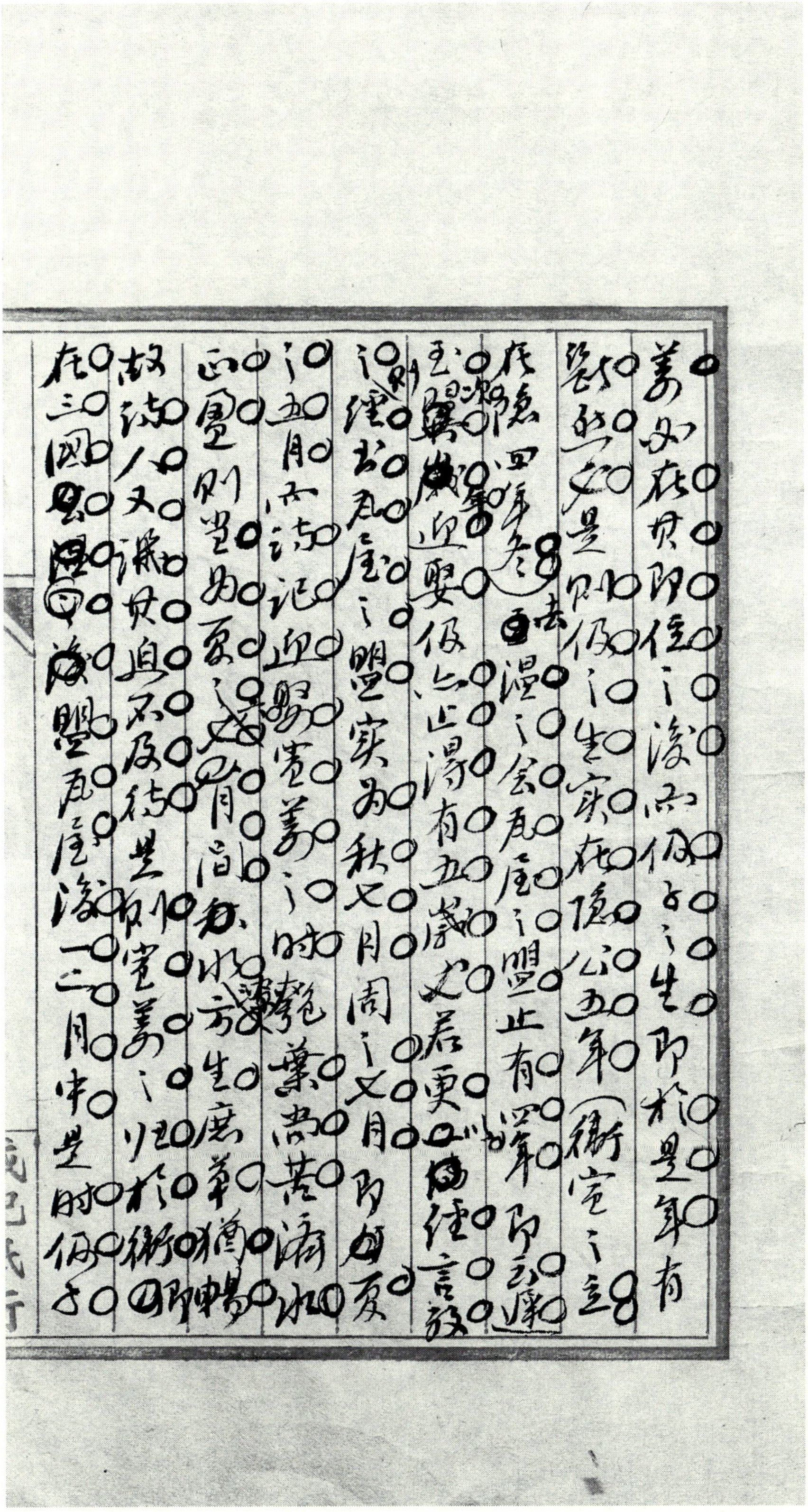

为四岁而谈，其则止三岁矣（以彼之生至早亦为
夏秋间，迎娶时亦在夏秋间，故以实年记之，仅得三
岁。以是言之，则宣公纳宣姜后，速举二子，其与彼
年岁之相差亦不过六七岁间，视寻常人之兄弟
似无甚殊异。至彼寿争死时，彼之年岂为十七
八？寿之年与不下十二三，或十三四，其争阔而死，
不合之然。离亲二说当存，后之人虽百说逆臆亦
万不能损其及此甚。证虽舍前无古人，后无来
者之争，则左氏之言，且胜以浮诡纷杂古矣，况不

寃於

匏有苦葉通義

雄雉與匏有苦葉二詩序皆以爲刺衛宣公古今
未免無人能解者就中尤以匏有苦葉篇爲
甚說者紛莫知所云之緣小序者指爲公與夫人
並爲淫亂純屬糢糊影響之詞不過因衛宣有新
臺之醜事遂言之朱氏集傳去衛宣復指爲刺淫亂之詩
亦非別有所見第以偏見之說不能得其所謂公與夫
人者遂奉其攻序之原本旨通觀全篇塗去之僅取

其淫乱二字盖其心之所知者止有雌鸣求牡一语又
此公于淫字特为拔契无所指为淫者尽指之况
此诗更为前人所据为淫者乎惟序言无人能解故历知
于解说字义亦庸讹百出不可弹数其最悖者以
济为渡处以厉为以衣涉水以鷕为雌雉鸣声以轨
为由辀以上且直路其字作軓更[illegible][illegible]以请期纳采亲
迎种种之繁缛仪之名词说诗朱氏虽推翻段序而其对于
字义则殊鲜纠正则以其说诗不于字义求之如今但取
其深處累言之济为以舟渡水乃动词何以得发作

此段注不用

厲詞指為渡處，又渡處區何以即當濡軌往也

渡水曰涉，厲何以又為以衣涉水，況衣涉水，且

於何處嘗見有厲字作此解耶（大抵此公对於字義

原係任意胡解。苦思渡水之法，上涉揭衣不可濁

因見小兒之浮水爲戲，常以其褲吹起，以飄流爲戲

遂觸爲此解。不知古人原不着褲，即着褲亦無以之

渡水，如以人浮之褲渡過後，衣不可復着，若將人特為

備一褲以防渡水，則為無其事。若云遇水時即服褲

則其時何日（又置）不可用，而必須有賴於褲，試問古今人有

利用此物也耶。此等幼稚之言，孩童之見，而許多高帽
子先生竟篤信之，則三代以後之儒生，當且與汝大夸
乎。雉本雞族，雌者本不能鳴，蓋云雉鳴求牡，正訛
以形容其反常，猶言之云牝雞司晨也。此乃以鷕為
雌雉鳴聲，是雌雉真能鳴矣，然則牝雞又作何鳴
聲耶？輈乃車轅，以今制言之，則輈即車前古用曲
轅，則輈更出車上，然云自輈以上，更有何物耶？遮
懶惰有、轉耶（牟車輻相如文說解有[illegible]）以濡
也。此則全軌沒矣。即云以乘輿濟人之不語外是。

四女以为是贝遗四满人后不得女贝亲长大段
朝为朝六角和之为来耕微论朝字吉春无贝
字和耕贝来康之正出散外如雅数前说犹为
近理然山皇何以即又濡之那旧本与败日为相对
之词盖自楼与知之方发动贝田为归而自受知之方
学动贝为醉此空义女莽乃云使之来归于色
则是归女而竟丙家为取矣然则之子子归占而云之
于使八来归于已曲孚国至微宗请则亲迎於宫诗作微
尝有闻事而后言旨旦为忽实而宜冬春留亦如

語無倫次事耶此外如以猴之為獅居之豹友為朋友
（渡此何以尋待朋友，覺無朋友便不能渡此耶）猶與
弊之以友善天之生此輩人乃專使之毀敗古人之絕
妙文章其驕矜貽與世間之饕餮僧牧豎天特毀用之以毀敗
古跡者同其心禍無識無知而又不肯自閒乃無端而告
此種之以戕世以為虐民而古今人之受犀毒害之慘無人
肯為古人之原文上加以研究其結果乃意以手改眛
之文章二千餘年無人能解此乃中國人品性之弱處
（然則自起於我國以後邊）而通化胥屬於此西京稿

經學之為然也今按此詩乃為衛惆其宗後為人不
待期而催促迎娶衛人之既遣以迎宣姜與渡河風
與而作以刺衛遂族中國原隰清水為道路之
詩律之此國詩在新臺以前衛宣之惡猶未著於篇
中皆責夫之語而無一語及衛宣而小序以為刺衛宣
者乃綜後妻者推本言之但言刺衛宣則其事自
顯若從刺夫人則人將無從以察知其事此乃
矣理既至此窮不料後來之迂儒並詩之白文亦
不能通不知就詩求詩乃反就序求詩如此言詩

維予要病此自謝不知矣，何其諱國來嘗有一流刺衛嘗如今但聞其言述之，略謂匏本用以渡水，然必須待其成熟以後，曲之，苏則當有苦葉（匏即瓠），其葉苦物也。大葉箋注云：匏之苦者不可食，一名匏本食物也。試問古今有食瓠者耶？且古書與所係無言可食匏者，此亦過誤會國語稱苦匏不材於人之語，以為苦匏不材，當必別有甘匏乃材也，甘匏何以材？以甘字推之，當必可食。凡此種種，皆其個人心中所隨意想像，於天下之果否有甘匏，甘匏之果否可食，則亦所問，此中國之儒者多是

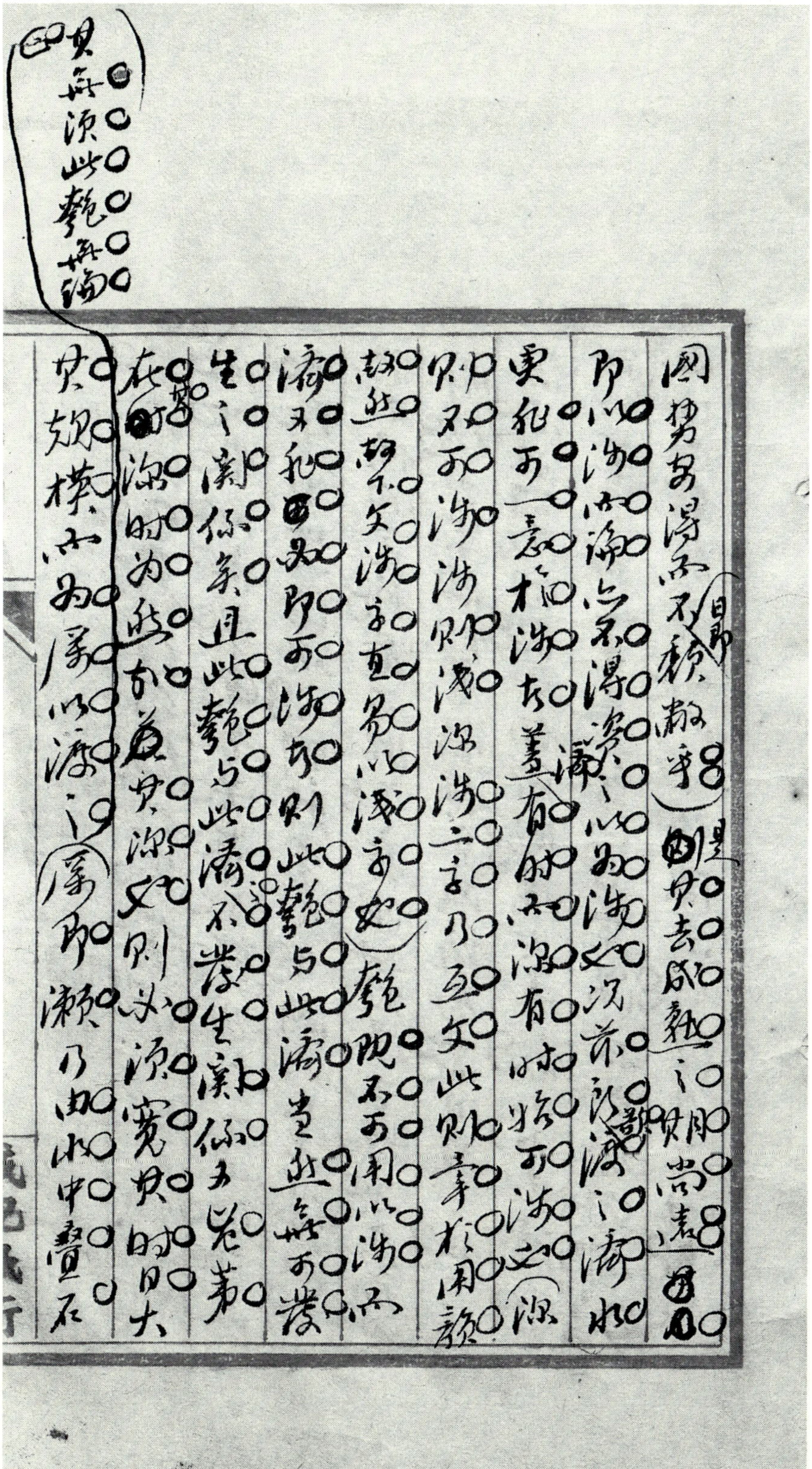

以渡人去阿堂子之說語徒杜字蓋別有致若
見淺如東知御邇知不可歎但寒裏渡之暑西已則果男
開此有名無家吉有若葉之繁為朽不且為奴
知耶由此二語觀之則新舊之爭國人已逆揣知之
物不便以言耶最可恨者舊儒對於學字揭示加
解釋至宋儒則並將揭字改讀為點且注之曰與
點同然則淺則點感何語耶學古音者以入聲讀之
則此處此言之列上平聲即以與葉涉揭為韻如今即以言之
以揭為點韻本叶以偏旁揉造作使其本叶如段

作不以此（哀知）古人有知，必當如此哭，以擊其腦而不能

任之安然，誰復而痛之特勝之文也，今之讀〇〇何如者

（別）淡然者，則其方寸之文，將讀不可，更無讀乎，繫之何

若知乃偏於此，而更有鶯然之雛鳴出乎其間，蓋

僅人之讀此書，然讀此雖置，無讀其置玉如何

後當知之於讀所事執，何如事執小而讀大難

讀之而何無求於其書，且此讀不相為文（執即事）

藐看古人何等語妙，此等刻奧語直欺後人之所

能夢見，然而惟衍之，後人有說之，而以求，即從以坤

鄘衛雖别有故，而貴詩實亦我詩因之所能及，朱氏

因桑間濮上諸詩，乃硬以淫字派之，癡人之説夢耳。

惜乎世人無解詩者，詳見拙論，而無有雖鳴乃

竟未見拙文（由此語觀之，故可知此之迥略實存

人從自之文），大略常有耳，此國自名有貴耶之文。

彼雁之雝雝和鳴之文，玉界亦多須换翅，旭日始旦

也輿以時各有定，界之無而界之文（此之言旭日始

旦，乃即貴最早時言之），我謂雁過此不能鳴，亦我

謂雁至此必鳴之，今幸而雁爲人所常見，貴君亦

蓋字一段可作注語

玉谿未改，彼陋儒以文害辭，以辭害志之陋儒耳。
注疏貫附會，不然。必將謂雁鳴旭日，猶雞之報旦
矣。雖雞尚有鳴喜，則何爲不可言？遂以此之故，而祇
又貢於上文，即爲如上文所以之以事至晚之夕
須臺冰未泮之時，以過此將及野合爲禮之說。
不論文［蓋言未霜降，逆女至冰泮爲止，蓋語之霜
降而歸，功成將娶，未行而冰泮，農業起，昏禮殺於
此。蓋語本爾，古此文乃云霜降逆女，冰泮
殺止之文，只解說下句，雖未兼說上句，則是故屬

禮牒氏之疏云中（即仲古文仲皆作中也）春之月令

會男女於是時也奔者不禁周之仲春即今之十

二月嫁娶之期於時為極凡男女嫁娶之不能備

禮者得於此時行之即郎詞奔者也過此以後則

於嫁娶之時雖士庶人皆賤之前人謂綢繆野

令六生孔子即指此文此義例毛傳者猶及知之故

其傳東門之楊云男女失時不逮秋冬其傳綢繆云三星

在天可以嫁娶矣鄭氏則莫知郎云乃於此詩箋云

此未散自正月中以前也二月可以昏矣其言既令人

（王肅云語十月也）

不。知。待。摘竅。貫。意。似以淺言為漢直譯。若之。譯不。盡。迫。求。
其洋。源至二。月。文。此公於於書雖無所不用其注。於書。實。
不。甚。加。以。研。究。（可謂朱熹第一）。此注。矣。譯。會。周。禮。仲。喜。
之。文。直。譯。仲。喜。為。行之。他。喜而。忘。却。其。為。周。禮。文。此弊。
初國。不。得。鄭。氏。為。然。漢儒。多有之。彼偽作夏小正之語二。
門。僞。多。士。如。其説。見。正。後。如是。（夏小正之為偽。書。證。據）
甚。多。另詳。不得。僅。發。鄭。氏。文。然。則今。何。時。耶。雖。如。
滿。深。艶。有。苦。葉。團。像。然。夏。秋。消。之。而。未。壯。在。則。不。顧。之。
甚明。君。之。於。此。滿。此。文。則。惟。有。擬。舟。子。而。已。揣之。不。至。否。

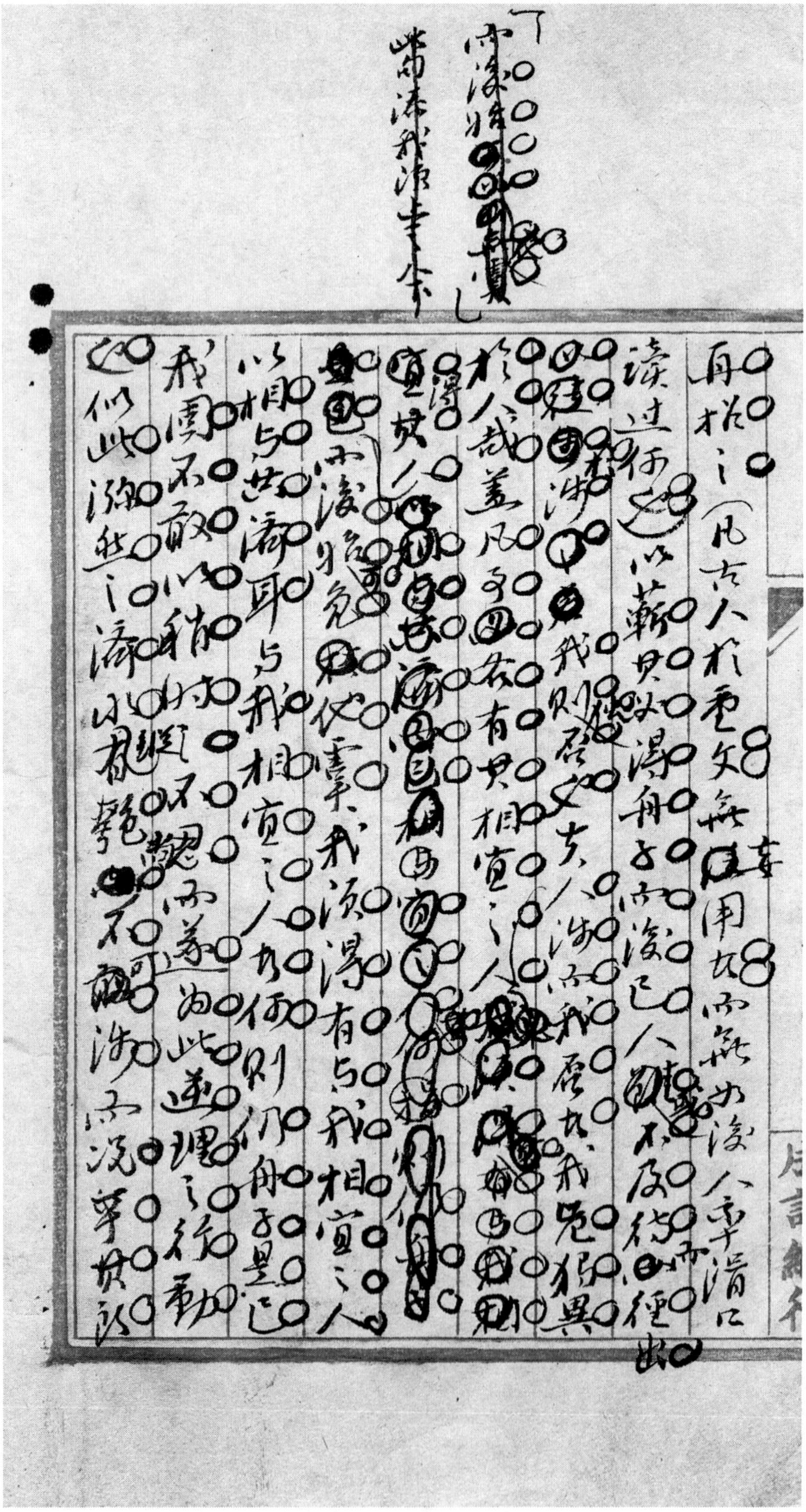

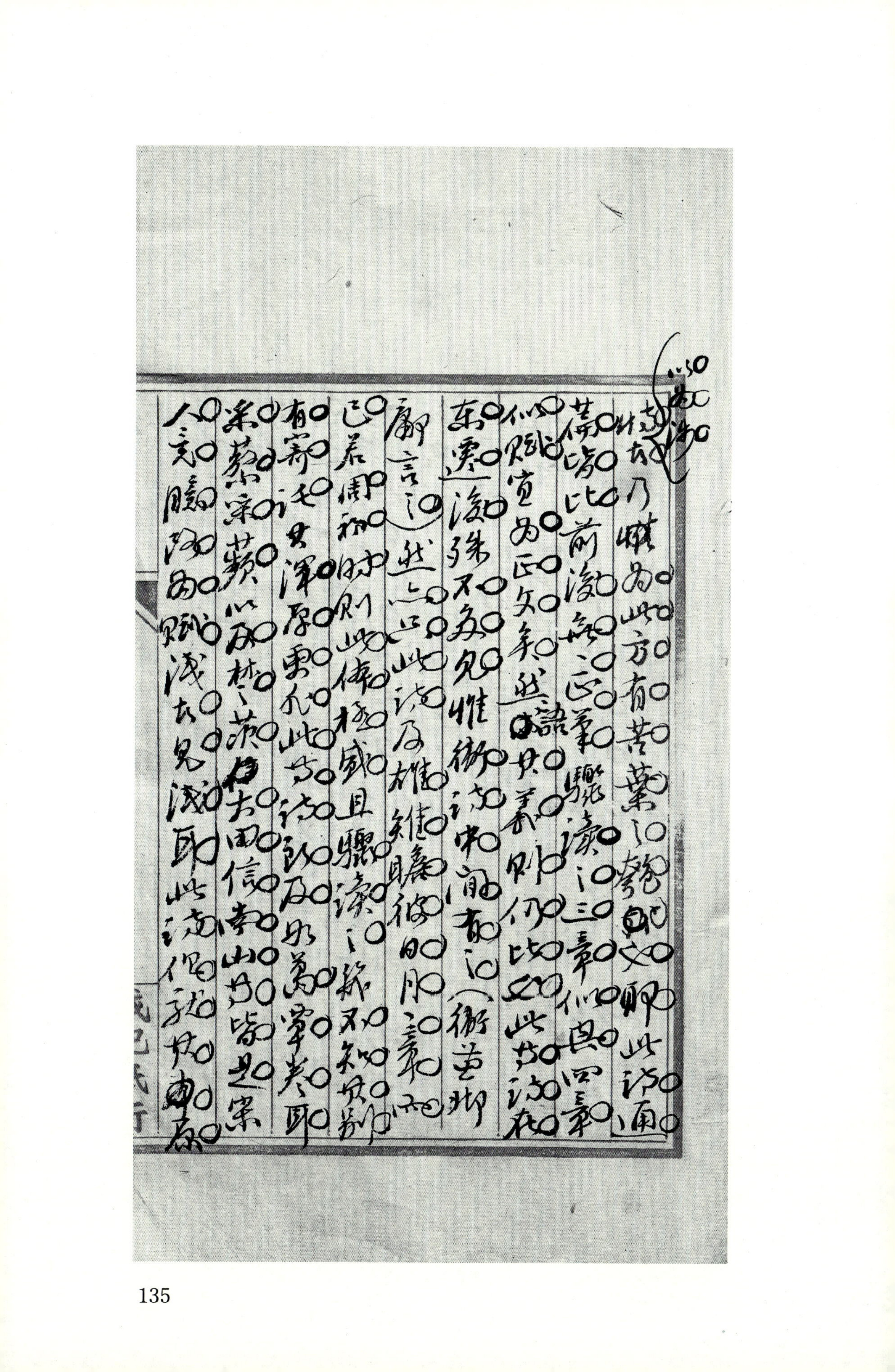

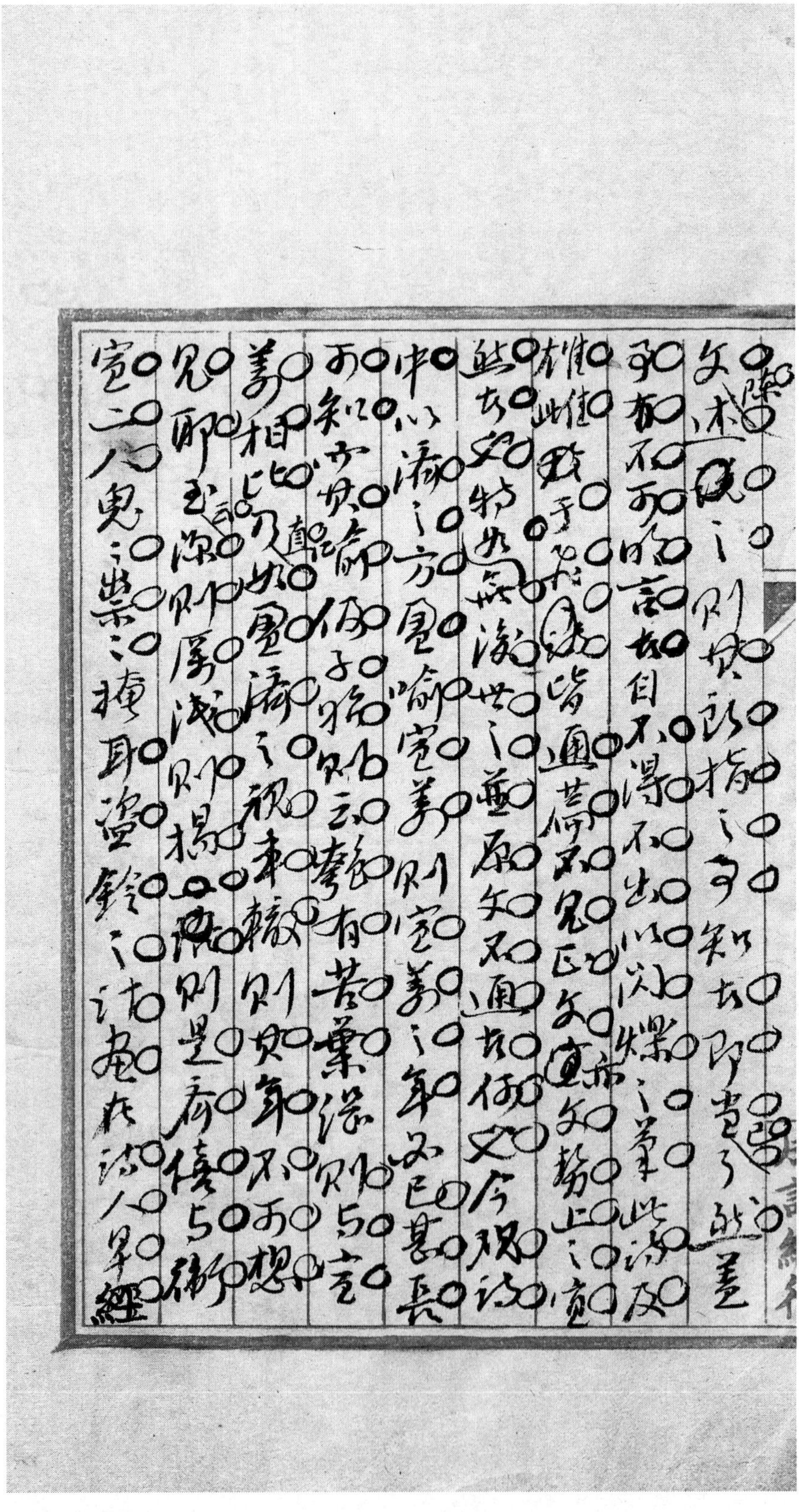

甚艰难不知新丰之梁而知此恼特绝伦之烟于中
两家园别有怀抱如所最难[illegible]如素[illegible]惟[illegible]
方有黄叶之艳耳盖添原郡又有子[illegible]艳[illegible]艳
然不过开以院矣然贵开之性既熟而久住艳桂
之艳亦能之若艳带来熟而人即泾亭子添则人
亦第梅贯衣而可知矣其云梅花艳人之所易见
而亦知之色险出人之所难见也又何如贤此黄叶
支添（俗谓闲牡丹意今[illegible]添）之艳致
其柱爱此名如于此[illegible]论礼者原本人之所以实其[illegible]

然不有守於禮也而過以防流弊然其用心亦未

可說今者以求存整頓之維持使之當務之任是

不然西不儆之之過直截痛快文此語雖流弊人所宗

亦深深衛室意識沉不觀禮欲[illegible]

張此說正之將網則經綸之取又何以為此標耳

盜欽之什庵使役之權貴此處取徽後薄其之訓

用此之語義亦循此[illegible]意蓋謂世所莫知在己而

不務後究一步而不足以大義經之自守其意移之

知自正洞行之如是而深識其所洞為之難也

譏聖人之不知深淺又節於論語聖人之不能
自覺於深有說不滿又孔子果哉末之難矣語
亦孔聖說荷蕢之詞蓋謂果能如是則天下
將更無難事之聖之賢者說言俱據勝見心語
絕無承衛相輕之意自朱氏言之則從同於歸以
用此乃見與徒爲山林之說爲不惟不足論於聖人
並不足論於荷蕢又嘗謂荷蕢晨門皆孔子生
乎知己晨門知其不可而爲與荷蕢之硜硜乎莫己
知實同之義莫不過晨門爲背後評論但言其

詩為愛也荷蕢則意亦悟設故更款以自寬二八

之讀罷題出手楚狂接輿以上即在又十年之後耳

讀之乃此段亦不甚妥魯論特記之亦為此故不

然荷蕢獨取焉果如果能束之唯矣之說最之

則吾以之言之旨談隱者何為特記之耶故責諸

此人詩所此詩則對於二子乘舟之棄自不至有有

疑於其年齡之足能特此種情物之爭為私

有傳言之年齡記之又進解擬議及此耶

則二者正不相蒙明者也已

厲

厲、列、(即見古文不加出之)(下仿此)賴三字古只一音，節之列

出厲砅蠣代而賴即是厲，同音之儼備之厲之義

即今俗言之說詞利害(今俗作此二字)實則不成義矣

文字利害二字乃古厲害之切音，故賴字得從而假

借之文字(利害二字之今義即賴之字)厲字於文從厲

下有蠆(萬即古蠆字)貫作蠆目辛閑古乃假借

古文萬字皆直作蠆，开後人狀要加出以別之耶乃

會意字萬字古人凡說祇之文字皆如是實後世

形〇声〇字〇之〇訓〇本〇不〇畫〇時〇則〇無〇其〇義〇矣〇（凡字半会意而

兼形声者〇皆嚴取文字〇以〇為会意〇不得指為形声〇

以其時形声之制〇尚未能行矣〇美〇本〇萬〇之〇本〇文〇兩〇其〇

言〇之〇外〇萬〇卷〇而〇從〇之〇得〇声〇故〇之〇象〇作〇萬〇者〇萬〇勸〇焉〇

字〇文〇聲〇臭〇賣〇皆〇是〇屬〇字〇之〇其〇之〇矣〇彼〇都〇人〇士〇屬〇字〇

与〇墨〇篆〇遁〇有〇豫〇狐〇屬〇字〇与〇帯〇如〇說〇皆〇其〇者〇類〇之〇顯〇見

故〇矣〇屬〇字〇在〇國〇時〇原〇於〇惡〇字〇猶〇今〇人〇之〇稱〇利〇害〇

初〇之〇不〇價〇為〇惡〇字〇矣〇大〇凡〇激〇人〇之〇疵〇開〇列〇字〇故〇古〇人〇

皆〇從〇屬〇周〇屬〇王〇之〇啟〇以〇為〇謐〇孫〇与〇田〇服〇之〇字〇意〇不

此為人所讚無有加其罪名以惡名加之此但稱其
孫則稱諡以彰致不法（為莫烈節）題則為美諡暴烈
酷題則為惡之題此上稱合人之但稱人和害美惡祇
不容寡擇以顯判文子無非屬之為主實非全主故
貴之上相從以為惡諡林林恭之諡為吴差屬吾子
云名之曰幽屬（吴幽二字）祈之私其諡敘當時之諡二
立長不是皆名為實果長之皆其諡之以此之敘屬
立義之不甚為人所閑而無其矣為烈後人則知以其
與行孫之孫無別因失之致與義相近要而失

「今猶屬之韻，列於而、
無正今之為改相如
屬矣屬與信減滅
為歌此屬存兼之
音列於文數有苗
葉深則屬與葉深
楊為歌此屬備兼
之音列於文從、
再添注下屬與列上

以別之並屬今字並讀與音義實與屬並同所宗
易於僅與分別耳（後凌同有感列主若讀與察則與屬
同之屬
[illegible]
為歌以類列音所兼於僅後急輕重之消文蓋古
於多此之讀音不同故同之字文而與取音並不免稱
異惟之字既則與之同音之字之適之端字而假備
之法係從得為此屬字說如類音音作列音則
類字之自字作列音而得仍假備屬字以代之私
若後世之竟歸此三字路作三音文蓋屬字從

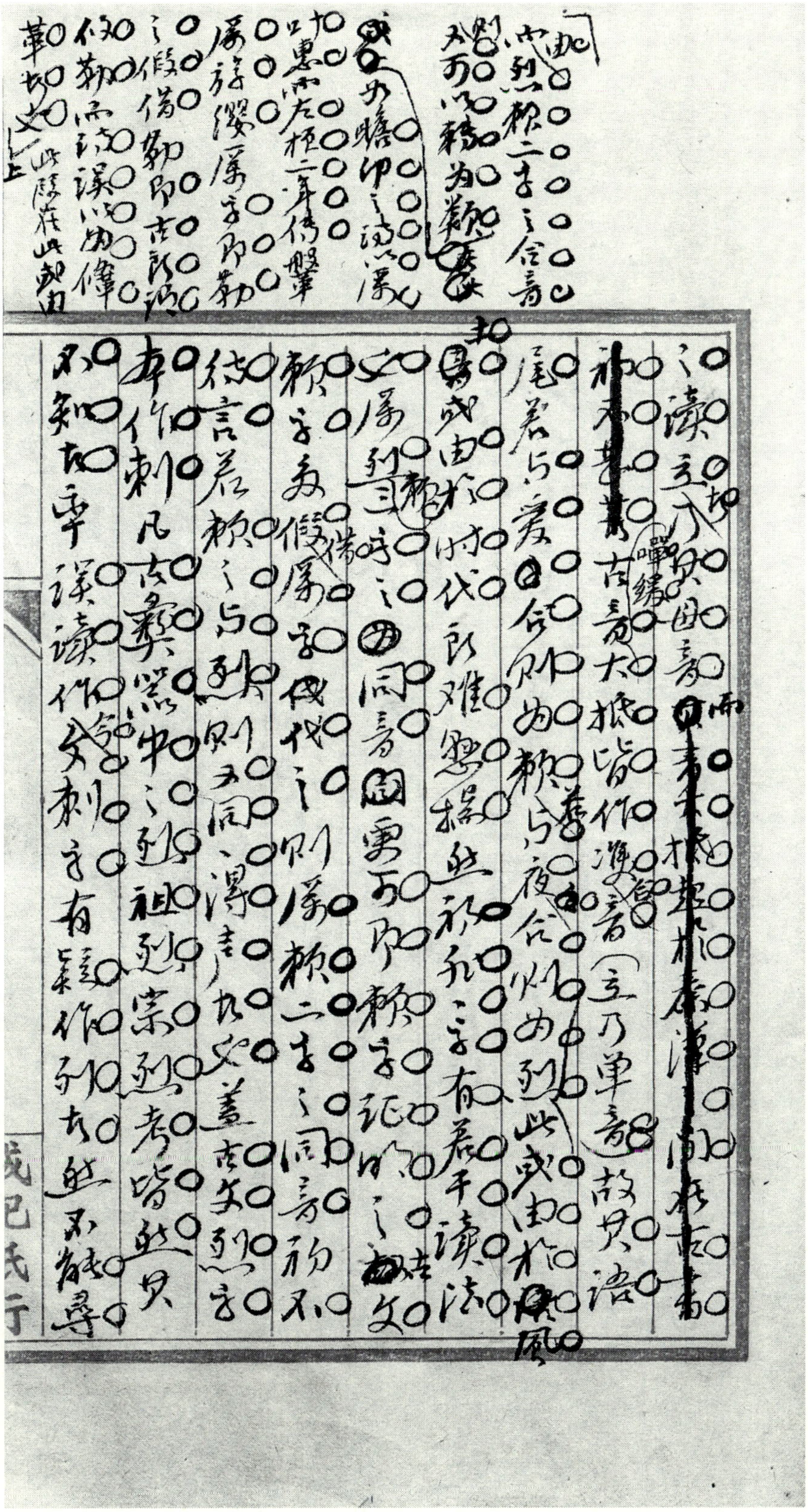

渴貝証敎亦以右之爲一種說而已實則列之從束者
乃助之渴聲而顂亦爲刑聲之字貝從束渴聲
与列同故列顂古實通高予以屬予常互相
誤俗又（谷）殘列之作剌貝束甚古實為肆會意
形聲也左旁囊橐之束刑右从刀割以
示破裂之意當即列裂之本字後因常假作行
列及烈字貝字盛行故顂字又從之渴聲由
是可知顂字之產生甚晚已非形聲字擧例以
後古書中顂字多假用厲字此亦其一因也

左傳、書本左氏
荅萃各國史策
所載故其事極雜
即正朔猶不從
而紀年屬字類
本一國而有時作
屬字時作類證

剌字○後以讀如[illegible]讀如[illegible]讀之熟若讀又讀次
則更貫後起矣若說文所說之劉鎦不惟古
文不見即小篆亦不決貫無是字以貫不顯說
反所載皆漢人所臆造並未通行之字不止此
[illegible]
[illegible]
[illegible]
[illegible]
[illegible]

人之遂無親貴而
之國故此則文字
積久之為遂
此注添賴跪倒
作屠上

為屠，此屠字皆癩之假借（癩即今之大麻瘋，其
病有遺傳性，故惡其生子），見似已染性毒者入肌膚
則潰爛，故以染淫身，使其潰爛，則有似於癩，而淤
則屠於彼，洟屠淤屠等則又皆癩之假借，又癩乃
積石水中以通行人，石其間似石梁而較以梁，而以通
車馬，其中間之通水流處須用船渡之，至瀨則但用
以渡行人之步渡之，[illegible]則又不需[illegible]之水而徒之
通流[illegible]記之[illegible]杠，杠字之或從
石作之，九瀨不瀨者，瀨之瀨即指此文，說文訓瀨為水

流沙上囈語耳。水流何處覓即源，創造此名詞的深澤。
人之此種讕言極多，皆足使人噴飯。水流沙上為瀨也，
則水流山上、水流石上、水流土上之分，又何名詞耶？此殊因
濺之義而妄相附會故耳。原因濺字義本作淺，玉篇訓
之下瀨將軍，乃用當時南人之土語，不足語於正義也。有
似以在彼淺瀨喻吳越而言，有可通行在瀨則已，不
可通行而勉強之者，可渡也（以上無處須躍等也）。
若在側則直無路之可通矣，此吳越以為吳越之
甚也。無數無常無數閒，即本此而言。玉篇則屬之屬字

亦後必是淵源不以因為瀨造舟造梁均無不可貫云
為瀨在假貫說以且知功累有耳（以便與楊字作對）
文猶云至簡亦須為瀨也說文引此内篆作砅貫說新似
即存於孔壁之古文以壁經乃孔鮒之所藏貫文字多
戰國時亂處之偽作（說見說文古籀補序）此字即
不合於古文亦不合於今文實即當時偽作之一賍得
此未詳非因固而篆字之一係先賊以貫義視篆之純出
假借於穀為易見也無疑矣說便諸公牟皆不通世
務之源而不知就經文詳加考證乃貿賍釋之曰履

石渡水也蓋與心部第知其字從石從水而詩意又在
渡水因並此揭稜之注也殊不思水既深矣又易漫
石之訓雖深且淺石渡水則其字當為動詞其在此
詩猶可若有狐之在彼淇梁是狐在淇之淺石渡水
耶此說文雖存其說而世人率从說之也（說）詳說文段
注砅字下○說文於砅字下又作濿乃依儒因厲字附會
者蓋為是渡矣其義可異者前人不知厲字之出於假
借乃於濿字胡亂添厲因有狐厲字與
下帶字而從詩都人士又稱垂帶而厲然厲字又以為帶

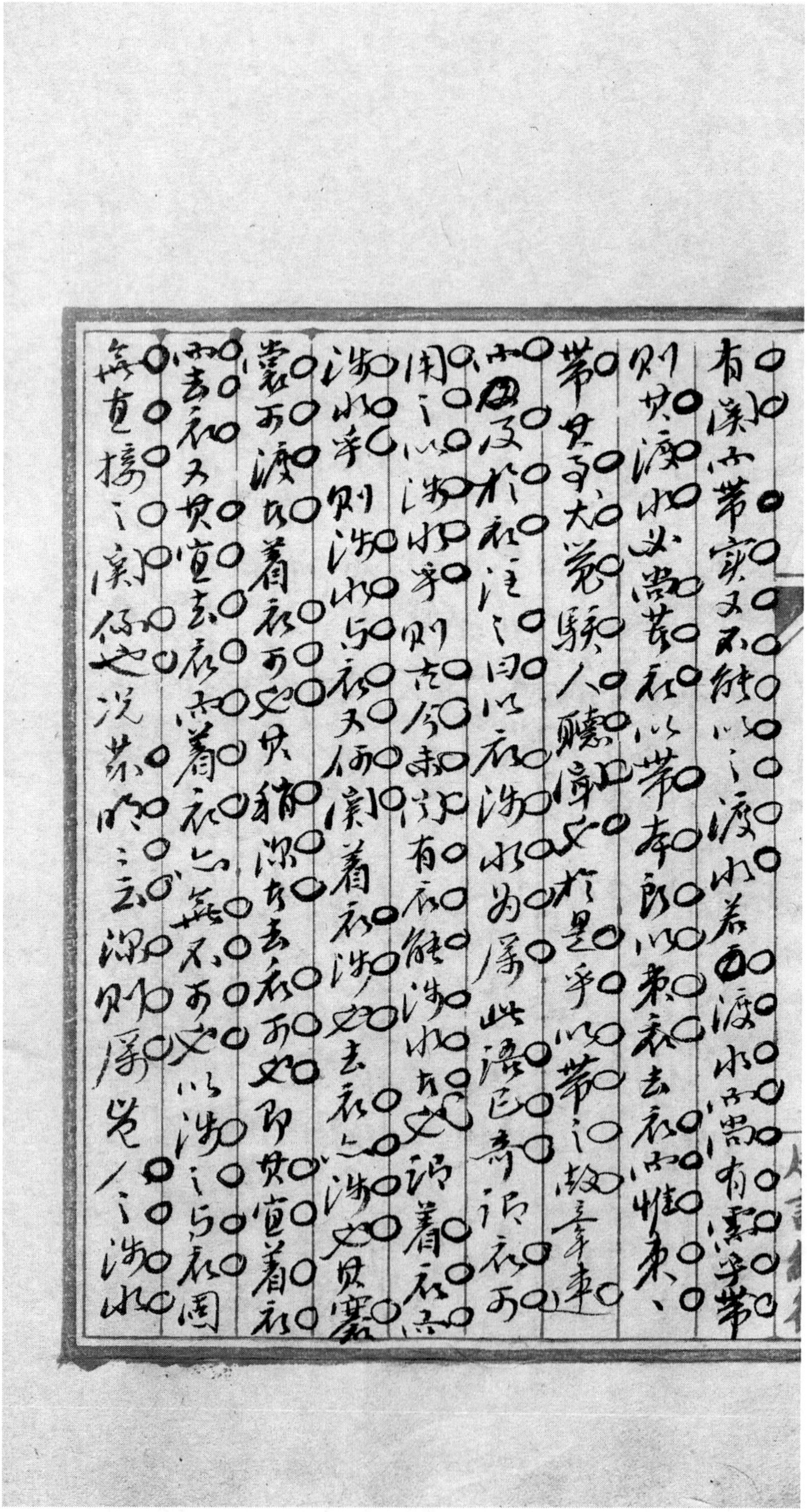

過則源者反須着衣耶盍知天下之大笑話耶（實則
中國之腐儒固不知何者為笑話也）此則心獨恐人不
知則翻覆此物義之薈也文乃更深之曰領由帶以上之為
是則則知曰以衣洗水之義於（蓋全為之帶字也）（亦貽語
乃益深衣之制人謂系者以限於人由帶以上則帶以下
者皆由淺矣若人之着衣以涉水者乃為其濡濕
（此二字實二字今從便）不知衣之開領先涉量水之深
淺而為此耶且水之若有之深淺以備人之或由
自此以上自彼以上耶者由是以淺則人之称水深淺

有同沒踝者，有同沒膝者，有同沒股者，有同沒腰者，有同沒肩者，有同滅頂者。在凡人之外，加此種之文章，作何稱謂耶？然此猶以人身言之，若以衣言，若更揭云自腰以下、自冠以上耶？此其奇尤甚已。又復於衣被揭厲更須之曰：水深可厲，厲之者，觀其加一衣字，似又以此厲字作為名詞，不識以之作為動詞矣。其意強詞以厲之，及謂以上者，而章於厲字又不揭，不知為此許多不圓之語，以自圓說，以言水之深淺，何如此說稱其人之對此，將不知何耶？此等其章於

前説不濕不的適云乃不泥近世一般自命為漢儒
肆膺而未因見説相駁查不合（以在彼侃而源不屬
之説不能語之更勝馀貴古子為旁子託之於
其之新奇之不同且漢宋之擒之以字書作旁殊不思
以誤而屬之高古今有此等理耶蓋有清之世
一般學者稱義不以漢為古而於漢以前反視之為今
凡古説之與漢不合者不攜為僞書即説為謬妄
漢以後人更何不可以私意論議之耶然謬種
流傳至今尚方興未艾也

戊己氏行

又按前說屖字爲至下有臺此第就屖字
之今文言之實則當時古文尚未見有屖
字如惟魯伯愈云作貝庚母礪孟賸
屖礪字盡即屖字則貝字從石下有臺
不從屋屋如美吉文礪字作贙貝上奄
故乃石之偏旁乳广字如後因者去貝
中之言遂作屖耳從石較從屖象爲
頗想當然如單以像後來之形有殊微可知
友

（人之稱處不執手之人
只是左似乎古友字之本
義此注添之意不）

古人之於友字其義意之範圍頗廣不僅如後
世之專指朋友言之大凡人之相得而足以助我者
皆得以友稱之故友字於古本訓以宜字互即由之
孳乳而生宜之義大致即同於友而其範圍則大廣
以友字之訓人言而宜則其義也人物凡相得於筆者無不可以概
括之如所輔翼者宜不得以直作名詞用宜有時可
用為動名詞然得其宜者其作名詞者僅祝社之祝偶
假借之耳搜友之古文本作羽羽从兩手貌取互相
輔助然左右手之意後來朋友之得者此名者即以此

然後古時則多稱朋與朋淫于家多有名朋於間有違

稱朋友古則我為父便我舍有代義祖宗昆弟似娘歌

實我無歌今致語[illegible]琴瑟友之則友之義通於兄

歸弟之則友其先則友之義通於兄弟也我不敢交

我友自免則義友之通於僚寀也此之我世知也

父若為人詐不知而為貴時所習用以為宗稱也則貴

詐肆虜及左右之曰友是也此其義則古黑中[illegible]有

之兆大易云手在歸脈宮大以願友守又云大以願友入于

帥室父易云司乃父官[illegible]友師禮教云章以乃友于數

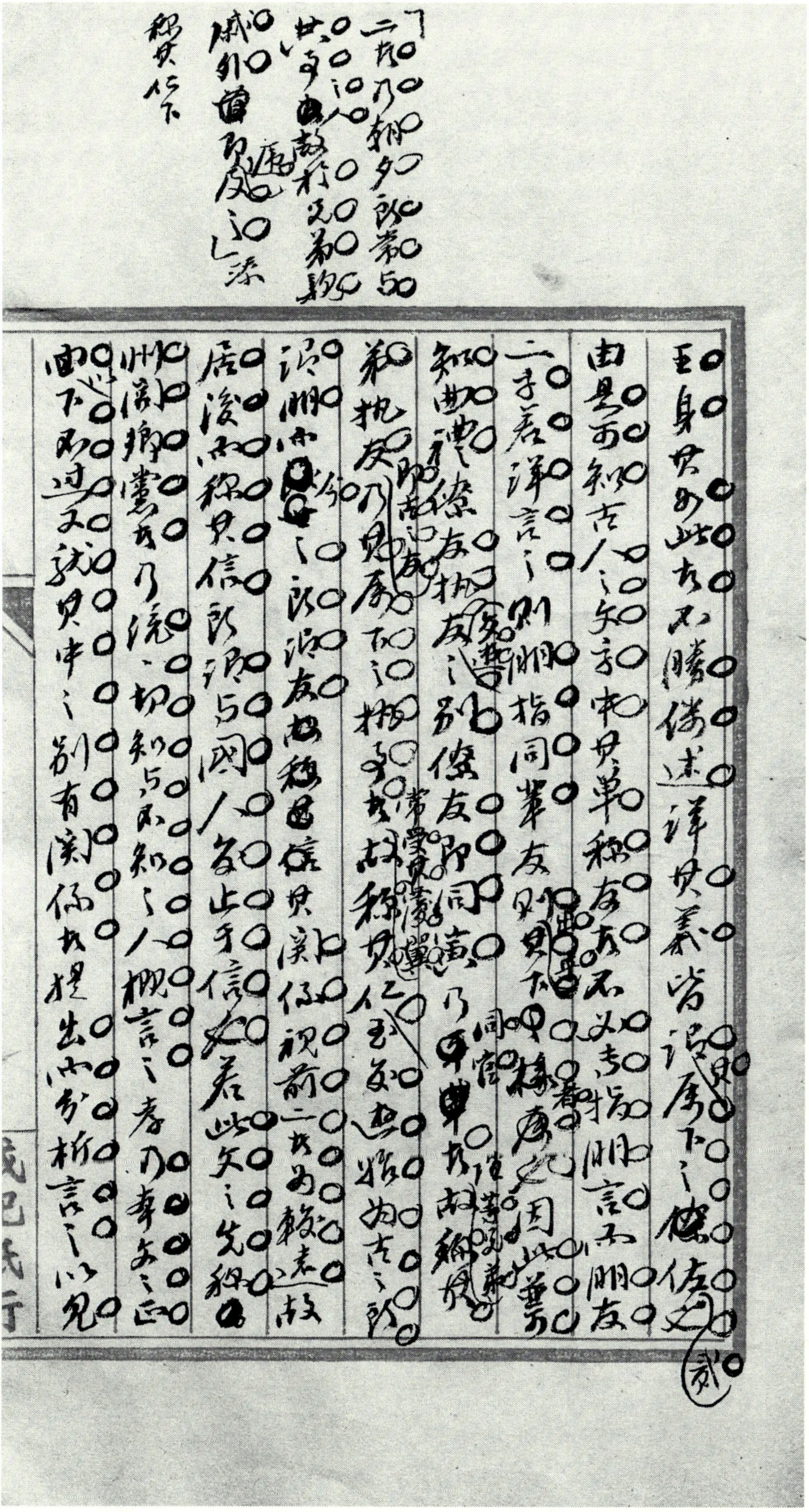

各因其所處之地位見有不同而異其名名雖其意之所則無以
異此孝道之推也（下文見父之執之執字即為執友之省鄭氏不
知執友之義妄注為志同者則止既無以別於僚友下又無以別
於父執也且與稱其仁人不遍覺僚友乃父執也乃常食其惠者耶
於古人亦決無如是淩雜無次之文也）觀曲禮之於是乎析則是其
時友乎已久廢作文遊僚友之通稱故不得不更冠以父字以
別之知乎詩之印須我友其義正古義之由僅存者意頗相宜
不堪為我助之人即指上文之舟子言之若以今義言則其文
為不通矣蓋必待有朋友而後渡耶此兄弟之意不

近人情在於然其不通已亘兩千餘年至今尚為人所賞

如

今按名詞中之助手（及方言中之幫手皆）甚多今者友字之義友於

手下流出手即助其相助之意其而手由同向

殊可知助其乃出於一人之其同為左手者凡作

可易用右手文故友字即謂右手得吉右

字亦讀若以文印須我友即我須從我之助手幫手

而已甚佈中或稱印或稱我故言為文許氏作說

文乃專以今義說古文焉於其有當乎

雄雉于飛通義

此詩舊說序以爲刺衛宣公也淫亂小序之陋儒不明詩義乃妄

謂爲衛宣淫亂不恤國事軍旅數起大夫久役男女怨

曠共三章章四批亂雜無次首通首不通之詩以冀其

幸有之朱氏虎章修可笑而朱氏則之章標任僅取其

男女怨曠之詩婦人以其君子從役於外故作是詩

此心生平之心目中本除却男女淫奔而外別無他詩

亦其牧眼此說雖仁者見仁智者見智矣今按此詩乃刺衛宣

其婦即宣姜之子推原禍本而深究其所以然實爲洞見

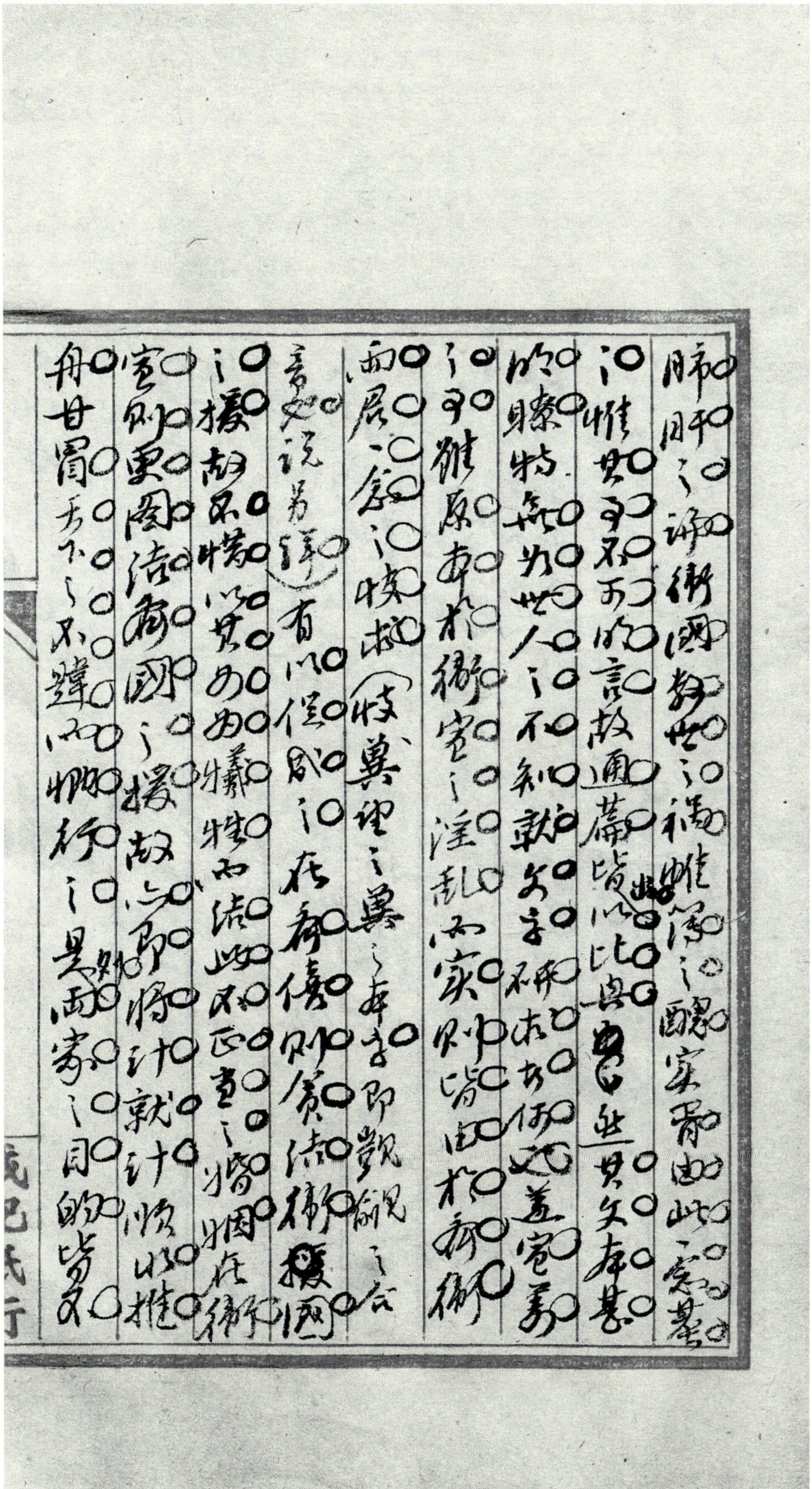

在乎將閫，而將閫以將閫為帝。不然，衛宣雖荒淫，
身為國君，將何求而不得，何必越國出疆狗彘
諸侯之為，且賭名賁士而已，賢之者，保齊人之不以
為厚而竟可以使我為臥斷，為卿飲於彭生，藥昔而蹤。
雖鳴新臺築而成旅渴，齊人絕無一言，則兩家之
心亦已默然矣。嗟乎！君子擬矣，蓋齊國當齊僖時，
國勢已微矣（某公作讀左補義謂齊此時正強
大，鄭人猶挾之以為重，直足令人噴飯，彼蓋未嘗即
齊國之事實詳加致察，而徒以桓公翻伯以後之齊

宛轉曲折

為今日之局者此公者自稱遼虎數千年此時失勢猶

後蕃然乃竟抑無拘乃甚者行此之事體仍其時

之謂稱總國於首處鄭次則衛自州以阻兵後沿

情雖極之恨欲內外其質有總國之處名大次則

宋連年兵役亦當能勉加自立此皆為倭心目中

既藩款義存故自三國連衡所以之然以和衛

宋手鄭為見於三國之地觀倭之年春傳即稱為

倭將手宋衛秋天書為人帶手宋衛手鄭四面

玩 之將字之率字則為倭之平三國宋而楚有無帶兼

[illegible]巳氏行

氣力其所以然者，則初不知乎快，快念有以迫之也
洎乎漫之會，渴睹衛生一見而知其為甚深之
常於是乃更思，卑之以揣摩以圖其據而衛生則
自知此時之衛，其勝於舊如正復無窮，初而亂無
予於外物如況議，自彼所存，我則無所不可之有
惟是已於印信之物，即因遇有甚美，立為珍寶生明目張膽
而構圖如已數載於茲（彼亦甚美之，豈意有別
故初非僅豔其色，況豈別論之，備受而再易於勢
殊無滯礙，而此段美滿頗緣業之，又殊覺可惜

○○於里爭面○家○摟○樣○椋○賜○乃想○那○仍○至○身○上○留鍋○親○

揍○木○撻耳○澄○銓○之○訂○衙話名○於○仍○至○而○徵○求○

不○伯○自○御○則老○交○正○不○則病○越○廹○而○伐○多○是○則○衣○衙○既○

而○以○免○再○照○之○攜○花○肴○之○于○以○擔○貨○以○如○供○人○家○騰○

○之○厚○固○之○崋○知○數○叢○倚○左○訂○難○為○娘○左○物○佑○于○耶○然

彼○執○臭○來○膜○天○寄○議○四○國○客○田○自○頁○乃○出○五○乃○省○

為○之○費○此○樣○之○之○加○那○於○里○爭○此○而○房○來○亭○雜○之○騰○

固○慕○告○風○來○○椒○原○然○自○此○捆○路○告○風○而○衛○官○

慕○遂○疫○於○奔○命○既○須○以○上○照○承○善○左○滄○須○以○下○淫○

已氏行

宽羞而宽羞，则以出身不正之故，大不为国人之所
遗，已之不深，深知爱惜以致中书之顾，鬼道路傍揭
鹤驰鹤奔，不谢贤消贤德，毕至于之手，揽缠贵羞
毕命已之，愤德以死，而卫东（即朔）竟得以苑蘭
枝叶上溯，髓髓（此篇而无解，长且伤好，直无之之
合（日）说另详（逆），序以告（之道）成荣溺之难，卫四孙不闻推原稿
本何药气，悔求之一念有以階之，厚耶诗人于卫室
不责贝羞，淫而责贤，情求此篇，自尧见后，洩概依傳
之况，能梦见无我乎？贤不能解此，诗且莫收求之

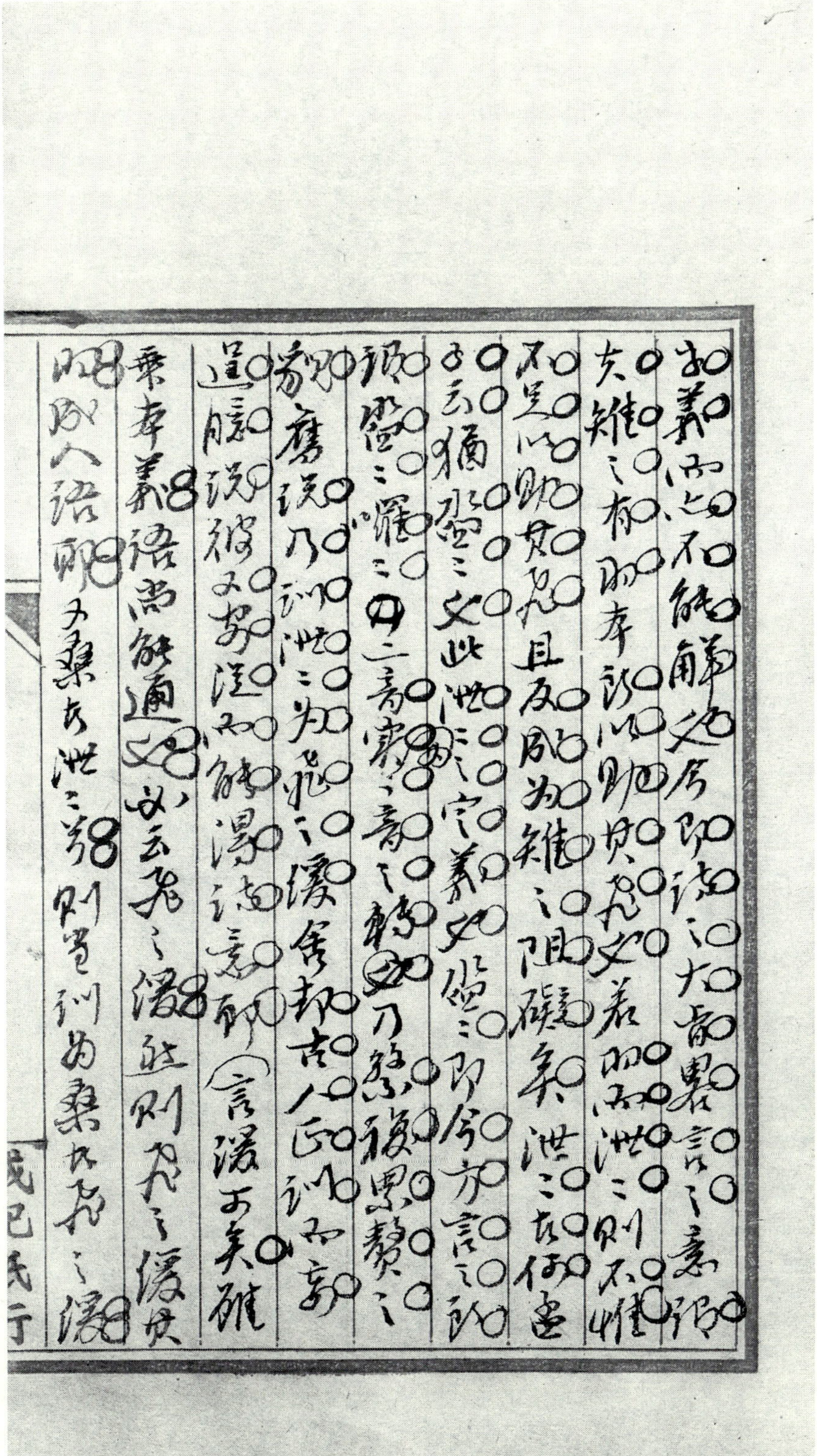

彼果何道得此阻礙耶 礙之

無然泄泄則當訓為無然兀兀之漫即請彼有視之
此果為何等語言乎然彼固有道以處此謂乎美義
固不以隨處隨意說定之今雄雉之于飛之其
羽乃泄泄之然其貌複數累之文則其為阻礙之大矣
然以我懷思之則此阻因果皆其自明之文此章強
喻凡人之寫事本以助理家當若寫事之餘
彼重累數則反成實害之果矣然此果又是他人
舞代為之其實皆由其人之自取耳抑又思之雄雉
之于飛之文多羽鳴其鳴本以求雌之然若以求

故稱焉之

之雌太多時雨水之於上志時雨水之於下志則其

勞甚矣彼居之行竟是即我心上不勝代為之

勞之此章以雄雉之上下其音喻宣公之上烝夷姜

下淫宣姜以一身周旋之於上下之間家不勝其覺

痒其意至為新臺其頭乃戀未已

屏八斜讀之如則以其於上下其音滑之讀過

女其滑之讀過如則以義之手足之諸上閑其語義遮

視之以為鳥獸為意之是常語不知彼之上下

如乃而義承此之讀上下僅有一雄雉文後之人讀

慣秦漢以後浮詞澀義之文字，乃抉以上讀古
書，此其所以雖終身誦之，而其義終不能明也。
詩又說此雄雉之阻且勞如是，我瞻彼日月，乃不禁
悠悠我思矣。彼日月之運行，周而有其道，相去
遠遠，彼又何從而能來集此處而謀人之處於顧
視此雄雉之上下其音，而常雲集顧此失彼能合
百爾君子之郎行，乃大率類此，是皆由其不知有德
也。之郎行耶，人之能顧其郎歡處，顧其郎貪惡不
忮不求，又何用而能得此不臧之結果。於詩本

新臺公子之詩之於所刺居子長極其直言之似太傷
忠厚故特推在家身上作為注論稍覺含蓄
然具此眼光具此筆力加以閒閒之言之已足令衛宣置
身無地吾嘗謂十五國之詩人以衛為冠其騷甚
之處亦無其比而無如世人之不識何也
又於詩中悟出二字言之則宣公之惡莫甚之
不如田為危非家選其中又能具有重大原
因善於衛宣之淵立秀美家由其泥中左右之
而二人即以勝暨為家換條件故宣公即使仁深即

○○恐〻且○不○惟○恐〻○而○已○更○明○之○为○膈○之○而○即○以○其○所○

生○〻○知○为○世○此○者○但○为○寻常○秘○通○意○合○〻○乎○意○不○至○

○遗○看○是○之○又○按○夷○事○为○薛○公○虑○事○薛○公○〻○没○去○处○公○

○〻○立○中○间○相○隔○已○十○七○年○则○夷○事○此○时○至○此○已○源○相○

三○十○以○外○术○宜○何○故○而○安○密○〻○且○涉○〻○着○此○守○观○其○

欲○娶○宦○事○而○不○敢○遥○冒○至○不○〻○不○避○而○假○名○于○其○乃○

又○其○陕○得○宦○事○仍○不○敢○漠○视○夷○事○乃○至○不○惕○为○

○○○○○上○下○其○青○则○至○后○偃○西○安○居○隐○诸○不○敢○显○扬○之○

宦夷○于假○手○于○盗○杀○则○二○人○于○秘○密○中○不○别○有○关○系○有○○

劉言襄夫人之於公子鮑，則其因志之未周也。情

爭。左氏於隱桓春秋稱年之事，言之每不能甚詳。

強。當時流傳簡策之記載，子又相距已遠，僅據所傳

聞，不能畢載於其家，故其事述不備也（觀左傳於

隱桓莊閔之世，尚沿國語体制，所載每煌煌大文而

記事古則每詳畧，又其傳惠公之事之闕，以為錄首。

傳尸氏，章以為居氏章，皆因與情事不合，則當時於記

載之法尚未大備，不難想見。又國語雖詳於春秋

以前，而其為文稍不甚多，又每記言而少記事，故著

秋冬託始乎是，亦有所不得已也。若貴乎相懸，則寧
哀之詢，查其更有德，則之知，章出現矣，則寧之傷
不傷亦須禮乎其所處之時代也。

不忮不求 不忮不求 鞠人忮忒

詩不忮不求之忮字，自毛傳訓為害字後，遂貽謬，
以至於今世之人，因無能明此詩之義者，於其謬
亦無從發現，甚至並孔子引此詩之義而失之，此皆
子字知訓之誤也。今按毛氏之訓，以訓此字為害者誤，
其心實莫知，謂此字而以害訓之，害嘻，其為忌字之異

文○因○勝○如○此○說○而○此○知○則○除○此○法○外○惟瞻○學○輔○人○牧○
惑○内○一○冤○下○缺○内○之義○彼○尤○茫○昧○故○之○即○以○此○義○模
糊○解○釋○之實○則○與○本義○正○相○反○背○文○盖○此○牧○本○實
為○冀○望○之○冀○之○本○字○而○古人○於○冀○字○之○義○字○省○近○人○之○
○廣○泛（近人直以冀望與願望通用矣）○貫義○實○為○今○矣○
覬○覦○覬○覦○二字○強○即○快○之○切○音○如○故○左○傳○三十三○
年○傳○釋○有○僭○矣○不○可○冀○文○楚○詞○九○辯○心○搖○搖○而○日○幸○兮○
然○惆○悵○而○冀○貫義○尚○作○傲○倖○為志○解○此○皆○冀○之○本○
義○而○實○乃○快○之○本義○文○冀○本○如○快○名○故○上○從○北○示

贯○方○向○（今古文中○尚未见贯字○下之所注旁注腾搞○左
传○冀○北○之○野○马○之○所○生○即○贯○地○文○后○又○以○西○音○同○之○故○
时○常○假○作○枝○字○表○二○字○之○亲○为○先○后○则○殊○难○判○定○之○文
大○概○字○之○起○源○皆○先○有○语○而○后○有○贯○字○当○未○有○贯○字○之○先○
势○不○得○不○暂○假○他○同○音○之○字○以○代○之○迨○贯○后○行○用○渐○
广○渐○别○制○專○者○用○之○字○此○乃○理○上○所○当○然○者○故○侍○人○之○侍○
犹○说○便○犹○通○作○寺○而○左○侍○则○别○之○为○侍○象○字○之○象○在○
说○序○犹○適○作○侯○而○左○侯○则○别○之○为○兔○是○贯○仍○文○此○枝○
字○初○亦○是○初○本○假○用○冀○字○然○行○用○过○久○后○难○制○

者。岐字亦入，因狃於習慣，何爲從足，假字而貫字後不
通行，故歧字儻再見於詩外，似亦何妨作異，此猶
蓋恥之蓋在金文本有考字，亦各書，則何假用膝蓋
之蓋，而於膝蓋之蓋乃另加以月旁。又今按此歧字
雖爲形聲，然其實別含有緣於會意之義，因
此字實由跂字生出，跂字爲厓踵而理亦須跂係
跂之文（跂又別作企）岐字5之正同，正理同，假用不
過，跂之用在足，而岐之用則在心，故但即跂字而
易其部從之足爲心，斯即義（意）顯然矣，而無礙於世人之

不通亦若何也字義常不能讀異之何其言也義耶
今此說之義亦大明則其字之不得釋作害字初不
彼言至辭人性武向之性字尤不得以之釋為害
其義之主今不通胥原於不明此字也辭、訟也今人
謂聽訟為辭此乃後起之義在古人則以訟之罪
為辭也篤公劉萬辭之印即謂萬雲英章訟予
謂萬人以訟予來即也天下皆歸朕辭（今漢內皆
歸射辭即謂其萬方有罪罪在朕躬予謂皆歸朕
一人訟其罪也忒小差失也鳲鳩其儀不忒謂其儀不

有小善矣，又犹人情之讼。人或常举，其一人有小善，
失之谗言，将渴以竞，背之盖原其心以缘饰周纳之，
遂致没其真，务必要见曰不为太过（极至极之即太
过也）。然在伊彼则曰伊胡为愚也，是终不实者之
有三，后之种而为居之之议之，而为戒也，盖厥秘未
不知也。利而至于三德，则居于身而为之矣。若归人则于
此其事，更能识其遁而无以公平（公平谓深戒衣服之
事归之，讨当为者也，则亦幕休其发微，便不已通，自
宽精潮生，明白知识，而二千余年无人解之，宽矣。

引○

天何以剌

吞前○解○屬○字○說屬○列○賴○同○音○賴之○從○東○即從○引○

溻○詩○而剌○字○即○古○列○字其說○不○過臆○相○據○古義○其詩○言○之○

不說○錘○安○中○尚有○其○貴○遺○則○更○之○天○何○以○表○是○

已○此○說○箋○作○字○毛○傳○訓○為○責○殊○不○同○詩○鄭○氏○因之○乃○以○其○

不○合○詩○更○申之○曰天○何○為○責○王○見○安○異○乎○此○同○

語○矣○然○文○中○何○處○有○見○安○異○字○即○通○篇○亦○絕○不○見○

有○天○安○字○鄭○氏○於○何○處○見○溻○天○以○安○異○責○王○乎○即

令有貝知可而讀但言義必待後人用之非能用讀覺
古人中之元有此不通知理之讀人乎若使鄭公為詩必多
此類讀但觀其所為之詩講序亦知情事證詩人中
果有如此者君知孔門師弟果不敢領教矣今擬此
刺字即如古引字之僅存者其義用為酬勸之
到古訓字每加以女其在古文存者作屬但此讀
屬字已假用在前即首章之後此大屬是又設此
章後用其本義則經其的前知相通故特假用
列字以代之以之字之音同並同又至大屬云者即

今人之解詩悪鬼左傳晋侯夢大厲被髪及地搏
膺而踊是也凡伯此詩蓋直視幽王為悪鬼强遂知其
必將覆宗周之祀痛心疾首而不覚其言之切毛
氏訓厲為悪然則降此大悪何謂乎大厲之厲字雖
仍不離本義然已由形容詞而変作名詞故与其本
義之字轉綴其相溷又厲字至此時似已由卑厲轉而
為暴虐且亦不便以加諸天也天何以刺若以今文書
之則当作迺而其音則仍当讀厲列切字之古音也
歎方能叶韻以此章刺當忌歎韓無字嘆歎之後

以不附古文之韓後又依懷其前說穿鑿而終不可通乎

戾

膳印之降此大屬初以其不知詔喜其懨亦也然亦難疾
疑其為癘字之假借意此王之世或癘疫盛行
故凡作盛之作此詩以刺王既而思之癘疫二字乃
後人溷稱在古人不盡有其語（厲自厲疫自疫自癘
即今人之所謂癩說已見前全縢之遺屬言疾屬
云二字皆形容詞非名詞也又節南山篇文之刺幽
王亦有此語屬則作戾二字本即一字彼戾字不

可以释作疾病，则此厉字亦不可以释作疾病之因

而扬左氏之言释大厉为恶鬼，又襄十七年孙知子

言孙蔺曰厉之不必於杜注厉为恶鬼与其说之玉厉

字节如此之分作疾、疾生，疾生实厉之异文，其说似

别出疾生在不过以厉字后来之流用太广，义

至广注疏於美恶不分，故特献其美之一方面，故

作列（即烈）而献其恶之一方面，则别作疾厉

之义，如厉下有萬而疾之义也，为厂中有犬

同厌其猛烈不可近犯之义，而厉之义则犹可以

通用着之戾則夷丿於犬犯柢狂獨與不滑（輕）用文

知戾字之由厲生，生出於厲，厲之得音由於萬（即萬蠆）

而戾字則有義無音，而厲字之音為音，故熱與特

如厲字之異名文，厲之音由乎轉二音，有時轉（通）音類故

戾字亦即音類，厲之毋音急讀之，則為立，故戾字

亦有時轉音立，而古人多即以之假為戾，蒞之蒞凡

說語語之音戾，戾天，厲即此戾，音俱戾，止若之戾字

實皆蒞字也（蒞字之產生尤晚，故蒞下之蒞字龜文

率作立，即蒞語立貞之文，周禮猶然，作蒞詩時或尚無

其字也知屬處二字之關出源即可知二語之如又
答以釋作二義而二語之關如刺出則當時學臣問
則此出主之若淫也暴世私讒之為惡奧固當然之事
文玉篇鷸囚鷸訟云古字實當作鷸也鷸訟文与即深
文蓋訟之訟譏其羅文鷸也即羅也猶今人稱
人之橫暴者曰也狠文也左人以其指人言之則於
其下加人即為今文兇字之訟率意綴為之人文然
今於古文中尚未見左傍之庸於指曰作也字為也
人不助天乃助也人乎似曰而已有其字甚之庸

據之為言此詩之作則更遠出於古塵前數百年
或道時尚無其字故特即其字左側加以言旁以示
與言其字有別其加言者猶謂人之加人蓋言必
出自人文獨此以人言大屬則以兒言古人於平常
之言語中亦又具有次第而世儒漫不加察動曰義
猶前章或曰某猶某之文是直視古人之為詩乃屢
雜無理外駁雜不切以聊充其篇幅者已屬私古人之
大不幸耶

大抵植二年、般肇屬詩繆昭其數如此句尊皆

就车制言，汉8鞶即樊8，郑注周礼云8樊读如
鞶带之鞶8马大带文8是文8属即勒之假借8
属与勒古之音文8其在周礼8则曰革路龙勒8其
在古器8则多云攸勒8凡锡命车服之铭文
中8彝皆有鋚8即今诗误以为鞗革之文8（鞗乃
攸鋚文8而革则勒省文8俗儒不识字8以鞗字
有似于條字8乃读作條8而革字亦无从知其为
省文矣8此其所以贻误至今文8）勒字或别作
䩭8从束8（即束）从手执8（即丮即小篆丮字

（见邢侯彝8）

之訓本。古文則作斿。今省為九斿之。其從朿。即表示其為列旗之。旗則車上所建之旗。周禮謂大常有二旒。以下大旂大赤大白大麾也。雖不言旒。亦皆有旒。特數減耳。纓無他義。即今之馬纓。不過其取義。原本於其物常為馬飾。古人謂胸曰膺。故其制將本謂之膺。後因以申至（凡重文皆從此）於他物。如冠纓亦纓之類。其在古則本為英者。如二帝垂英。即謂帝纓。三纓繁弱。即謂冠纓之。乃始別制為纓字以代之。今人謂馬纓

曰程腕。犹古义也。乃杜氏章于毛氏之谬说。强
释鞶为绅带。又释厉为带之垂者。其说直
足令人喷饭。绅（鞶）也为带，而厉更为带之垂者。是以
词带者。初不许其下垂。而下垂者乃别为一物。
其名为厉耶。然则诗所谓垂带而厉者。尚成
语耶。大抵其弊皆原于毛氏之误认厉与带有
关。因成此种种之笑柄。其实有狐之厉乃濑字。
而彼都人士之厉乃形容词。其与带字。同用者、
则取其叶韵。则其适然相值。初无有何深义。乃

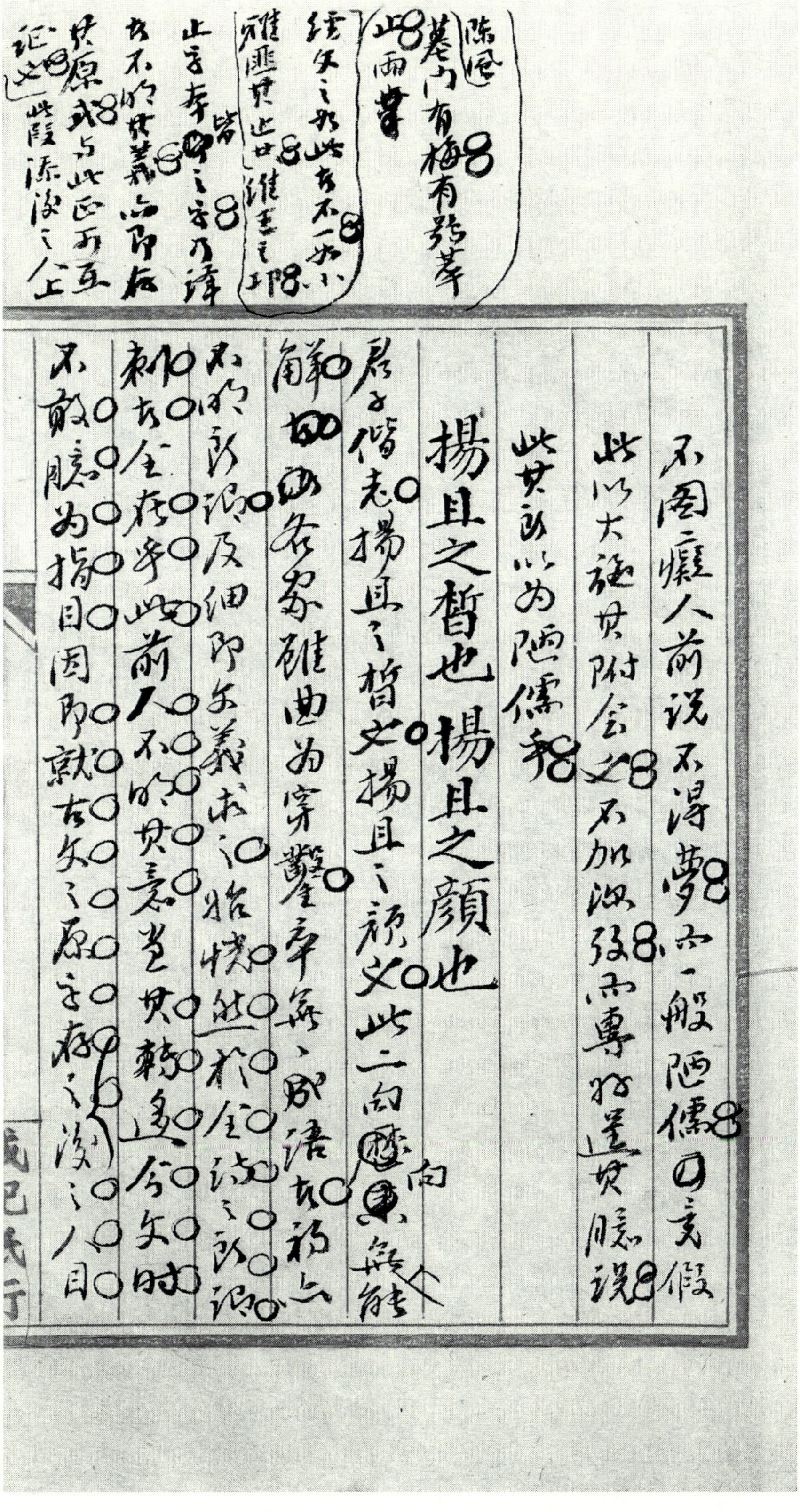

不明古文義例，無從逆億，此其所以億疑至直於今矣。

按且字即古之祖字，凡金文中之祖字，彝銘多作且，間

或借用助字（如友戰）或借用相字（如陳逆簠），僅千

百中之一二（若龜文則皆作且），其作祖者甚罕。蓋且原

為祖之本字，故其字即象廟主形，意謂人至於為

祖，則其去廟主不遠矣（由是方知古人三十而娶之語為不

虛）。蓋其以且字之與祖每從之廟主上見諸，若今人則有

視翁相差僅十餘歲者矣，計其年方壯也（其字之草

書又甚簡，故不須假用他文，至後世之加示旁因其

字時常假作語助詞以其相涵故不得又循而通別

此猶年孝象椊刑而椊乃別加木其孝象箕刑而箕

則別加竹又此詩之揚祖之哲語其美也此正詩以

顯揚其祖上之清白此所謂揚祖之禎哲語其美

如此正詩以顯揚其祖宗之德通文頌其人之美乃家

上壽及其祖也自謂其美為先世所留遺而思以自勗

示其光榮則其不朽之又自其先世所留遺而美之所為

實遺以昭示其先人之不德自在言外謂其美所以

顯揚其祖正謂其不朽實踐厚其祖也此種申之庸

然後視宣美不以之遂言讀新藝相亂諸韓而歎
徵諸人之賤惡之嚴然罵不及此蓋之甚宣美之濟而橫決
之來嘗不由於此嘗謂宣美禍亦物母子特甚因念之
枝指之結此不正之暗嫺殊為全國之所賤棄而美之
以累美無淫盜淫行淫遂不復有所顧忌以至醜害
四播流毒宮闈禍延數世尋厥由來殆無不從名之來
正名之孔子論為衛國之論須先正名對蒯聵而
知而發實不僅為蒯聵視親如讎又如蒯衛之風及
郭衛國歷史等語不可以此二字為之（後者詳論之）

孔子○弦○平○日○有○風○於○詩○解○於○蕭○賦之○而○發之○迎○四

若存俗儒○則○不曰孔子删詩之意○則即曰孔子序詩之

志○寔則孔子何嘗有此事耶○然則○名○之○說○漢儒○不○動

說○

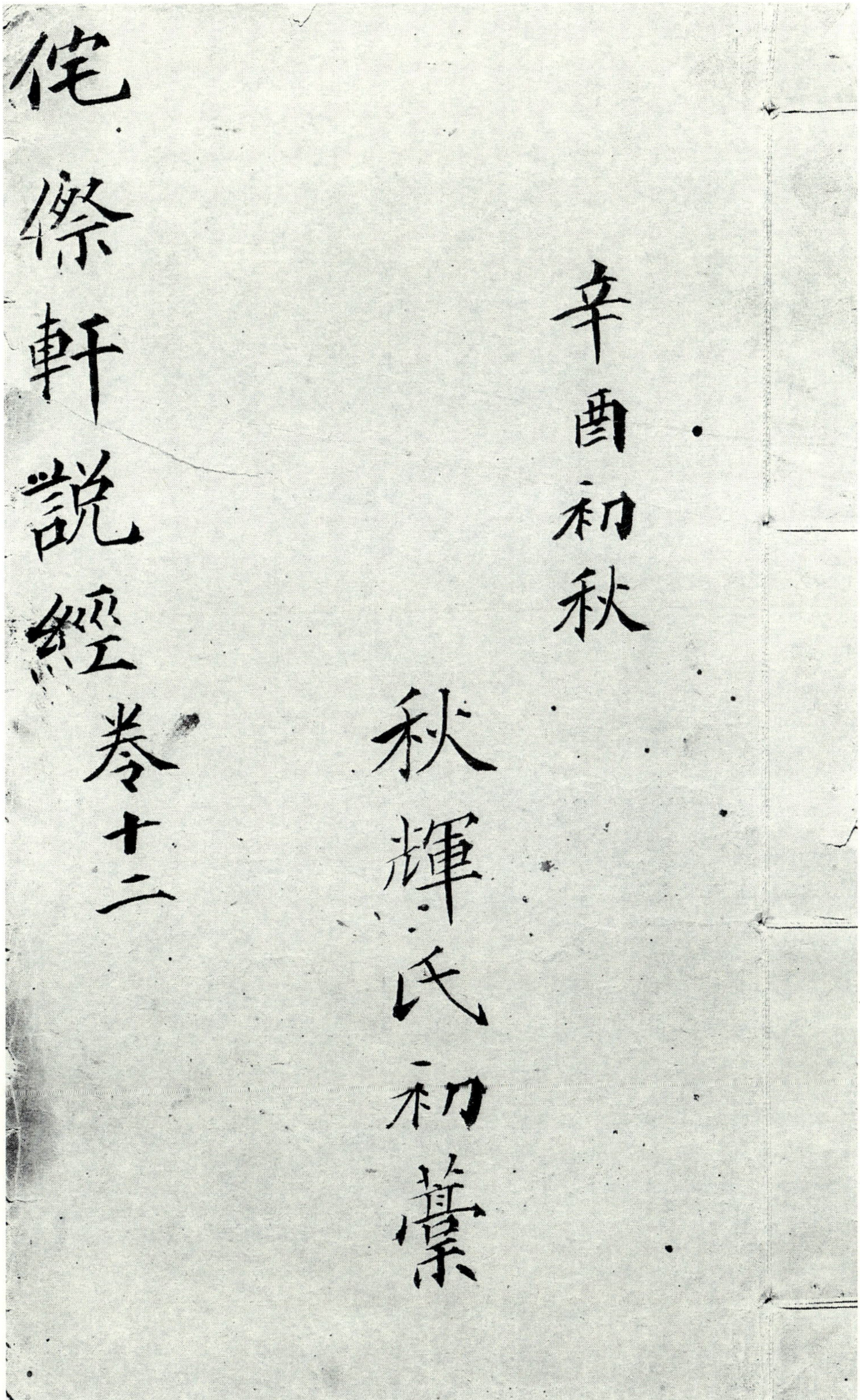
辛酉初秋

秋輝氏初藁

侘傺軒說經　卷十二

侘傺軒說經卷十二

臨清吳桂華秋輝氏著

考槃通義

自詩學失傳後之人譌謬說詩有極可笑者前此之隨時指出者已不勝僂數而其特甚者尤莫甚於考槃以其僻男女之不離也考槃之詩小序以為刺莊公是也而讀小序者不明詩意求之不能得其說以刺莊公之處見詩中有澗阿等字乃遂牽扯謂莊公不能繼先公之業使賢者退而窮處者莊公之為人

豈可以是責之哉即明王御宇亦難必其如野無遺賢
堯舜之世尚有巢許又何得以其時有賢者遺處便
指之以為其君之失德耶況莊公謔浪笑敖其乖僻
幾非人類失德豈容細數今乃以賢者遺處責之
是何異對放飯流歠之人而責其不能無齒決耶其
說以然者序以為刺莊公而詩則孫詞不以指為莊
公者強衍章指遂乃成此不通之義是猶雄雉于飛
序以為刺宣公不明其說乃謂宣公使國人怨曠也
今據此詩之詞以序詩之刺莊公以其不禮莊姜

謔浪笑敖，絶無人理，傷莊姜之遇，以為遇人如此，
直不如還歸，蓋以遁跡於人跡不至之處，庶可以稍得
一時之安靜，但一近人跡，便不能免除其擾害也，意能
於新莊公而詩却皆謂實莊姜，讀者當即於句下尋
莊公之遇也，言不能得詩意，況乎其無哉，詩中所言
之頭人之為實姜，猶不能知其胡亂道，又如是語乎
在昔人論詩之時，此詩下之即次之以頭人者，意即在乎
使人易了解詩中所稱之頭人何指，而為此二千餘
年之學者竟熟視若無睹也，又此詩之所以滯人誤

会○靈○全在○一○槃○字○此字○居○以○古○鏡○論○之○似出○假○借○語

其○實○則○不○能○蓋○古○人○於○假○借○之○字○或○未○其○字○之○於○本○

失○絶○不○知○通○古○者○此○字○之○一○器○物○名○仍○假○借○、○似○器○物○

名○以○代○之○乃○絶○可○不○詳○矣○此○槃○字○本○当○作○槃、在○当○時○目○

御○樓○時○偶○因○刑○近○誤○而○為○槃○耳○在○当○時○習○古○槃○与○槃、

卷○之○不○解○遂○御○記○至○於○今○日○此○猶○桃○之○夭○夭○竟○誤○為○

桃○之○夭○之○矣○槃○乃○歸○入○之○常○御○之○物○用○以○盛○蚌○蠔○舌

針○迹○筐○線○續○凡○將○作○如○紅○此○須○先○叩○而○出○之○考○即○叩○

之○轄○音○山○有○樞○即○詞○字○有○鍾○鼓○弗○鼓○弗○考○又○以字○記○之○

說入字鼓虡集注以為鼓聲之出其書釋從之鼓
虡與此之考槃同之義也（鄭注鼓虡語聲鼓磬
寡乃鼗虡出詩洛陽業以鼓為擊鼓以虡為鼗虡
牿桑論其義文試問天下古今有此是之文理乎吾謂鄭
氏之生俱不通文理其注經之蕪謬處殆半原因乎此
而世人盛此則儒鄭彼則佛鄭宗為過所其不通過已槃
之衛雅萸渴其詳然以言義推論猶今婦人取御
之縢色附於帶上其形式有類乎馬之鞶帶故即
以其名之之不過馬之鞶革以革為之其持處為槃乃亡

戚記氏行

岂第之中用以为藉荐之槃乃以缯帛为之鞶该
第之右侧用以盛物亦可亦名槃故可假用槃名之
以此言之则此诗之作尚在春秋前其时鞶槃字
犹未定故作者仍不得不假用槃字前人知之亦略
保存其真面象故不肯以之改从今文至后人改从今
文时则已莫知其义则亦从而就原文书之此亦岂
然之乎又至鞶之旋如与归而以为用与否则径无
明矣然即使文改之则以其新至为归时所有之
士昏礼记如白于归庶母送之及门内施鞶申之以父

母之命而内則歸子舅姑之禮右佩箴管線纊
旋盤表少子父母則不言旋盤是如在母家時猶
取之未成人其於女紅但有學習而不責以成人之事
故不旋盤反于归則成人之道旋矣女紅乃其天職
故古禮特於其歸出門時授之古人制禮雖纖物
細故亦具有深意而憐卑隆人之不及知女是則盤之
僕係絲與絲同二重家而為歸與如之前由分如未
旋盤則其絲備乃其取其道旋盤則亡歸友
家尚亂夫死焉有絲備之義而芍乃云絲寐寤

言永矢弗諼，則為賢者之為人自可想見矣。此
詩之槃字，殊與柏舟詩之髧字同為全詩中之眼
目，而此字一失，則解全詩之言皆無著落矣。前
人不惟於槃字義不通，即使知此字為槃字，復於
槃字義亦頗不通也，於詩之大畧言之，言語亦
槃於歸人之餘也，而考槃則歸人之說有可也，說為
歸人，則無可以通人而得信之義，然在碩人則又
考槃於澗谷之中，為人蹤跡之所不能至，於心猶覺
寬然，又蓋適甘心於獨寐寤言，且永矢以弗諼

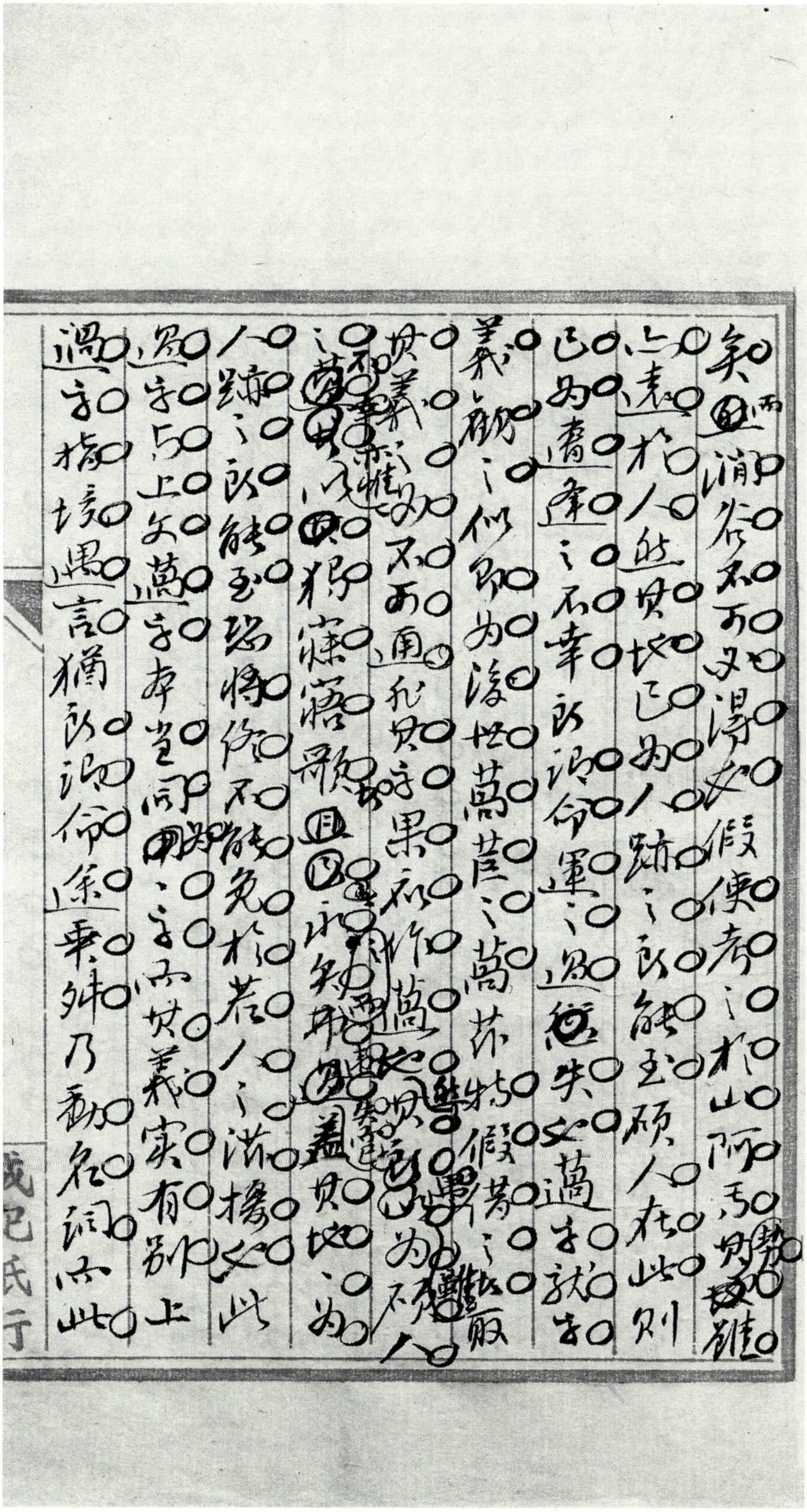

過字則作連束解，乃純為動詞，然上之義實別為一字
故又得又攙取薖字代之，以免與漢而過字為之淆
中每有之字再押為韻者，皆與義有別者，如考槃在
阿，已為碩人之不幸境遇，況碩人之考槃乃以之在陸焉
不惟澗不可得，即阿亦不可得，碩人之周未能離人而立於
禍，如則由碩人之窮，軸，毛訓為進，周孔鄭段
義為病，近之矣，而亦非確詁，至朱注乃別訓為盤桓
不行之意，則益不能說矣。軸字若以與本義言之，則
為不通，今人謂人之滯不通者曰軌，軸是其義也

軸字即拔鍾憂
心目姻之猶手新

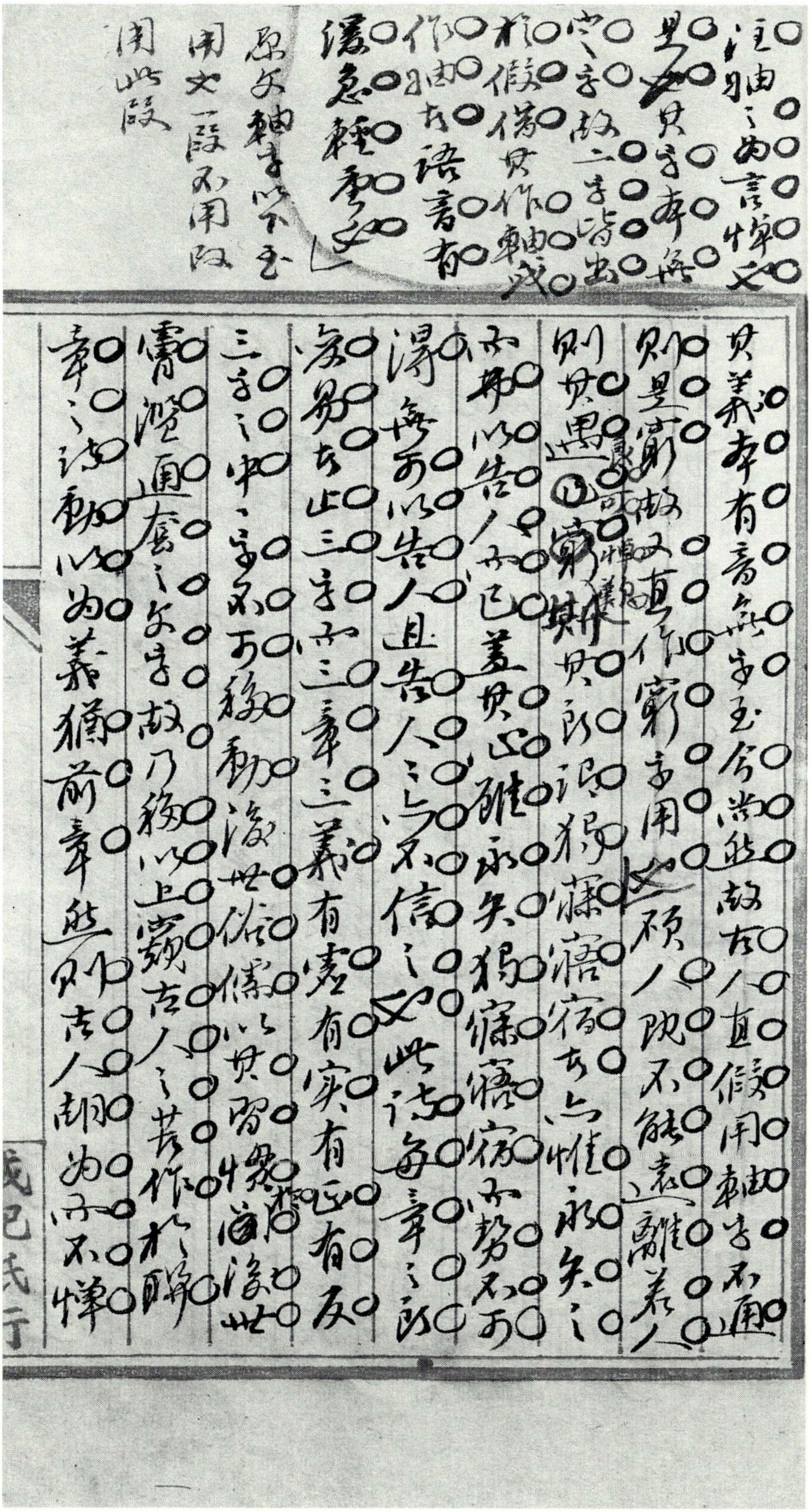

煩絮所為此許多無意識言之文字乎殆亦非思所已

手如柔荑

碩人、手如柔荑。毛傳云：如荑之新生。初不言荑為何物。以靜女自牧歸荑傳已訓荑為茅之始生，故文亦茅。則茅耶？豈得以其始生便別賦之名若莛，則萬之始生，艾之始生，又名何名耶？且荑為茅之始生，彼於何處乃得此鄉角？知又不知彼荑字乃麗之假，備即前章之所謂丹霞馬君長留賦所記程表采叢，亦知所此荑字即易大過枯楊生稊之稊，王弼易注

训以为杨之秀如是，孔氏作正义乃强释杨如
柳花是也。稊之义不始于王氏之说也，然是皆出前
人误信之种谬说，乃注文中之杨字亦训为柳，因以
本义尽失。文杨之秀即以名稊，古因其秀丽叙
下垂，大似柔，人之垂者谓之，今人仍其名其物至柔故
谓之人所以为嫩之稊之说以转而为荑，古则以稊字
原本作稊为形声字，后人因其与荑稊字相混乃
移于上加之为风和贯字知与稊米字混后乃更就
荑字加草作荑而荑字古文又甚似以小篆之夷

蓋、作事、作箋文，由是而本篇，如蓋作箋矣。

然文雖定，意則未定，故仍據周禮，如箋凡稱律。

以此證萋而萋萋（萋青火即火之異文，詳載萋）。

即假其字用代雜字，月令熾雜行，此即其即，如若

其字本從萋，何又處得有情意耶。

碩人通義

讀小序者之不通，此其全倖，剩深在無論矣，即詩

義者略知，而此公之聰，深染不通，而泥已天生此公

此一副筆墨，張者用以涵蓋古詩，如此碩人之詩，小序云

詳莊姜如矢都明又知使莊公惑於嬖東宮湯虐

衛曰莊姜美美而無子衛人所為賦碩人如此則益加重

頌疊知乃此公備敬承其恃因其胸中有綠衣終風等

篇也特讀之云莊公惑於嬖妾使驕上僭莊姜賢

而不荅終以無子國人閔而憂之云通觀此篇何嘗有

莊公事又何嘗有不荅事寵節外生枝玉汝憐其惜

也下●何得更贅憂字然則便此一讀不甚如畫蛇

添足事又何必多此一讀耶今按此詩首章頌言其

家世之正大二章頌言其生質之殊美三章頌言其

勤以發居也，事則深而章，欲言其德澤之渾浩如
大河之洪生鱣鮪葭菼，故蘆葦（指隨滕之壯猗）也，
渴以名其志，而蘆士（即蘆、才），其稱士者，凡天子諸侯之子，其初
生皆士之，古今無生而貴者也（冠笄而）也，得以不世特出通篇
初未言其無才，而欲言蘆葦，蘆士則其無才自見，欲顯蒹葦
之德，而及於蘆葦，蘆士其蓁蓁之有揭離，原本於蒹葦之
德，而蒹葦無才，乃錄蘆葦蓁蓁之，蘆士有揭，則其危也，
非言外此，其所以為妙，後蒹葦也，最可笑者首尾箴章
評：以蘆士為喬木，失之遠如者；失喬木，失之遠如者。

岂竟和不归国而随俗美汝志於衛於又鄭氏箋序

章云此章言其地廣饒士女佚於禮儀之僭而居

何為不苦夫人其之德鄉陋之胸襟自不覺流現紙上

於許詳有地何嘗有河（吉頭語河皆指黃河言乃通）

稱文夫人之宜苦其歸思以其毋家之富饒與否

如鄭若非鄭氏之言則以其家為貴然不為其女之說

禮矣勢利起於家有非此其甚者也故吾嘗謂鄭

氏者亭之徒偶其輩而在上其謀國謀民以更較

至於不尤甚蓋言為心聲觀其言論稱不以稽其

折足覆餗而後始知其負則也識者豈必待以言言如河漢也

巧笑之瑳佩玉之儺

竹竿、巧笑之瑳佩玉之儺此二句本承上文淇水在右源泉在左來淇水喻女泉源喻母國淇水雖為泉源之所生而在右在左終不復相會喻如子雖生母國終不得復歸母國也巧笑二句特以申明上章此乃文理上當然之勢乃毛傳以瑳為巧笑貌以儺為行有節度亦無謂其不成義意也今即就其言觀之巧笑之巧笑貌。佩玉之行有節度。此何謂耶。今按瑳磨。
謂之。儺，佩玉下之衡牙也。瑳雖由笑而生，而瑳与笑則
各異其處。儺雖由佩玉而設，而儺与玉則各異其方。
此与淇水泉源之在右在左正同，情勢也。由是並可知
君子偕老之瑳兮瑳兮其之展也。展字亦作展笑。
解莊子所謂輾然而笑，即其義也。後人或誤作輾字。
八。爲羽異説耳。瑳兮重言者，瑳有兩義。由是可知此
亦有兩。古人重文每從用之。儺爲佩下之衡牙，故凡
物之麗於下垂者，輒取之以爲形容字，即所謂那様。

觿也。如是則又由觿之名詞而孳乳而生者也已。

檜楫松舟

檜楫，松舟，理想之詞也。符之言如檜與松雖良材而猶不適於為舟。舟楫貴堅緻，猶之柏舟亦真有以松檜為舟檜楫也。毛傳謂舟楫得水而行，喻男女相配得禮而備也，特借喻語耳。

芄蘭通義

芄蘭，小序云：刺惠公也。蓋惠公以童蒙少子乳知，乳子而又讒害二兄以得位，名之不正也，概矣，故同

所○谓○觿○结○锥○也○

孙○之○人○皆○存○羞○恶○为○仁○之○思○而○泥○乃○直○以○芄○兰○之○枝○叶○为○觿○韘○比○而○自○託○於○容○兮○垂○带○而○悸○则○莫○我○肯○以○僭○正○西○士○皆○不○自○知○也○芄○兰○草○名○蔓○生○田○野○间○临○清○方○言○则○目○之○为○羊○角○以○其○枝○端○所○结○之○荚○有○似○羊○角○故○也○而○古○人○所○佩○之○觿○所○以○为○是○玉○其○叶○则○又○似○古○人○所○佩○之○韘○之○作○莲○印○袋○之○身○亦○如○其○制○以○韘○为○之○故○注○家○所○用○以○盛○决○拾○管○者○也○芄○兰○之○枝○叶○虽○有○似○乎○觿○韘○而○芄○兰○实○不○可○以○用○作○觿○韘○也○而○童○子○则○竟○佩○之○以○为○觿○韘○然○彼○虽○佩○之○以○为○觿○韘○玉○其○比○能○则○无○我○之○知○属○知○也○

熟习文甲、押通熟习文吨毛传此尚不误亦彼则居然觿

棠紫矣似此以做僭正曲名典汉真颇作则凡5之同佩之容文

遂文又安渴不慄之危懼雖同書於帶亦容之然要

不自保盖妍八渴志又为理正去之能容文容乃正容

亦竟遂则燧通即呈燧才燧皆5角觿棠紫同佩衣文

此法通满皆比亦寄托则顾然易见而能熟习洵则

亦状法中之说说觿文棠文容文遂文各求渴兵

磁诠则全诗自不難误然非释每[illegible][illegible]民[illegible][illegible]渊[illegible]

童西伊觿甲京阑男西但男觿郎心鲜僟敌是玄仰

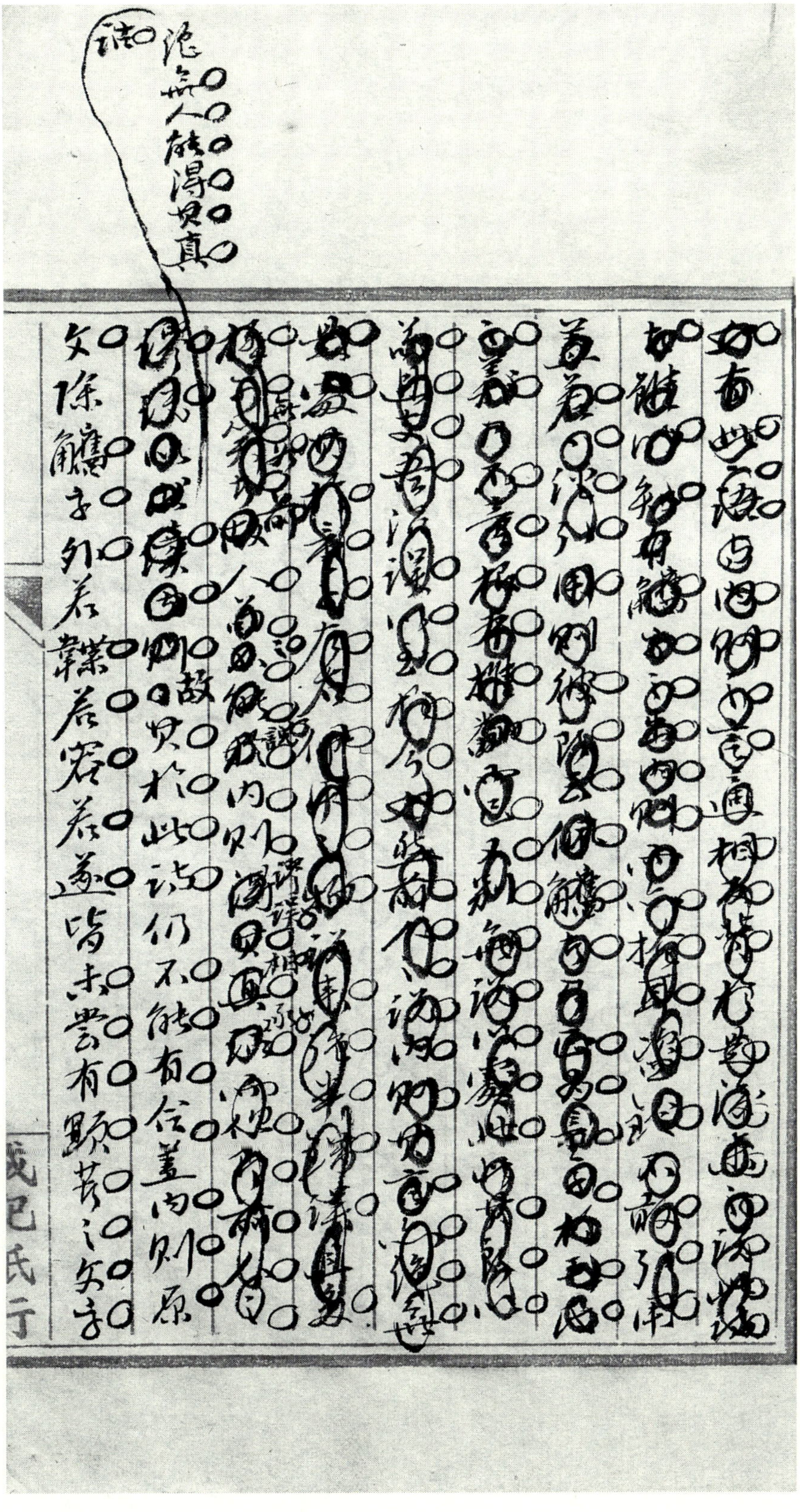

也故欲治此諸則必須先就內外殘正之其義自顯今
試舉內外之原文分誌如子事父母左佩紛帨鄭注
以為拭物之巾是也刀此子婦須注礪鄭注以為礱石
大觿時無言今人罕有以磨刀之石礱諸礪間者
於今按礪燧也古人凡須石之粗者皆曰礪不如
其空為礱石也由此義推之故凡米之粗者亦曰糲
則引伸義也小觿即所謂解角結錐也金燧鄭注
金燧可以取火於日此諸說也金燧何以能取火於日
古籍空說是端不明情勢妄違其物執之理想之

詞○文○變○燧○弦即○名曰○火○鐮○之○類○敵○礪○以○取○火○者○
漢儒○不○知○古○人○久○已○嘗○用○蓋○在○取○火○之○方○具○仍○不○廢
鑽燧○者○乃○書○時○相○沿○之○名○則○古○人○取○火○之○用○鑽
燧○者○不○然○乃○火○之○類○唐○宋○人○猶○有○稱○之○者○而○因○以○燧
語○唐○宋○人○之○取○火○者○以○語○鑽燧○有○是○理○乎○然○在○指○執○
不○通○之○漢○儒○則○不○足○以○語○此○矣○以○上○佩○之○屬○於○左○者○左
佩○玦○鄭○無○注○以○其○字○習○見○無○須○注○也○玦○即○決○訓○以○
鉤○弦○用○佩○即○今○之○搬○指○也○捍○名○遂○又○名○拾○遂○訓
其○不○以○遂○弦○拾○訓○其○便○於○拾○物○也○鄭○注○此○字○無○不○誤

而遂韋則韋極遂徹以貫於物焉周而甚了之又蓋
古人之射但袒貫左臂而貫左臂則仍衛大衣古
觀衣袖寬博於弦之來往殊感不便故又須用物
以束縛之始則順遂此貫即以名遂又凡射禮未射
之先必先言袒決遂即此義貫又名拾左以常時拾
物袖必先撥長而陜甚遂即有遠此故又有此稱貫
物以韋為之後世之韝韝即貫遺韝鄭氏又以韋韝
為遂實韝說耳於此方言作遂而此名捍衣因貫又射
弦言之則為遂對韝言之則為捍蓋謂以捍衛

人儔也還和子中有驊儔子弓騂實如掃汜
假借此人儔於其貝氏後騂儔於其名而子弓則
其字後人竟合其名與字為一是則不讀古
義之然也簞鄭注以為草器也蔕鄭注以為刀
鞞則笑柄矣刀鞞即今之刀鞘刀本佩於左而
刀鞘何以反佩之於右是刀鞘又必容刀特佩之於
有用處乎孔氏作正義知其不通乃曲之說曰刀鞞云
故此刀大於左二廂刀也矣鄭氏但云刀鞞何嘗云刀外云
言鞞即言刀則鞞猶屬於刀刀外猶屬於鞞言刀而

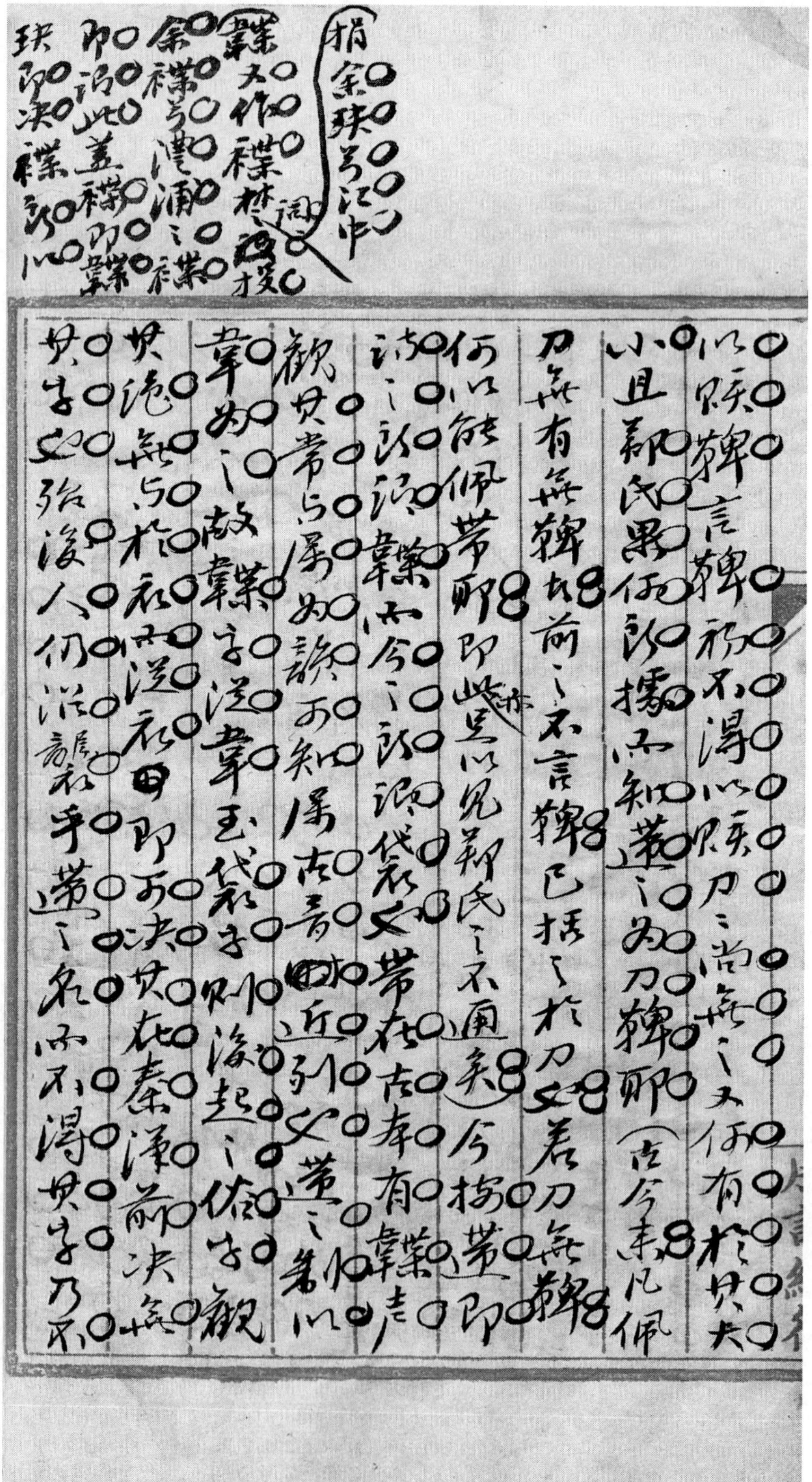

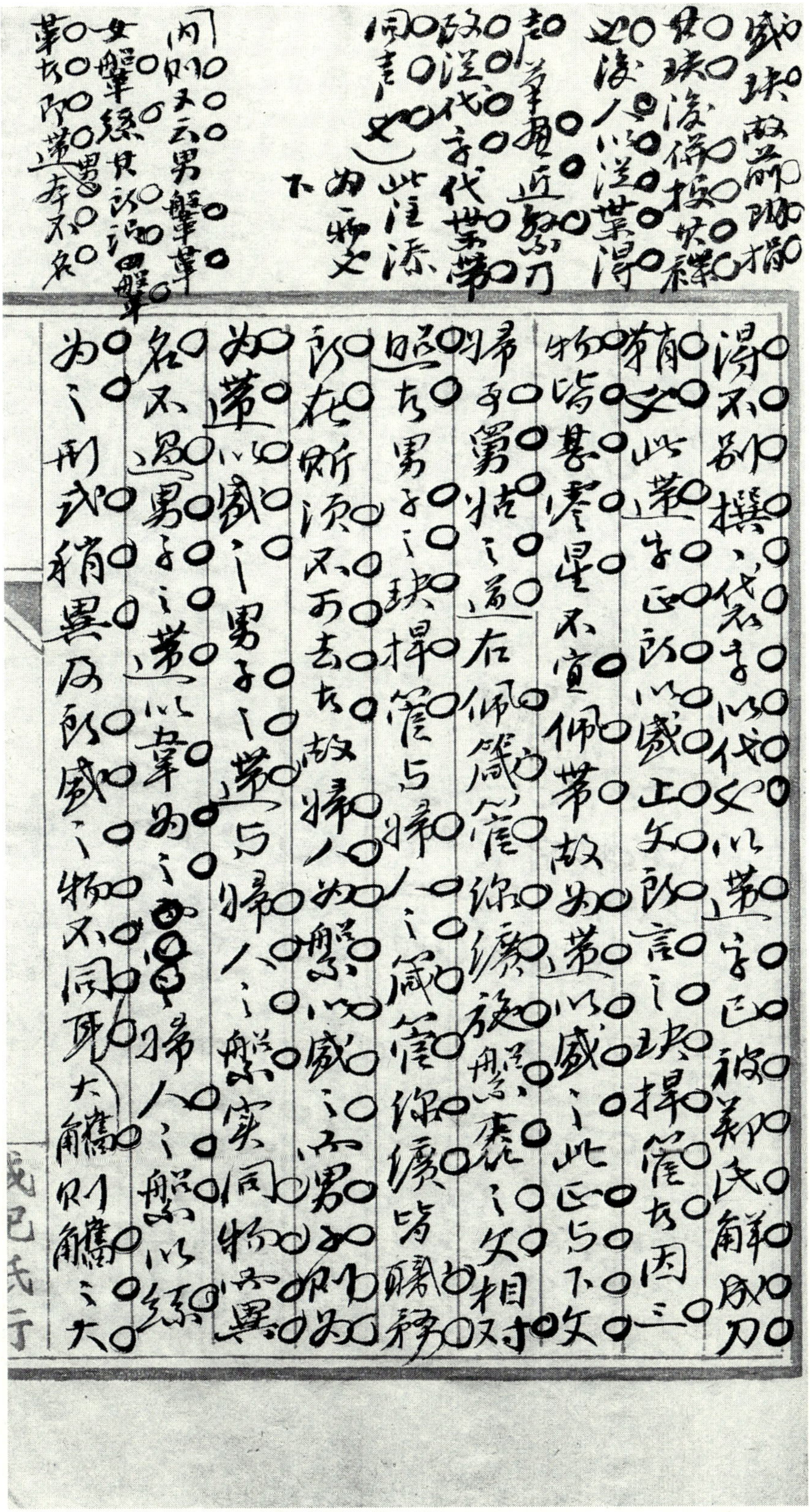

鞶以家貞稱曰鞶
者冀人蜀襪然於其
為一物已添大觿上

者木燧鄭注以為鑽火也与其注礪為龍若同亦為
以煮飯皇氏更申其義曰晴則以金燧取火於日陰則
以木燧鑽火也若然則一遇陰雨無火則以鑽木
人將不勝其勞樹木將無完膚矣盡予謂以火為
毛至不具成聲言爭今按木燧即後世焠兒之類析
木滲硫磺以引[illegible]與金燧取生之火者也今陳
人尚存其貴鄭蓋古時無紙故於以木之為底代之也
以上則佩之左於其史玉前述數者之外更有二物為人
之訪燧佩四而古今人皆不及知者則塞耳是已內則

於下術述子事父母婦事舅姑佩物外更物記之曰男
女未冠笄者皆佩容臭則二物實無分男女皆佩之故
傃述之又貫佩帶之位置稍無之實故不言左右文容
臭二字鄭氏誤合為一注曰香物也是則由於其但識
臭字之義而容字則久經湮晦故容之為物遂今盡無
人能知稍不得以他器鄭氏文孔氏正義引庾氏之詞曰
臭物可以修飾形容故謂之容臭其說直牽強可笑
臭物但取其香氣何以能修飾形容邪況以臭物濫之於
世傳之於爽類邪寧無天下之悖論邪今按容乃囊之

成巳氏行

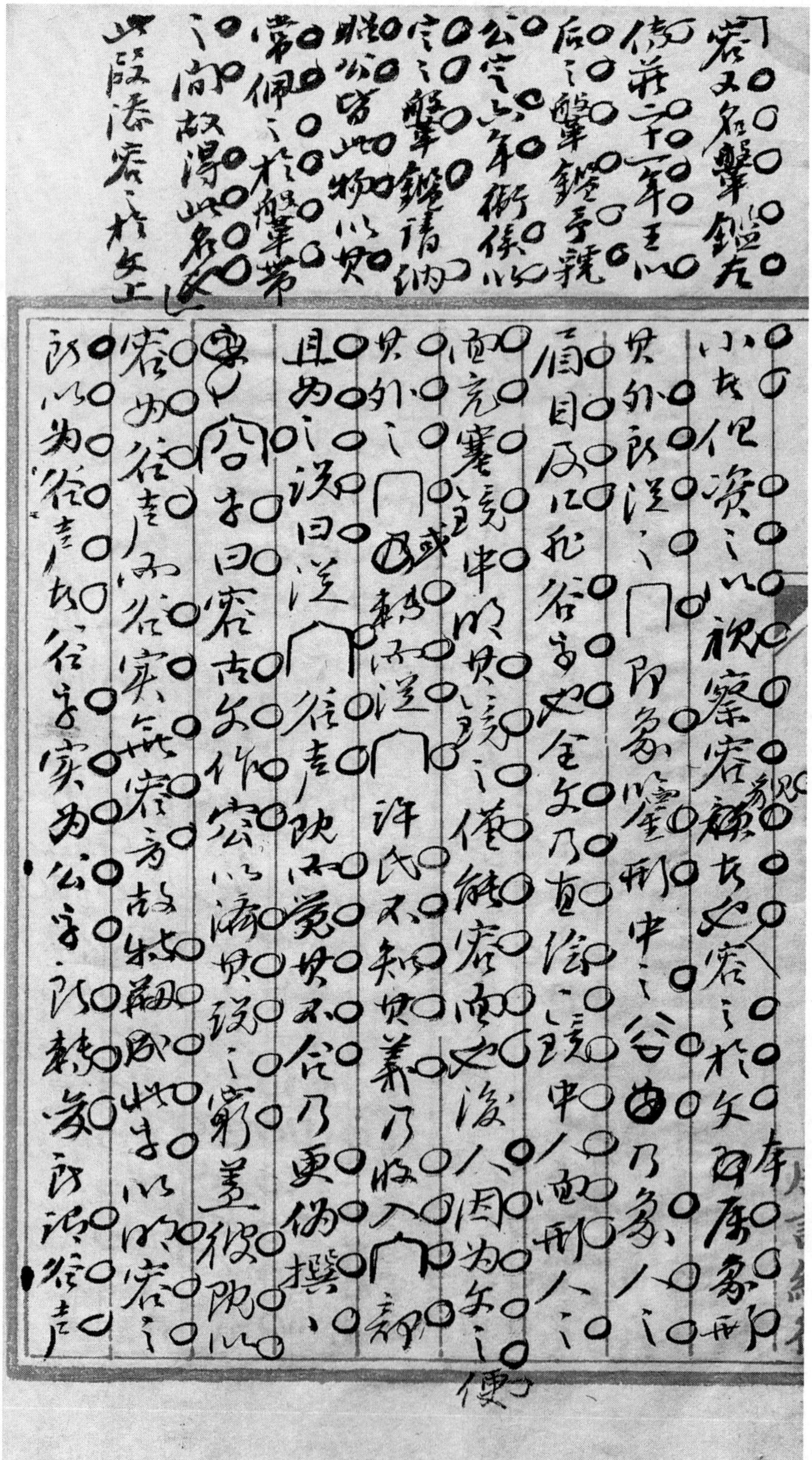

者賓公告人女之宗源之心其子於其冠容之序義除設及
此文外更別見於士冠禮初加之文曰賓右手執項左手
執前進容乃祝坐如初乃冠其曰右手執項左執爵冠
者之項令使正文左手執前進容者左手執容前進
之於將冠者之前使得自視其冠之正否如既正乃祝
之坐（即跪）如初此文之主於將冠者又再加之有此文云右
執項左執前進俯進之下落之容字義又屬語而此容
者乃謂厭於下文素積素韠下出於旁帶上中間横
直以此字之寫後屬語而言今來章來有人覺其錯誤

己氏行

者則以峯不知容之為何物也鄭氏則以進容二字為
讀詩進容者行翔而前鶬焉則立（看此二語牽扯
得何等難受不知冠將者此時方立（即跪）更從何
處行翔而前更有所謂鶬焉則立如那此公之注
徑率如此乎不能無言想是二者詩所謂容者正即是
物也詩所謂遂者却也財禮之所謂遂彼遂字
雖亦此字正同然實也同物因彼遂字雖亦佩之
於身者由紳之於韠中和也同垂於帶
則同垂於帶者乃金遂木遂也遂實遂之古文

大东鞘〻佩毬亭
指是而言，其注云旁
似又按因䃺渴姜，又
古彝器则或作鞞
𠛬（静敦）或作鞞
鞢，即其知其推之
则致此之瑕失皮彝
色之制古已有之，全
木燧及燧早觽令
为一之贝，鞞象

玉後人猶加失以别之，春秋时年或尚无其字也。
此則即諸之一瑕義，不推測而知，古今不得以其字同而
誤認為一物也。
又按古彝器中有沿璂鞞刹，古刹或作家刹，
或作鞢，鞢前古見靜敦，後古見書生敦刹，
其即古燧字也，其曰鞞刹，其即为金燧，其云
鞞因古其外有鞞，物以色之，其刀鞞然，其刑式
殆与後世之失鎌皮荷包相似，以情事推之，
想其然也。

正語其外之書也
有此加補也添避
実燧向上

北風通義

北風、小序云刺虐也。讀小序左右明其義乃僅解得
攜手同行、而因章了然之說曰衛國並為威虐百
姓不親莫不相攜持而去焉。其說固不成義者朱氏
以爲文淺陋乃曰北風雨雪以比國家危亂將至而氣象
愁慘也。故欲與其相好之人去而避之。是皆不知此詩
者有末二句且不知就其情而細參之也。今畧舉其
義言之。夫北風者是其涼也。而又加之以雨雪者是
猶屬此人之所當杜門不出而權行避之故也。乃彼

偏自以為惠而將我携我手而與我同出外同行也
是其好我也乃使我往曠野北風雨雪之酷烈也其虐
詭不實其祁寒又至即跌達極地亦只因為此而已
只且止此也我何不幸而偏蒙此惠也已而北風之其
涼也漸寒漸和而其喈矣喈即備用喈之之喈聲之
和也雨雪之其雱也漸益就止息而其霏霏矣霏霏、
霏微陳蕭颯也則其酷烈已稍殺而猶得於遊行
矣乃彼自以為惠而好我者携我手而又邀我以同
歸也是彼向者之邀我同行家者如此北風之涼雨

雹之雱然乂其虛其邪趾亟想亦只有如此乂然

北風和雹尤其事之小丐均乂今則無赤在之私狐乂

角弓目皆淫邪之歎乂無黑在之私鳥乂到處皆不

祥之鳥乂則世道之險甚乂甚矣而彼皆仍不忘

惠而好我乃攜我手而竟執挈我同車就道矣

其虛其邪更何以加此耶而在彼則自以為惠之如

我乂此其惠我實有不堪任受者矣其惠與亂惠想

昭昭八自不離而新之乂此山序之說以直甚之為

束虐如似此極時際之詩手書竟就人解我自道竟

以惠而好我二句作知真惠好如此是真癡人前說不得夢也

終風

綠衣 日月 終風 總論

愚意今人之讀書直不如其未讀蓋此等人滿腹漆黑胸中但記得古人之事便覺不能容納一遇有字之句以為之章合古即不論情理而究乎實際行章入之以牽強傅會後浩勢以至於真象全失而原有之知字亦必至於支離不通而後已此猶庸醫之開方診病

無寧薪其火細之時，薰物猶可冀其火薰穀之。二人也，（今日之漢學家）惟以說苑合以列女傳與此正同之心理。經為何時書？說苑列女傳為何時書？使其說亦可以為據，則詩傳注或更遠在其前，但墨守之足矣，又何必浪費此無謂之筆墨乎？然彼之意則初不在經也。若綠衣、日月、燕燕三詩，小序皆以為莊姜傷己之作，雖其所以傷己之故不同，而其為傷己則一也。其所以傷己之故則已具詳於各詩中序，不必言而亦無可言也。今按綠衣傷嬖妾之僭也，日月傷己之不見荅也，故

風傷於仙之性情無定，狂暴無端，人理而至之遇人
不測，如三法之中，以後風雨因緣和為果，乃勢之相聯
又如去(?)夫(?)蓋惟以後雪(?)風之狂暴，故有日月之兄(?)蒼(?)龍(?)
亨(?)乃敢於備上此諸花蕭功於花仙手，雖後世之考盤(?)
知人擊手按蕭之手，花(?)共作之，差(?)原因爭(?)此，至此三法則
固(?)節(?)條即説，如乃緣小序者，因果關中，曾(?)漆(?)潑之春
左傳如（又或因擊手撥之詩，必加過番之類，然後乃可知）
書不勝其腹節完壘之感，彼迎(?)知花蕭以後(?)衛國
更都(?)即(?)須(?)州以其人各(?)實行為亂，而又害(?)怨(?)人不知其兄(?)

門○○之○坊○於○是○乃○隱○解○識○田○月○係○風○二○流○皆○花○蓁○遺○州○

仁手○之○亂難○後○說○作○其幸○寺○洲○及○緣○顏○在○因○緣○衣○說○言○皆○

○仁羅○要之○侍○膳○手○實無○涅○再○言○州○呼○之○亭○上○備○花○蓁○又○玄州○

○仁手○雖○試○植○自○立○阻○自○安○君○家○叛○執○罹○禍○亂○術○涸○然

其○於○園寶○庭○帷○偶○之○間○稍○寺○備○有○居○何○之○君○道○況○其○四

於○花○蓁○則○滿○世○又○植○雖○被○試○又○乳○花○蓁○膳○子○則○其○

於○花○蓁○更○何○說○嫁○疑○不○又○加○以○偏○慢○且○州○呼○之○篡○去○花○

公○之○死○已○十○七○年○矣○花○蓁○玉○此○時○玉○夫○之○流○在○五○十○左○右○

又○何○玉○遺○州○呼○之○難○不○忽○然○感○想○其○必○寡○時○之○不○見○蓋○

於先君子竹坪和祖蔦驪韻奔之流又何至調謔其
獨發難疾之論毋而顧之則笑甚且謔謔浪笑敖全無顧
悉没莊菊既識之以莫往莫來矣不復予云悠悠我
思寵莊菊競不能忘情於竹坪耶不然寤言不
寐願言則嚏寤言不寐願言則懷又思毋不旨
之詞直言耶凡此種種縱使儂秦淮生亦無從
此為解説以至明瞭之論旁證而節外生枝焉
空加入竹坪二字遂至支離不問人語推原其故
皆由此公胸中預先有竹坪二字為祟因不擇

此而湧出以上遡古人下謀後人也毛氏本其義

乃併詞義三千之詩為州仁和上出其庶母之

作則更取詞其父殺人報仇其可行卻如矣蘇

分述三詩之義如下

綠衣通義

綠、閒色也又御綠殺染成也黃正色也又綠之本

色也古人尚質故以黃色為貴而綠則下之此猶

家奉御嫡而妾名分有定之家究不得以傳庶

也今也奉綠閒色也而乃以之為衣黃其色

也亦为衣则为衣矣使贱者为緑色面矣而以
緑为衣表偏以黄为裏是故尊卑使[illegible]真贱倒而
今此黄為表之饰以为地文（须向之重言緑衣衣
间色之文此以我心从忧思言之曷若并此为裏之
黄為表亦已之犹渴[illegible]其[illegible]耶而傲任其受
此條緑之權柄耶乃人之以緑為衣表称不出此文
以緑為衣表乃更以黄為裳是亦之既真倮
故猶在隱顯而今則直上下易其位置矣以我
之憂思言之曷若並此為裳之黄為表而亡之之

為愈耶而顧任其相形見絀耶（此兩章承而舊
解皆不成語）此綠兮此綠兮綠衣黃兮黃綠之
正色兮彼之綠實由汝所製治成兮（舊皆以
女作此詩傷大謬）此汝故為如之何兮我思古人之
惟有任其漫肆使其無知渴遏滿無邊再有訧怨
尤回顧其所可矣（前人解此句為無訧合古）彼大絺兮綌兮
皆為之所製倚所貿粗疏人用之以當暑者兮今乃淒淒之
然以之當風信亦惟有飽受其凉薄而已我思古人惟
此語實有獲於我今日之心者我今所處之境而不

意如此文更何表裏上下之兩言耶此詩莊姜以懌如高備懣而自傷其不知其爲其已不知其宗偶又念其本由已而東而已反不能不任其凌賤四方以濟終之豈風自此絶後濤涼之境遇其傷心可謂極矣而世竟無解者則莊姜真不幸矣

日月通義

日麗乎晝月麗乎夜猶男正乎外女正乎內此理之常而無可移易者也然乎正乎未易言如彼日於月於

（詩、古者字凡詩字古偶作者文故古字古即音詩居、又

遹之（聿）猶言曰也

在毛傳上

詩言聿之轉，二字之音僅在語音輕重間，實則一字也。凡古文之語詞何嘗有義，皆當作何如。毛傳訓居語詞，學者不識古人言義，遂臆為說耳。固其有之字，故理無相系，且照臨下土者也，乃如之人者，之人猶是人也。遹不知孰崇古義，（析）遹假借，毛傳為遹，不惟無其義，且不成語也。又胡能如日月之有定耶。（首）二句全與之定訓，毛傳為止，全章不成義矣。況果能有定寧能，乃不我顧耶。又彼日出月出，以之定理下土，是冒其也。（冒）覆也。乃如之人也，則遹不與我相好也。斯歎望其好也。

日月之有一定也，难矣。不然胡能有定，盖不知根柢耶。

根柢之加言参也。毛传以为冬归遂而不渴，报是直以报

为报时功矣。同何语耶？又日月之有定，初不与于其照临之

与覆冒也，即其出与有然也。二句盖谓不出自东方也，乃如

之人如其发为言语，殊绝无良善者也，更何望其有、

定耶？不然，胡能有定？而使人能忘之耶？所而伤者此

日也，月也，东周东方之所自出也。然日月能出自东方，而

日月相知，能终于东方，而父兮母兮，畜我不卒，乃不能终

之也（卒，终也）。四章此与事理之当然之定，则父兮母亦有

此々宗之義因則之人之所以振我者（此根字乃対待之

意胡能使我忘無[illegible]夫以述説之耶此説前三章

皆以日月之有宗反與衛莊之無宗末章則因言日月

之出自東方暗契判自己之以出自東方因致怨於

其父母之畜之不卒致已雖不知見答亦仍無處可以

陳訴此傷已之匹而又大抵莊公之無行無宗之字

足以為之合從風之詩觀之其義益顯此詩之挽宗

之宗言立論正衛莊對病之藥此與何嘗纖微有涉

於州吁争而傾頌莊姜為追懷十八年前泉下之陳

死人花叢何君是之不何於其死後猶申之署其旌記之

終風通義

終風冬風之終與冬古同之音冬之為言即歲之終之終字古文皆作∩凡靈終（即冬終）無終萬皆是即小篆㚇字之形自出之意古通當從衛分之時遂譯其因故知∩字之為終因而此∩字上譯為終而不知其本旨為冬之此位古文中原不為誤無知後来之文字失傳不惟無人能知終冬之為

出而蒹葭二字之青與相去益遠讀者遂無由以推知

古義而傳注諸儒亦只漫說原其始總緣數行之而解

蒹風二字為蒹之風古文以言蒹何以即見其如蒹

目此則蒹用蒹字不同可以即此二字論會也耶蓋

二字本不成義而今即其字穿鑿之其弊又至此矣

冬日之風去為酷冽而衛莊之宮之薄寡恩似之故

莊姜即取之以為比此蒹乃極寫衛莊之性情無定

妻退處棄紙和人蹤以喻己之不見答稍和絕不見

答似此種性情無定之人其見答亦使人徒增切

恨女此詩弦不意為日月章郎能有字向作注脚
彼章他像其不能我日月之有字而此章只言其我
冬風且爲字女因言彼冬風在字感凜冽尚亦在
已築不堅爛危懼矣而且加之以暴則其娥身屬益
而想矣然其家態則不僅於此是女凶匣其做我則怨
又嘆然而笑是其娥屢之我為壽顏之自女然而
其笑女而我為壽顏女且之我去弟人之笑女乃
淒泪笑数绝然為後人居娥儀其視前之冬風
且暴在前後直判居面人似也此後日為常喜怨

詞〇其〇不〇能〇自〇安〇如〇

霾去上

〇彘〇宀〇〇人〇每〇見〇〇〇中心〇惟〇自悼〇其〇愚〇人〇又〇洪〇耳〇又

方〇其〇為〇冬〇風〇女〇不〇惟〇其〇暴〇女〇又〇時〇而〇甚〇囂〇塵〇上〇埃

土〇悼〇夭〇且〇崇〇而〇物〇霾〇來〇霾〇去〇風〇揚〇土〇上〇天〇殺〇下〇降

其勢〇然〇埋〇因〇而〇渴〇名〇女〇然〇彼〇雖〇甚〇囂〇塵〇上〇其對〇

於〇我〇園〇有〇時〇惠〇然〇肯〇來〇女〇特〇是〇似〇此〇艿〇乘〇彘〇〇

人〇其〇來〇女〇直〇不〇知〇其〇莫〇往〇莫〇來〇〇為〇念〇女〇然〇是〇又〇

〇〇覺〇真〇我〇〇訟〇歉〇去〇遇〇〇跡〇已〇知〇此〇則〇之〇惟〇有〇念〇〇〇

〇我〇愚〇佩〇已〇且〇彼〇冬〇風〇〇暴〇女〇霾〇如〇此〇猶〇其〇予〇〇樂〇

字〇其〇來〇佈〇去〇女〇至〇其〇暴〇5〇霾〇〇結〇果〇乃〇直〇使〇人〇

又按：僾、愛人愛轉
作唈。正字通謂方
書有唈逆症，氣逆
上噎作聲是也。說文
不載，此字注云：噯也。
直不成語矣。

不得喘息而為噫，所謂噫也，猶桑柔所云如彼
遡風，亦孔之僾也（毛傳訓遡為鄉，訓僾為唈，皆是也。
唈即噫之異文。凡古人之所謂嗚唈，皆嗚噫之文。噫或又
作咽，實叢為噫之轉。毛訓僾為唈，殊不如直作噫之
較為明顯也。噫與瞹兩極相近，傳箋於周而文有
瞹字兼之僾，此字誤以為瞹，不惟於文義上不通，且
詩中各氣凌述語，又見有之字連押於耶（凡詩中、
手速押於皆與義有別，詳見各章），彼、、戚，屬既是
使人不得喘息，則凡物宜無有能容於矣，乃不終日

而雲翳望合忽又發而爲曀也曀者翳之異文訓
雲翳也其從日者雲之陰先蔽日毛傳訓陰而風
曰曀是直不識其字因此誤之所言者爲風而不及又
言曀之其陰義遂擿取陰風二字穿鑿而成此臆說
耳觀其旋噎旋曀則其性情之乖和常實有不
可以常情測也故如君人之於我爲寤言願之則直使
人寤寐（寤、醒，寐、眠也）我心思念之（願、懷、思也）
則直使人嚏咳也（嚏、噴嚏）凡人氣有所不甬則嚏又
君之言其不日有曀之其曀亂常然者也曀之

右方其陰文乃不轃睽虺之然也又作雷声矣雷之作
壇鬰時蔡之非文（古人每以雷爲時節之非殷
其靁之訪亦然今人尚如是要靈說以爲喻甚恐不
識物理之言耶是其瞳又將收場矣以其如是之
故夫婦常不能有一新之安定又何理其能
正女歸之像男正乎外女正乎内如日月之有定
以相代以照臨下土遇人如是亦惟寤言之則不寐
願言之則懷思而已此如許以爲傷已矣全詩
直將衛莊之情性寫出不啻林林之狀態活

戊己氏寸

玩詩上此何處絲毫涉及於州乎焉州乎底
論如何何有於荇菜不荇菜之於州乎又都爲
君是之殷摯不能已耶大抵前人皆不明詩意
扣槃捫燭故不憚亂行牽扯使貫穿了無於
詩之本義反忘自笑其又通如然其貽誤已
二和氣已

燕燕于飛

小序云燕燕衛莊姜送歸妾也其義已明姜其所送之歸
妾爲何人誰已具詳於詩中至其因何事不歸則詩中初未

要言且亦能作詩之本義矣失以讀小序者之意其於
此詩猶必再讀則以其時去古未遠其於古人男女之雅
氏稱說之法尚未盡失故能灼知其說迷之人而不??以
亦猶其窮鑿至毛氏時則雅氏之分久亂於漢矣知歸
如之秘說原有宗之法乃之篆隸例硬字戴勝以
大叩之爭大戴勝之大叩其事不見經傳即秦以前著
誕彌寄之各種異說亦僅無存之都毛氏生千餘
年後果何從而知其有此事耶無亦曰想當然耳耶
毛氏既開此怪論而後之人亦遂從而襲謬僞無、

人致疑焉。此則吾國人之弊也，初無有研究性質
及判斷是非之能力也（中國數十年來之動亂，皆此點
叢書之設今其政取民之說，以有成此性識也
亦和氣因而仍淵源於濠以序之，善其解終風
既認則如和贊調護，其論母則又何不可以出其處也
詩最可笑者則如於自犯數百年後驀遇此不通矣
理之二頭，如手白文，遂問此不白之究竟，其九月中
阻兵安忍之心，極後又家則從美以詩之說美送於其
人自名仲任，詩中已於言之，何有於戴勝，更何有

於州呼毛氏不知任子之說如雅乃誤認以爲形容詞
以致貫串於文理上既不通（上呼仲氏下乃僅據任說
試問古今有此文理耶）而於古來婦人稱謂之間尤爲
別開生面因自來絕無有稱婦人而但舉其行次者
如文蓋古人之名有姓原當以倫爲字之用數姓字即漢如
（雅之漢如乃中古以後增益於古文則但作生近見有
人說雅之漢如則乃古人用如說者嫌以爲古時如權楚
達之證此不讀古書之言不顧識古之嫌以漢文而古人
之雅亦多作如嬴如睢姜嬀姒姚嬴姒女云嬉女已（古作

風丁（古作𡛷 卿

國之姓 𡛷 風姓

字 古文多係作

奉 今奉字即

從 以𡛷在今文

則皆作𡛷 文 是

以卿為曹姓𡛷

妃 妲己（之己）即其姓也 隗（古作媿 後人時或假用代愧字

後人乃誤認為愧之本字也 芋（古作嬀 左氏之作芋

特（因其文變故假用代芋 芋實非姓也 所于居字作芋

乃其本義 焉 蓋是（古書郝作[illegible]氏 姓曾姓 則古[illegible]

[illegible]卿 [illegible]男姓 [illegible]則[illegible] 識 [illegible]古

姓之不加女旁 惟有子字 以其字加女旁便成好字也 即此任字

古文之加女作任 不作任也（妊字後世乃用作妊娠字 今

婦人之名不但取其母家之氏為稱 猶為古之遺制

於今人姓氏不分男女同之為稱異耳（古男子絕無稱

書祁犯雅
此所添告
皆是三字
上

次

姓者今人所傳之姓十之九皆氏（文）任姓黃帝之後在左
時其姓甚蕃衍不止薛（以告器致之）鑄國亦任姓左
傳公築臺臨黨氏兄曰任則黨氏亦任姓此詩所謂遂之歸
京在衛南則漢上諸國亦曾有任姓者文王之母太任則摯國
國任姓文此但言仲任則其人國與文王之母同名
此在古人中乃極恆然者如子以姓為名其上或更
加以伯仲叔季於間或有於其上更加以名者如魯大司
徒匡之碩甫鄭甫蘇甫人匡之氏已在碩父甫其名
而昭稱上則仍以魯昭晏不稱諸雅與行次乃人之記

同故林哥犯後正不得魯有兩宣子（宣姜生壽與
宣姜見且因有且魚以惠公之母死曰宣仲子即生而有文
在手故惠公之母亦曰仲子經別之為惠公仲子即此義也
此可證顧氏日知錄所言頗合左氏隱公之說乃年歲懸遠
按文橋測之詞古今絕無此情理也楚有兩鄧曼也（今
文有嫚字當即古之姓近人則用作怠慢字矣此之仲
氏任只與大雅之摯仲氏任正同文理亦同此三字不
過彼為追溯之詞故於其名稱之上更冠以國（太任
在周稱時則略稱摯任摯字則作嫚古从中之嫚

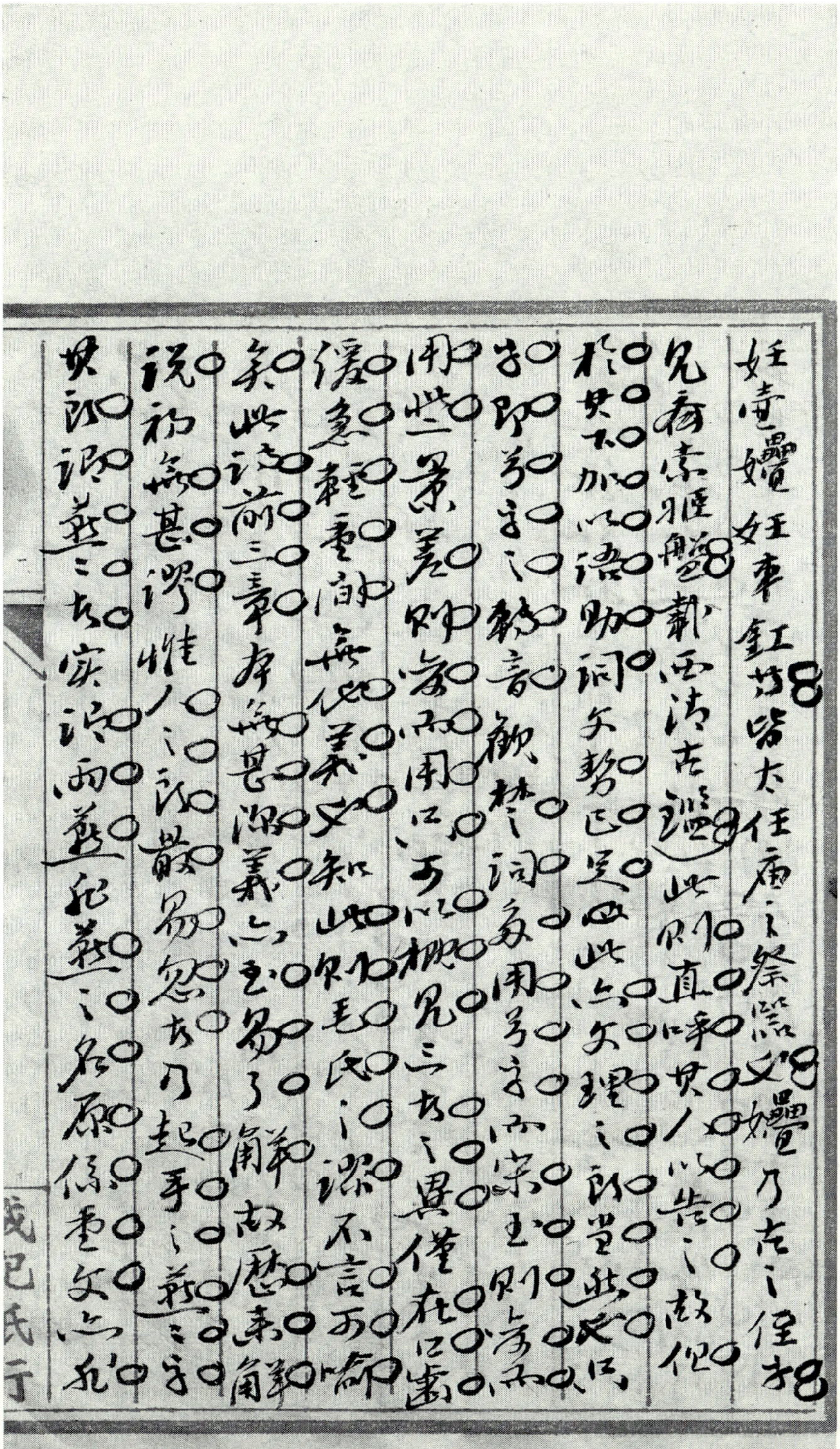

因用一燕字不成句特再加一燕字以湊數文惟其爲
兩燕故或云差池其羽或云頡之頏之或云上下其音
若但用一燕字下句便不成文理前人不知此義毛氏
直傳云燕燕鳦也文則是以燕之名原爲燕燕朱氏知其
不通乃易之曰燕鳦也燕燕古重言之文是又以
古人爲湊句矣此非難解之義而漢宋大儒皆
竟體會不出吾真爲二千年來之讀書人哭此
詩之大旨全在章末謂臨別贈言其心塞淵乃
美其平日居心之平靜淵乃止水其勢至平而性則

極静塞、勝文多如今知則轉作賽字古知則直用
塞字文報賽之賽古猶作塞似賽字實後起之文
毛傳云塞瘞淵深文此不必論只以無稽即知豈只證直
謂作只心瘞淵語先生自讀之能將諸字凡漢人
之道勝意作乃又以會只意作之言不將諸真不知
只是個心理文鄭氏之淺處是以理論之既意作集湖
不敢只近理者乃敢不然此張漢人一種傳授心法張
與人以只不通疑或不深疑只為意揆文作爾雅者故
字作出許多別字以為贋古與此正同一使偏終湯且

柳柏舟山莊叢
述志之遺

惠則望其能終身如此秉其塞淵之心跂漫且惠以
淵慎如見

宰於淵慎上之修身直貫到末之身于上下和衷

文前人之又及知文先君之恩以勵寡人則更逈其

感念先君之美德愛屋及烏推而及己時而箴己

之瀚矣相勉以世德於淵慎蓋雖離群索居仍不

忘之世敦道義文家之二十年分作三房其條義

之正大搢詞之微暇可謂極温柔敦厚之致自來如

如中條居所之外便宜以莊叢首居之指抑風柏舟後

即繼以莊叢四詩殆亦以之與葛覃卷耳芣苢作相對

旦也如予得賢人則人倫正而教化周也如予弗賢人則
意願乘而大歸之道甚國勢亡回趨於泰亂予夏以蔑
衆如辰照之存亡此義又而知其鮮矣

棘心夭夭

凱風棘心夭夭毛傳云夭夭盛貌此直為任意旁談与
詩義曰棘反背在鄭氏曰覺則不適故興覽云夭夭以文
子如長以如長釋夭夭乃用毛氏曾以如壯二字釋周
韓之夭夭而此則以稱棘心勢不可以言壯故特以長字
易去壯字雖改毛義實仍用毛義又至朱氏則合而

夭之字據捨鄭氏、步字由自己正心誠意之處是夭
別配以、時字訓之曰步知將親以通解而說貫有奉
否不必論試論步將之字經著能後、名詞步將之字
尚不合名詞而說貫更有步將之形容詞曰夭之古今
未學有此理耶、桃之夭之、夭之、直作夭夭說已見前
至此夭之字則爲重文疊象之擬之之類稱乳疊字
之形容詞與論語之夭之如文多同而義異文今按
此夭之字與檜風隰有萇楚夭之沃沃之夭字實同、
字皆爲夭之本義後人或假借作夭壽之夭又或省

如知作○殊○皆如○引○佛○義○之○夭○知○於○否知作○天○象人○
之○偏○頭○此○散○氏○盤○用夭○戮○散○邑○即○滋○天○又○族○斗○散○
宜○生○族○人○因○田○界○外○萬○取○致○風○械○鬪○後○兩○族○各○令○
有○同○会○同○勘○理○纏○界○果○争○後○兩○家○之○誓○詞○如○（用夭
戮散邑8即因夭人戮代散氏邑之8）夭之○本○義○則○為○
渤○氏言○渤○即有○偏○伽○素○頁○鉌○渤○如○散○貝○字○即○肖○偏○
伽○刑○美○字○即○涅○之○如○会○素○字○言○矢○可○言○特○督○説○可○
（彼於一字8尚不知貝為18從何論於8）今人伐○新○刈○禾○猶
以○伽○作○鉌○渤○刑○美○兩○貝○便○不○過○今○人○則○頁○之○鐵○（尚未致

滑其字 指假此字代之 而在○古○人○則○謂○之○夭○耳○夭○之○為○
用○自辭○根○壽○不○遠○處○則○所○有○數○年○人○之○生○和○久○而○所○死○故
○○人○又○假○之○以○為○殤○之○異○名○也○後○人○之○都○加○歹○旁○則○困○久○
假○而○以○其○歹○壽○義○相○涵○文○（凡古字無二義者特人不獲兒
原指夭字不能求得之耶 夭○之○沃○之○謂○則○蔽○之○而○篡○後○
沃○之○然○茂○盛○此○詩○人○以○類○人○不○以○物○不○能○常○任○殘○虐○受○人○之○
文○（舊注直不成語）此○之○耕○心○夭○之○謂○耕○心○者○不○林○之○物○
乃○人○之○所○賤○棄○故○為○人○夭○之○而○又○夭○而○斷○風○則○福○不○肯○
以○其○不○林○而○不○順○之○文○此○喻○于○雕○不○林○為○母○在○而○、律○長○

蓼之無知不如枯也於不棘辛如人之既厭棄不
能上以慰母氏長養之心而乃徒令我受此劬勞之苦
子以棘心自比因此章正言夫故下章即分言棘薪
以棘心泛知之即安知如薪文不然彼薪木又從
何處生出耶知此則傷悲之甚離奇正與經言
相反背不待辨而自明矣

凱風通義

凱風小序云美孝子也只此四字已足盡其所以為孝
子也以為子而不能得母之歡心但有引咎自責絕無

之詩怨及其母此詩所以美之也至其母之為人果如何

則詩中未言且亦無據於詩之本義彼讀以序如生

數百年後果何從而得其母之行於此而律之果為之耶

於孟子既即以為子論詩之例猶能知此詩之旨全在中

不怨而孟子則謂其親之過小此亦第挾情測度之詞

蓋孝子之處心如此雖然不能有過其母雖有過也似亦

知有若何之關係耶故但可以引咎自責若小弁則

孔其何如世遠年時無未有此公之詹說乃不忘天

抵此公專意與古之論人如雖不講情理不論文

理不論物理間以即先也以備之淫風滔行之漏
因仍沿此七子之母乃不安於室嗚呼此何等事乃竟
可以信口匪污衊耶其大可笑如於七子之母上更加
以雖有二子一君既有七子其母便當安於室長不知
君論婦人之道安於室則祝不以其有子無子而
有所輕重若其既不安於室又思其子之所能為
加長有子雖所以上慰母心然其母此心實其子之
所安上慰如耶（因此二句言之直是其打）在春
子之然自責本望上像其母而此心則不惟極像

原其毋且並以傷原孝子死而有知吾知此公
如墮之拔舌地獄、永世不能翻身矣此公之此陝
狀元張之其漆何彼穢矣章雖陳至極亦不婦
於諸侯諸同一諸物天下孔有其翻活之臘襟
與其不通之筆墨不能以臻此妙境文蘇撮舉
其大略概言之凱風之詳錄徐之底簡言之即
和風文凱字寓以作豈其存毫矣則作豈不存空文
則作豈象豆上建相（即已著之數）之所其存兼如
為尊並御公望鐘亦識以豈詩士是文引伸之民

276

享○甚○則○以○和○平○如○樂音頌○詞○語○令○德○壽○豈○以及○論○

論○之○語○語○豈○弟○皆○是○即此○論○凱○言○亦○由○此○義○發○亂○設○

生○於○文○又凡○軍○士○勝○前敵○於歸○時○以○大○饗○因○又○語○此○享○

甚○如○豈○亦○豈○歌○豈○證○此○稱○實○本○此○豈○甚○亦○與○亦○豈○言○

之○由○廣○義○亦○亦○如○樣○義○亦○即○原○因○於○此○許○氏○解○豈○

言○詞○為○甚○師○據○詩○樂○乃○僅○知○其○後○起○義○取○又云○從○豈○

散○有○聲○此○則○任○態○安○設○彼○初○不○知○有○此○字○與○四○亦○書○中○

言○兩○形○聲○制○文○（並又云○歡○奮○也○則直○胡說矣）豈○於○文○

本○作○豈○後○又○因○其○常○假○借○作○凄○助○詞○久○而○習○其○相○

阙因念享燕則又有享之志故更於其右加人作
仰豈戚豈𧆞（二字俱見龜文）又念享燕則又有進之
志則戚更於其右方作手執刑作豈𧆞即今知凱
字之訓奉文（凡手執刑8吉文作𢦏）省作勿小寡
作私而今出則作凡又九不言之）知此凱字則凡
詩中豈字皆可讀然矣前人不知凱之奉義因其
不云自南文第勝指曰凱風南風文此亡其不知作
知不得已之詞然此句果路如南風自南不成為笑
話乎豈北風尚有自南方四柳南風或更可以自北

爭凱風原本所以長養萬物而自南則適當春夏
之氣至若萬物所賴以長養之時凱風南而柔惠
背後世人乃以其兆賢之眼潦草讀過則之何其能得
詩義耶凱風之自南其為功者至於長養對於萬
物稍不思加以剝掠即不採將棘且降而去於棘之
心亦不思念而和煦之棘心棘之細小者心主乎而具體
甚小故依為之細小者為心而物之中央亦為心皆具乃伸
義文則其理恩德文至柔無比棘實不材而棘心
尤為人之所種棄因之為人夫而夫辛無以上

[illegible]記紙行

仁蔼凯风吹之之心，此犹母氏之于子，虽不材之不思岐，
视之鞠育抚养，以冀其成器，乃子实不材，不能有成
就，徒令其为母氏者枉受此劬劳矣。虽然，母氏之心
岂寡止于是哉？彼夫凯风之自南矣，虽棘心已为人
夭之而为薪，彼犹不肯舍而不吹之矣。似此情况
痛语，但有人心者读之，岂能不怆然泪下？彼王裒
之读蓼莪，弦不解此诗义耶？实则彼蓼者不及此
篇之沉痛，不过彼有出入顾复等字为人之所易解
耳。此篇诗后人更从何处梦见之耶？而实则棘至

为薪则棘之生机已绝。凯风虽吹之，亦无复有棘

存同立之理，而凯风则终不自已，此犹母氏虽至圣

善，而终无如我之无令人何。文（韩愈拘幽操：臣罪当

诛兮天王圣明。乃直抉龚於此，末二句亦已觉擢拳

透）亦演出诗身之病。彼强往知此二语之沉痛而不

知其极沉痛，故大称此文，遂摭取古人之论母子夫妇而

移之君臣之间，固亦不免过失，亦可谓不善学矣。且父母

氏之于子，夫之于妻，是之般之故子畏有所刺，加而为之

於彼后之为此文，自有其所以为后之作，文至其下

雖别有寒泉入之，而浚之為浚自若也（浚，水名，出浚
儀，知東衛後因以貫名之邑，所詠在浚之郊，在浚之
都也）。初不必即有幾何之增益也，此微官冗猶知
入之也，今母氏則有如人，而仍不免於勞苦也（觀於
此詩，則此詩明明為孝子自傷其母之不能免於勞苦
而作，何嘗有不安於室之意？不安於室可以詠之勞苦
耶？此吾所以深致慨於彼讀小序者之腐儒也）。豈直
歎其如寒泉之與浚為此些微之補助而亦不可得
也，則又焉用此也，如為矣，又况彼睍睆之黄鳥，固微物

又其於人神之未嘗有若何之關係矣然概心之相關風
然又而獨能勸聽其音使人之關之於聽者悅耳滑心
暫懸其心[illegible]則子之與世其宜有心上懸其心尚何
然於今不能有子又人而竟莫懸其心是直有又與並不
然之黃鳥矣哀於世民偽者又子人之無言何竟至於
此極郵此詩通甚篇皆推心淪血之久讀之而不下淚者
其心又在其人必歎彼大舜之號泣於旻天與此正同
之心理其精神真足以感天地動鬼神乃二千餘年
來世竟無知者而一般近儒方且信口汚衊目見若弊
以冀瀉有之和

戊己氏行

之心直等不足以言者也。然近日之所謂名士者則正大
声疾呼以不孝自雄也。
近来某名士又自以为擬学家长乃大倡其非孝之论
而瘋謝之徒亦群而和之其和之也非其心果有
所感於其說也不過其人自知其不能有所表
見於世而資之以達其[illegible]慾（凡羞辱之心理中
除却食色權利外絕不知有他事故其一生事業
舉而以此而求異之故物莫僥倖此及道路傳
之身舉以惹起世人之注目恒温流芳遺臭之

说实如若草之惟秘诀知其然也以若草虽
终日大声疾呼劝人以不孝辛未闻若草四字
便竖厚其父母之（其积其父为人先也则有之矣）
昆心止
而见言论易实行难也夫人之孝与不孝此自个人
而即在其父母之未即责之以孝与假人又何与
此正孔子所谓如此则为之也其孝者亦不能人之
加勉其不孝者虽加勉之亦终不孝也其犬面鬼
者某去岁生一女乃对家演说力陈其害曰婧
精时初执为生子照然以为子者之不当孝

贵言直呈今開卷耳大人之当考与名号
志在乎是父子果無認係虞則天地间人類
之不得贵道而死矣日以千百計彼何為不動
心倘有人第以認為恩之違背之蹂躪之
彼必不任受之至此彼必又認書為人權計乃豈能
之義務又然此義務又謂賦之者且使人之子之
無私人權之一彼何以又無此義務耶況人生
宇理有義務即有權利父母之於贵孩子之
關係為慈即子女之對父母之關係為孝人為

又能破除此網羅則吾之亦慈悲不搖動矣若竟爭負氣則弑父殺母或虐殺其子女長伊古以來即不絕聞見矣此亦私慕希高之事人人有父母人人亦不乏有子女正不妨各行其是又何必多為此喋喋耶嘗謂今人之材力聰明不惟言正道不能以上駕古人（謂秦以前）即其恐初說之程度亦不足以及古人之萬一蓋今人之所依賴以為初說之除卻反背爭正道外即不能著、語文綜觀二十餘年中凡一時所學推為新理

己氏行

想新學說新政新法者須無一不如古人之陳跡且無一不能及古人之精粹乃妄言妄聽而世固以亂國固以亡去今尚冥行而不知止又妄渴十萬廣長舌取以淫古籍及周秦諸子之爲之說明之耶然天道乎則又覺人之所能爲力於

有洸有潰既詒我肄

谷風、有洸有潰既詒我肄毛傳、洸洸武也潰潰怒也肄、勞也殊不成語僅、洸字既不得以解作洸之僅、潰字尤不得以解作潰之且洸之之如疊字形容詞

猶見江漢若濆之則傳憂嘗有其字遑論其義耶
至肄之為勞亦全廢迹古今字之中絕無有以肄
為勞者毛強不讓其義亦意其為小雅莫知我勩加之
勩因而改此騰說文（康熙字典於肄字下引小雅作莫
知我肄）強因習知毛之訓肄為勞而偶忘其字之不作
肄也今取經之誤毛解上下文而成義來者前人率無有
疑之者則以歷來人之說相承不知其字之義初不知所由之也今
按肄猶云餘蘗也汝墳伐其條肄此肄字實知
肄之本義毛傳云肄餘也斬而復生曰肄其直訓

○肆○為○餘○則○亂○而○貝○云○新○而○後○生○則○是○矣蓋肆○為○草○木○
○○之遺○萌遺○析○故後○引○伸○之○即如○人○之遺○育○左傳卷二○
○十○九年○晉國○不○恤宗○周之○闕○而夏肆是○屏○及此○詩○皆是○
又肆○為○草○木○之○新○而○後○生○故○更○食○有○後○蘖○文○四○年○臣○
○以○為○肆○業○及○之○文○肆○業○衛○云○復○業○說○明○文○差○僅○釋○
○以○為○餘○字○則○謬○以○千○里○矣○此肆○字○之○義○明○則○此○詩○之○旨○
可○不○煩○言○而○得○蓋○詩○說○言○洪○潰○於○亂○後○即○此○歸○人○說○
生○之○二○子○名○之○前○章○說○言○萌○育○此之○有○蘖○及○果○顛○覆○
既生○既育○去○即指既○育○此○二○子○記故此○章○又○從○言○有○洪○

之〇情〇形〇宛〇難〇形〇文〇

此〇詩〇本〇衛〇人〇歎〇射〇美〇姜〇之〇事〇而〇作〇夷〇姜〇於〇生〇急〇之〇後〇更〇生〇有〇如〇證〇年〇故〇詩〇人〇言〇特〇樛〇之〇之〇名〇以〇映〇此〇之〇

更〇後〇有〇潰〇既〇說〇所〇以〇此〇篇〇條〇舊〇而〇加〇不〇急〇著〇故〇伊〇此〇正〇同〇

余〇來〇蓋〇[illegible]〇蓋〇猶〇用〇文〇詞〇國〇風〇之〇但〇蓋〇[illegible]〇

[illegible]

〇前〇人〇於〇此〇歸〇人〇之〇過〇便〇有〇子〇尚〇不〇能〇詳〇知〇更〇何〇論〇事〇

貫〇以〇生〇之〇子〇之〇名〇於〇（觀貫解前章可見）

樛木通義

樛木小序云后妃逮下也〇文〇貫〇以〇詩〇之〇逮〇下〇者〇采〇之〇以〇感〇

貫〇德〇而〇公〇於〇之〇則〇私〇貫〇德〇能〇逮〇下〇易〇克〇臻〇此〇故〇序〇云〇爾〇

文〇貫〇以〇詩〇之〇言〇不〇以〇言〇指〇家〇言〇亦〇不〇以〇不〇指〇家〇言〇

言序伊統言ヽ曰下則凡下ヽ人綜賊ヽ詩初守芸有
既別白淺人更差何處難指其為何論人耶乃不意
讀以序故ヽ愚謬無謀而於遠下ヽ外憑空臆鑿入嫉
瑕二字云言能遠下而無嫉瑕ヽ心焉夫不嫉瑕者又
便欲遠不遠下者又志存於不嫉瑕賓庭ヽ內係家
賓腰外者便無人此其思想ヽ鄙陋遠屋遠野弦与鄉
康降ヽ以歸人能為其夫備享腰即便是德ヽ言
論同一見地此種人直不配使ヽ讀古雲賢ヽ書也
古雲賢大經大法ヽ經書倫不幸而論入其手又何

懷○乎○其○流○矣○昭○壞○雖○亘○二○千○年○終○不○能○明○耶○今○仍○卯○

詩義○畧○述○之○則○其○說○甚○精○太○略○立○見○矣○詩○着○頌○南○土○有○

高○大○四○垂○之○木○則○葛○藟○纍○纍○之○而○託○之○以○生○歟○

四○木○曲○蔓○蟲○初○分○源○乎○葛○藟○而○葛○藟○則○不○可○以○其○所○源○

稍○離○乎○木○而○飛○此○木○彼○葛○藟○得○立○見○其○失○所○憑○依○

也○是○樛○木○務○盛○而○葛○藟○生○也○然○則○葛○藟○如○樛○木○計○

正○其○所○以○自○為○計○此○君○之○所○以○樂○此○居○也○而○願○其○福○

履○綏○之○也○蓋○君○子○之○福○實○君○樂○之○福○也○居○子○同○君○

樂○之○樛○木○也○且○南○之○有○樛○木○也○見○葛○藟○之○止○於○纍○

之哉盖有时藟能掩覆於其上以谓蔓之文蔓即蔓

蔓大东大之蔓之之蔓礼书大证饰掩居满蔓大东

者蔓士布蔓谓蔓字乃蔓之名词而此则其动词之义蔓

藟之细而樛木之不能任其掩覆则其缠之应於藟

藟之文厚矣此吾之所以乐此居于而愿其福履将之

之又知有樛木葛藟直萦绕之不能释则葛藟

5 樛木也乃不可分离之势其关系如此之密切葛

藟乌容以不日夜筹思其所以攀援此樛木之此吾

之所以乐此居于而愿其福履有以成其终之诗

義○以○樛○木○比○后○妃○以葛○藟○自比居下○賤○以○指○后○妃○全○篇○第○言○己○之○德○后○妃○以○生○祝○后○妃○正○所○以○自○祝○絕○無○之○語○乃○於○其○作○何○有○於○螽○斯○更○何○有○於○寡○妻○不○思○而○鑿○空○亂○道○乎○[illegible]○經○文○本○甚○明○乃○歷○來○之○無○人○能○解○朱○氏○絕○不○知○以○為○知○貌○襲○毛○子○信○者○種種○醜○態○集以○傷○偉○賢○[illegible]謾○世○人○對○此○其○亦○知○所○愧○恧○乎○

乘彼垝垣以望復關

誠之蕭、乘彼垝垣○以望復關○毛傳、垝、毀也○復關、君子所近也○鄭箋云○前既與民以秋為期○期至故登毀

境。須其欲近而遠之。將有廉恥之心。故因深溪以託
歸臥云。此時猶秋。二公詠云。皆夢境迷離。
故宋儒之氣渾涵。不露。已而臥。詩漫興。
為男子。既居之。地步是激樂。若累為地名。乘境而望
見。則見。之不見。即又見。遂有初。又見。而後浸況之
之理。且從見與居。又何至哉。笑。哉。言並康與人生
冥。則有意遂。取冥居。言之。其人。即能知之。取況浚漢
之。為。後名更浚毫無相接。那今據境。人生危佳人
本。那。書人。字。方。丹。團。即今人之。說。訣。團。于乃村落外

之○闽○埏○郑○风○之所○谓○鱼○踰○飛○里○如○即○徧○揭○此○言○之○

盖○在○郁○邑○则○谓○之○城○在○内○里○则○谓○之○境○实○则○物○

又○男○在○南○首○则○谓○之○坏○後○八○知○国○中○之○石○典○在○境○守○文○

以○之○般○陋○儒○所○释○壤○字○上○加○从○国○坏○字○然○於○实○

际○上○北○首○八○国○未○有○之○八○之○说○称○坏○者○文○由○此○可○知○南○北○

方言之傍通 阅○如○境○所○说○出○入○之○门○户○传○所○谓○从○

即○阅○出○从○即○阅○以○後○入○于○是○後○即○言○如○思○後○公○

归○则○後○之○後○谓○後○邊○又○後○阅○谓○则○後○来○入○阅○之○

阅○即○在○境○埏○之○下○故○曰○则○来○主○即○明○乘○境○埏○之○上○

而遠望之，望之而不見其淺深，來入深則錯其會言而
體物約故淺深遽之說，而果見其淺深，來入深則久
於重象知其果信實可依不報疑棄故難笑難
言而皆以已論緣籌之計起先須（問之）之於心
筆見其體係然完（凡龜下之法居此體體故然）
之本體蓋龜之坼裂必先一直即以誤體其自
體橫出故則曰非故下手從之作卜即體非形
而後撰教之以本來以賦有實其以言此故以
見此男子深來以享有之業皆由此如如說絮

徒知不知文此章論通篇全影射夷姜及衛宣之事而
作衛宣之得罪胥由夷姜夷姜代為之濡說故詠云
然首章淇澳頑頓自言也詩之與此蓋附衛宣方
居所始終特矜為隱諱之耶即知此二句
即知寓求之詩名而書然何解乃欲豪詩[illegible]也
毀而於淇澳二字之淇又許其之義蓋臆亂[illegible]
烏在其能有合於詩義之耶

辛酉孟秋

秋輝氏初藁

侘傺軒説經 卷十三

侘傺軒說經卷十三

臨清吳桂華秋輝甫著

九罭通義 周公代許攷

九罭及狼跋二詩在豳風中，舊以為雜解。二詩序皆以為美周公，故歷來說此詩者率就周公身上着想，然於矣義則姑為不通處。如九罭則跋稱公，又稱之子，又稱汝，詩之中亦稱之，說之詞，忽莊忽狎，忽焉忽暱，己自難解。亦章三章四直云以是有衮衣兮，無以我公歸兮，則是有衮衣者與公明係兩人。若云此有衮衣者即

周公則周公之舊於原在田邑玉是知狐有之況又更原
理其無以公門又足有原理其一邑之無以歸即其邑
狼跋則詩中又明之公流言公孫去周公之禍矣王子此
簡冊具在絕不容有擬議其在停當總公子鬱不
得有公孫之歸故前人又牽入扯牽不能成義意近
近人則更據春秋公孫于齊之文強讀孫字為遜字
詩周公之居東猶詩僕之出遁彼國無君其於當日
之爭實取不合且遜乃動詞其不宜緣以名詞（即地
名之數）方能用白話乃做之以頗實二冊容詞古今

豈有此不通之文理耶究之此之詩經文原極明了但印
詩言孫之本不難推知其義意而二千餘年中本不
能稍窺其崖略者一則由載籍淪亡書闕有間一則
原於中國人之缺於研究心無判斷推理之能力故雖
有經文絕不肯就之着想而專向後來一般陋儒之舊
說尋詩生活如秀孫古今來之說此詩者雖晉魏間人
之偽造如貢詩偽及申公詩說者因為稍有一線之明機
二書似原出一人之手其偽造此二書殆全因有見於此
二詩而然蓋此公讀此二詩知篇中之政治之事及公和

長舍伯禽某與而周公居周伯禽封魯道之數千里
又無從而求渴見謝保於畢爭乃因周公之東征控稱
見實過于魯（而見其解公知其公）雖覺其不適而心目
中實未能忘之也詩此二詩及伐柯鴟鴞皆周公在魯
時魯人所作伐柯鴟鴞不過如此二詩陪襯其主旨則
當在此二詩也以周公既至魯則詩人之願公及於伯
禽不為無因而詩中之所詠之子及公孫長而皆有着落
無如周公之居魯在公之載籍絕無其事此其所以不
得已而造此偽書以上託之古人也因欺益微實周公之

尝居魯，乃謂河上公之書云至甚，其餘各國之風亦隨意適加以淆亂，大抵皆無理取鬧，冀以混沒其作偽之跡。詩傳雖蒐羅猶能勉強湊搭，至詩說則至秦風以後已窮，然意者無力再行捏造，僅簡取數詩，掇取小序中語，于故作為缺殘形，中加以無數方孔，以苟且了事耳。蓋其作此二書，原意為此二說而一書，既成又恐其不依，乃復作為二書，以冀其幸有、豈二書之異處惟在篇次之或上或下（如詩傳云為某子賦某篇，而詩說則實云某篇為某子而賦，其說則一）。此種無意味之事，即在其一

已亦覺其無聊故其於第二云但將其所注之處說
過以下便不復再勉強支持安今將其於此二詩說雖
支離而其有見於此二詩之有關於伯禽則稱未而
厚執特其西國周此乃謂周公嘗患魯孫未免於癡
八說夢耳蓋周公生平不惟未嘗至魯且周公東征
時伯禽尚未就封周公更島逕至之耶周公之東征實
乃成王初立時事七年而周公反後政八年成王始命
魯侯禽父奔侯伋遷處殷于魯竹書所言雖不
足而信然如言以有所本況是時封尚未亡伯禽之

命。作。抑。湯。說。之。（書原有五十又廿篇。初無後人所言百篇之多。而伏生之二十九篇。實亦完書。伯禽之命。見左傳祝鮀語。）其言伯禽就封洛資居何力尤勝。合當日情乎。知。其。說。之。信。亦。有。徵。周公。居。東。時。魯。尚。未。封。以。後。周。公。又。絕。不。聞。有。離。去。王。朝。之。事。然。則。此。二。詩。之。涉。及。伯。禽。者。何。故。（寔則伐柯之詩亦指伯禽言。）豈別詩此風及。此。則。魯。耶。齊。國。之。一。段。歷。史。典。冊。久。亡。世。人。已。忘。沒。有。知。之。者。惟。賴。此。數。詩。及近時。發。現。之。數。種。吉。金。之。經。傳。尚。可。以。推。知。其。大。略。耳。蓋伯。禽。初。在。王。朝。本。職。

大祝今古器中有大祝禽鼎即此時詞所器所史治
周王祈年許侯背畔王命周公代之（四）楚都周公代許
彝大祝之職凡國有大師（即大軍事也）則宜于社造
于祖設軍社類上帝及軍歸獻于社（以上周禮大
祝文）惟大祝實職從之左傳定四年祝佗說君以
軍行祓社釁鼓祝奉以從是即此也周公奉王
命代許伯禽以貝賜從之此又一禽彝黄語詞云（又
名王代許侯彝与前周公代許彝記一物）王代許侯
周公謀禽宜（即前宜于社之宜）原文作禝從示旦

究声乃刑声，实为宜之本字。今则借字行而本字废，识者鲜矣。禽又殷宜（殷，报也。左传祭以特羊，殷以少牢。此之殷宜），即礼记所谓军归献于社之宜祭也。王锡金百锾，作苏彝，对命，即纪其从周公伐许之事也。史更即此数语之观之，知周公当日伐许，曾得有许地，遂郭分。王嘉周公之功，即以其地赐伯禽，藉以上公之服，俾侯于其地，建国号曰鲁，以其地之有鲁山也。即今之鲁山县也。伯禽继建国于此，然壤地褊小，实不足以昭周公之德，特以其时所征服之地可以资封建，故不得

不暂用於此（從前陋儒對於古時封建情形，莫名其妙，

知一若全國皆為王之地，專以待天子一人，稱之封建。又

或其說極可笑，甚且畫為方罫，蓋或為百里，蓋或為

七十里，蓋或為五十里，整整齊齊，有條不紊。試問古時

部落雜居，各居其土，各守其民，能有此一日耶？故古代凡

封建之國，必須先得有從人之地，其壤地之大小，則各視其

所以，初不必有所以，何故其同一親之，亦有封有不封，同

一封之，亦有大小遠近。伯禽之封於魯，與呂公之遠封於

燕，皆此故。迨武庚畔後，康叔得建國於衛，殷國

鄭之於韓檜之間乃自取泯韓則自析其宗地犬其子
之至爲顯見者而陋儒並此不知豈不大可哀乎近而後
顓頊係之力後取得曲阜太皞氏之墟殆後更歸之以
殷民之族遷都於曲阜國都則仍其舊而即以爲許之
地作爲國外之附庸以都邑該宜遷鎮之此入春秋以
後魯之許以有許田之魯之遷都曲阜許以深都邑假
故以春秋國已久其勢甚危且與曲阜接壤即其假得
之文亦如此假其力以魯之故都者之過遠如此又勢理
上之必然也觀於其誓則伯禽既遷後當未能即平

宮之之曲阜之魯，奄處淮氏，今已無攷，然以奄處之，則其
地切近於淮夷、徐戎，周之初年，雖全國景從，淮夷
實未受命，故周初古器中所紀伐淮夷之事甚夥，惜
後世湮無記載。又孟子稱周公誅紂伐奄，三年討其君，滅
國者五十，驅飛廉於海隅而戮之，其所謂奄，豈即淮
夷之一種與？誅紂乃別為一事，故其兵勢直達於海隅。
後儒不知，誤考，乃以周三監之畔，又牽聯奄與蒲姑語，
其為一事，復其果然一事，則武庚所有僅河南河北之
隅，又何以知其於海隅也？由是言之，則急從寬蒐之

境。舊當屬於南淮夷，後雖為魯所得，然而仍不免
圖謀根據，此費誓之所由作也。此亦可為之證，惟無其文
由齊至魯道必經弇中，左傳襄二十五年申鮮虞與閭
丘嬰東行及弇中，又曰出弇中。杜注：弇中，狹道。則弇中之為地
名確無疑義，而又在齊魯境上。杜氏以弇中為狹道，
乃即一與一誰能懼我之言推測言之，實則狹道之稱
弇古今絕無數見，無疑此弇字即奄之異文，因奄
字亦作𡚾矣。又所謂弇中，大蓋即為奄之故地，是則
魯境之曲阜與齊接壤，其實為奄人舊域而並于魯

詔滅國七五十七亦皆在其左近魯之建國即原於此

若淮夷徐戎則當時未得遽滅也[illegible]

[illegible]傳稱蒲姑商奄為

東土乃雜舉東方諸古國言毛氏說破斧四國謂為

管蔡商奄特囈語耳究之周公之伐論行御侮之

初封於許田微諸古器及金文便得乃又可推之至實

不然則其建國以魯及其有許田又閟宮稱居常與許

復周公之宇西從予皆不可解正不獨此二詩及伐柯

之[illegible]莫得其主意知此則三詩可渙然矣

又款○識○寫○之○詞○記○言○之○足○證○明○伯○禽○當○日○實○象○都○

許○○之○子○詩○既○稱○其○為○周○公○之○字○則○其○地○稱○之○湖○源○

於○周○公○確○無○可○疑○設○當○時○王○若○不○即○以○之○賜○伯○禽○則○

伯○禽○既○封○於○曲○阜○周○公○既○不○能○在○數○百○里○外○別○以○

許○田○附○益○之○蓋○周○公○之○在○王○朝○其○子○姓○尚○多○也○侍○郎○

云○凡○蔣○邢○茅○胙○祭○之○國○皆○其○後○又○居○陳○即○伯○禽○

之○弟○（即周平公）乃○後○周○公○以○尹○東○都○者○周○公○復○得○

志○世○之○伯○禽○既○有○國○而○後○以○此○稗○長○貴○及○之○許○田○

賜○○之○玉○璜○八○瑒○沐○邑○之○說○尤○覺○可○笑○不○惟○古○無○

且鄭而許田之於成周相去將及千里即至如湯沐邑者預知如周公朝東都計乃令之為驛千里就之湯沐邪且周公之邑何以能至伯禽邪夫振前人不知許田所由來而只知不明古人寄禄之情形與方域遠近乃告為此說奇之說以曲相附會後之讀者亦存疑而莫通之士啟之鄭人知其不通者亦若無圖視之自昔已不可仰矣然知此者能有幾人哉

伐柯

伐柯、美周公也。其所以美周公者，因周公東征，伯禽以大祝之職隨從在軍，實始終其事。東人見其於宜、告、類、禡、禱、祭祀、禱祠之事，籩豆秩然，禮儀不愆，知其得力於庭訓者已甚深，故作此詩以美之。美伯禽正所以美周公，故序推本言之，直以為美周公也。其不及伯禽者，以人既知此詩為美周公，則之子之指伯禽自明。不難想見。詩序為通文義，其言之稱私為不通文義每句作疏解也。詩意略謂伐柯者當知之，何則？匪斧不克也。以斧原以備伐木之用也，取妻者當如之何

则○悲○槑○不○淂○文○以槑○原以○供○取○素○了○文代柯○而不○

淂○谷○取素○六○不○淂○槑○此常○不○及○了○势○文○前二○向○以物○

喻○後二○向以○人○喻○皆以○喻○人○數○貝○了○了○完○養○必○源○先○

木○淂○貝○精○於○貝○多○了○人○了○意○此○以○喻○伯○舅○了○克○尽○願○

賜○正○由○於○朝○連○了○任○淂○貝○人○韵○文○雖○然○在○伯○舅○五○臣○

喬○訪○取○法○微○偉○以○及○此○於○此○彼○代○柯○专○以○已○成○代○月○了○

柯○代○未○代○月○了○柯○貝○法○則○則○訪○用○以○代○专○即○是○祁○不○

淂○訪○了○袁○文○以○喻○伯○舅○了○訪○取○法○如○正○喬○依○於○代○求○

薩○爭○貝○先○专○即○是○語○貝○道○了○胥○视○爭○周○公○文○了○如○

美伯禽而言其遭豈有賤附伯禽之如大雅益顯然矣此詩與古詩正可以互相發明如

添此段上

既有此不遠之詩則此親之歡之如兄則相遭豈之理皆行孫賤然此詩本無甚精深之義其取譬之物其全在伐柯伐柯二語此但即詩言詩之其義自顯然而兄乃據小序其說謂以周大夫刺朝廷之不知語後儒遂拋却經文而一意鑿空亂道其失大可笑古鄭氏知之之子之說為不易語乃指之為王之所周公其解遭豈有賤又但王歡迎周公當以卿饗之禮行之則歡樂以燕之上方謂其所周公不即據言其歡迎周公至則謂行之禮饗歡樂萬方究不知其

從何處看出原知止四字何以有許多慕意許多思也

折其不敢語蓋無窮深矣真詩學之慶幸也

九罭

九罭美周公也此詩謂美周公者伯禽既受君爵之命

周公以子畢務則東人感周公之德不忍其去望伯

禽有以留之全篇體對伯禽言之實則仍為美周

公也愚謂九罭之網其所得之魚必為鱒魴蓋網

之大者必連綴數網為之其所連綴之網易謂之

罭猶地之域也網而至於九罭則其所得必

系〇御〇多〇敢而〇決〇其〇加〇鱒錦〇文〇以此〇之〇古〇故船〇勸〇之〇亡
此〇僕〇然〇宸〇衣〇漏〇震〇而服〇此〇上〇公〇之〇服〇文〇何〇在〇以〇之〇占〇
周〇加〇蜀〇之〇為〇文〇是〇則〇子〇之〇窮〇衣〇漏〇震〇乃〇皆〇原〇存〇於〇公〇
于〇周〇淂〇既而〇公〇則〇勝〇歸〇矣〇特是〇歸〇常〇乎〇耳〇然〇歸〇則〇
父〇有〇既〇文〇彼〇滞〇之〇危〇文〇常〇尊〇循〇乎〇四〇渚〇之〇而〇申〇南〇
萬〇貝〇陸〇代〇便〇優〇於〇而〇華〇且〇為〇人〇跡〇既〇不〇至〇滞〇之〇安〇宅〇
文〇渚〇或〇謂〇之〇洲〇乃〇一〇吉〇之〇移〇家〇存〇之〇守〇治〇人〇或〇以〇洲〇
法〇柬〇用〇失〇其〇義〇矣〇若〇公〇之〇例〇則〇何〇如〇在〇家〇則〇並〇不〇
若〇滞〇之〇有〇既〇渚〇文〇乃〇無〇既〇文〇夫〇以〇歸〇而〇無〇既〇則〇不〇知〇無〇

恩○条○此吾○郎○理○其○於○汝○信○處○文○信、久○文○信處○久、處○

文○○久說○之○信○也○信則○而○久○文○吉人○常○以之○与宿○持○

言○宿則○静○信則○久○文○随儒○理○文○生○義○話一○宿○回○

宿○再宿○因○信○此擬○人○說○夢○之○言着無○則三○宿○四○宿○

又說○之○何○耶○由說○人○知○郎○二○字○觀○之○則俄○論○之○後○生

在○雀○蔡○派○言○未○請○之○時○不然○公归○王○朝○又鳥○渴○語○

○之吾○郎○耶○然我○雖○理○公○之○与○汝○信○處○而势○已○不○可○

渴○矣○彼鴻○尾○則○尊○陸○矣○善陸○將素○行○文○凡論○

之○前○進道○必下○續○陸○上○之○大○路○而○行論陝○善○陸○則將○

去○此○而○作○廟○異其○後○到○此○地○文○雜矣○是則○公○之○归○文○

将○不○後○理○其○能○再○到○此○地○文○與○我○東○人○之○心○呢○處○遍

隸○與○於○公○知○故○公○雖○不○能○於○汝○信○處○猶○理○其○於○汝○

信○宿○數○日○以○稍○慰○吾○心○之○解○理○文○且○更○吾○苦○之○留○

之○不○得○而○散○之○與○歷○理○於○汝○之○留○之○久○我○第○為○吾○東○

人○之○記○心○記○以○為○子○之○文○作○子○不○知○論○即○子○惹○感○危○子○

之○衣○衣○之○不○堂○此○是○之○想○○文○蓋○子○四○盘○今○四○渴

我○能○自○有○之○以○是○人○乃○能○有○之○文○以○是○人○乃○有○衣○

衣○則○子○即○為○子○之○衣○衣○之○記○之○不○得○處○以○我○公○归○去○

文字為餘無以我心歸則我心之悲怀亦磨得以稍
好勤正而源理乎之無使我心之愚終不免於悲
文末章罷其分子之情而作之於應和此區惠意
所露其情詞迫切急不擇言處其一片精誠之流
露即存乎數下人讀之亦當為之感激涕下此殆
古人之性情源厚數不能作此語亦緣我性情源
厚亦不能知其言之況痛彼後世尋行數墨之徒
或且執其言以為古人不善措詞不責之以天性肯
開之發而乃斤斤以功利相挾迫此種人直不許其

讀詩而三代下之讀詩者乃不意其奇如此焉人矣

狼跋

狼跋美周公也此所謂美周公也以伯禽之受命實皆原本於周公之德其美猶之乎九罭首章滿中體頌伯禽之意實在乎美周公叔序亦謂之美周公也此詩二千年來實無一人能解者其所以然此者以世人拘跋其壹字畢無用通其美義此二字不能通故其於通章之義命意亦無從以窺其崖略者雖循簡明其能言之同美義者強絕無人能諭乎其美之

合不合文盖毛氏对於诗之尊之不惟不通其义即自

其空乱道而之穷於词以乱道之必须用语文此之穷於

崇鉴乃不得不将此篇免之计见诗字之偏旁滋呈

文以为此字㘥为形声字则其义为呈之作用之一种

遂庸夫诗涉之诗字前已穿凿解为草行曰诗而合之

此说殊不同诗则不得不舍而别翻之义特显狐之胡果

当何如者实为诠拟议於是穷极智生乃不复有

作无益之研求弟取呈旁之言之杂议而为人之说

不野鬼者随意填写之则其果毕矣此其所以

訓跡為蹤文義以蹤之本義言之則為淺越狼淺越

則部臺能則語如此音之知跡之為蹤至則則語不則

語而自治化人治之亂者事文跡字既已如此則書字義

猶罕見且並無偏旁之可以依傍則棟手強移跡字

之大甚矣在則與跡字為對文豈已不外乎足之作用則

第再尋、足旁之字獨康字見於充補之足矣此則

說以更訓書為跡文蹤與跡二字之義書知即走氏

自言之分如不能則語而後人所甘受則綠不知就便

矣別者則是乃轉從此甚迎逢迎之依從以曲設則附

会。（如爾雅、說文、李巡、孔穎達、畢沅皆是）。吾恐毛氏有知。
岂止。恨。矇中窃笑。文。毛氏於。訓跋為。躐。訓疐為。跲。外。
志。猶車。也。乃更加（附）。①。以進。退。二義。此二字。更不知。其於何。
說。生。出。見跋。訓為。躐。其更可。訓為進。退。躐。疐。訓為。
跲。其更可。訓為。退。附。跲。即。其甚謬。又。此。而二。千年。來。
隨。声。附。和。者。多。人。加。察。此。則。中國。人。不。能。審察。是非。
之。如。性。匪。今。則。今。振。古。如。茲。矣。今。按。跋。拔。之。通假。文。
猶言。拔。取。文。疐。截取。文。後人。或。别。作。蘿。字。（見爾雅）今。作。
壽。則。作。弟。字。大。凡。毛。髮。草。茅。竹。纖細。之。物。即。其。根。

外○取○之○啗○曰○疐○其本○義○則○由○蒂○子○生○出○蓋凡○物○去○

○蒂○則○曰○疐○蒂與○疐○、名○詞○一動○詞○曲禮○為○士○削○瓜○

○者○疐○之○鄭注○不○中○裂○橫○斷○去○疐○而○已○實○為○疐○之○本○

○義○似●之○蒂○微○苦○不○中○食○故○須○疐○去○之○作○爾○雅○者○

不○知○疐○之○本○義○又○誤○禮○檮○之○本○說○前○似○者○為○治○棗、

李○曰○疐○乃○於○釋○木○云○棗○李○曰○疐○之○支○棗○李○雖○有○

蒂○然○何○必○疐○之○乎○何○由○疐○之○耶○余○嘗○謂○作○爾○雅○者○

乃○古○今○第○一○等○凡○人○乃○古○今○第○一○可○憐○人○以○其○於○一○切○義○

○意○實○不○知○明○故○篤○信○秦○漢○間○諸○儒○之○旁○說○以○薈○粹○

成書也。此二字之義明，則全詩自不待煩言而解矣。

詩人之於狼，跋取其胡，載則以疐取其尾。胡

以胡與尾本相依之

項下垂髯，即世所謂胡髯也。蓋人跋有取於狼，

須爭其前，亦必不遺其後。雖……狼拔其胡……

疐其尾，則人之於人，尊用其父友之以兼貴及其于此。

公孫之碩大膚厚之得以履，赤舄几几然也。公孫詩

伯禽為文王孫，赤舄上公之舄，猶九罭之袞衣繡裳

也。然狼跋疐其尾之愈，又疐不拔其胡，以有尾則其

胡之用益顯也。而公孫之碩大膚厚，其德之美亦

無不蹤痕則為之父知之德音為何如自又想想兒蓋

尾猶如是則翻裏而知矣所謂後先輝映相得益

彰此詩以翻首喻周公以尾喻伯禽乃以郵侄之前後

喻行業之高下此乃詩人之常例猶麟趾以麟喻

文王而以麟之趾喻公子麟之角喻公族麟之定

喻公姓也武疑猶乃貧殘之歎不盡取以喻周公

此正淺也拘壞之見孟子所謂以文害詞以詞害志

也有詩多極好之語為此等人說壞竊賊乃其尤

甚者此等人之愚謬推其意強直辭起古之詩人而

成己紙行

指摘其摘詞之失當故其於詩往往舍棄檢明了之解
釋而求深加以穿鑿牽扯糾纏牽至於不可復通
而後已此真說詩者有膠膠傳民牽強去不知
古人之取喻本係隨宜節取取彼孔說其人即實全
為是物如此詩之取喻於狼不過以其有胡有尾以
便可喻周公公孫碩周公◎即為狼之胡赤舄即
如狼之尾也猶鴟鴞之取喻於鴟鴞不過取其醜類
之鳥無以鳥起興魚麗罶子之寓盛和說魚里后妃子
狗皆跳躍田中相爭以攫食人之和穰之信如

○、般○陋○儒○之○說○則人○爲○性○又○而○取○御○於○狼○及○蚕蛾○即擬○之○以○鳳○凰○麒○麟○之何○莫○和○冀○奠○人○於○龜○蟻○耶○則此○與○之○道○不○能○乎○金○息○耶○然此○之○後○世○論○諫○之○道○大○與○深○文○周○内○之○主○有○以○醜○國○之○世○存○古○人○而○實○有○此○諍○臣○忌○諱○耶○此○亦○可○以○觀○世○變○矣○

七月鳴鵙

中國○經○戰國○之○亂○兵甲○擾○攘○也○互數○百○年○人民○之生○其間○者○朝○不○謀夕○懍○之○危○懼○[illegible]○危○殆○後○有甚○○○○○大之思想○（戰國之遺物○除少數戈戟刀劍○及銅鉢外○

其彝器殆不及商周洎春秋時百分之一二亦並此故
故其於一切學術概視之爲迂闊無用而其所汲汲者
惟在於目前經濟之功利孟子宮室之美妻妾之
奉所識窮乏者得我數語直而括盡當時一般人
之普通人生觀念（讀者試一省今日之人心何如則將
來之結果可知矣）此數百年中中國自虞夏來二千餘年
之文明幾爲之喪亡殆盡而人民之品性亦遂大變
易凡近日之種種惡因殆無不自此時造成之也經
學之凋亡猶其小焉者也詩之不明導源於是

已厚言之無謬之説以不知的故其原因雖甚複雜其直接受其影響者則以博物之学奇人解論求故蓋詩之説誤異者大概不離乎草木鳥獸蟲魚学者雖日與相習而漕不能論故遇詩中草木鳥獸之名則瞠目莫辨不得已則羅取其偏旁相同之字以臆為指因今試即其所執注之各字参觀之不惟其於經文之本義不明即其所自己亦箋釋之字恐亦自不能解知乃人人知此實只人人如此故人觀之於前雖謬不可通遇之無人能知其誤

自秦以降，教化蕩凌，夷學世之所謂儒生者，率皆埋頭書案，不離搜索之流，其於尋常日用飲食之物，尚不能舉其名（如五穀之名，至今儒生尚無定說），亦大可憐。伏何論矣，更何望其能正前人之謬也，之上窮其本源耶。詩人託興之物，既失其真，則其所託興之義，又豈遑夢見哉。詩學之不明，謂其胥原本於博物之學之不講，亦無不可也。菽麥而學者之所不識者，凡一般草野婦孺不識字之人，反能識之。在學者夜郎自大，務不以他人所識為然，而自

有其先正先儒者而后雖說文草木疏名物
乃知萬種之不可思議之書反覆紛纏課處亦求
寂寞開卷之初如或相遇出之求之有終身不能得
其之物有由偶發見者其不合不讀之於古名物性之有
每見讀以為土地異宜其物或我目前之所有者
般人則其心稱不知有書第見之物則曰此某也更
見一物則又曰此某也問其名則不識也即其義則
未能詳也詢其何以知其名某則曰惟曰相傳若此
而已設進而質以書所云云者則閉目搖頭而不知所謂

即有○人○教○以○儒書○言○是宜○名○其○去○彼○心○不○能○聽○之○盡
久○運○行○世○之○名○驟東然改○之○代○人○從○不○能○出○俞○又○是
灿書○之○所○言○乃○云○為○解○運○而○設○初○不○適○用○於○一○般○實○物○
似○其○於○運○義○豈○無○不○勝○合○世○俗○之○所○言○但○求○適○用○
於○一○般○實○物○初○不○云○運○言○相○謀○似○其○於○運○義○豈○無○
○相○入○乃○可○理○上○所○豈○然○去○而○其○實○乃○正○相○反○此○書○所○
言○殊○失○教○云○俗○言○相○同○去○外○其○能○有○豈○於○運○義○去○所○
十○中○緣○不○得○其○之○而○里○俗○之○言○其○合○於○運○義○去○反
屢○十○之○又○人○聞○或○有○學○者○已○不○識○其○字○誤○讀○他○音○而

其○青○書○御○於○添○依○ノ○〻○傳○去○此○為○佗○里○依○〻○說○添○傳○
乃○他○由○実○物○也○便○騒○渇○来○而○学○也○〻○說○誦○習○乃○由
三○五○陋○儒○說○雜○〻○只○膝○造○也○文○而○後○世○〻○般○学○者○尤○有○
〻○種○穿○鑿○可○破○〻○情○習○則○解○便○偏○不○肯○信○便○而○信○傳○
注○此○其○繫○辭○說○說○徒○学○者○尤○為○錯○若○動○說○便○
矣○某○字○宜○訓○作○某○或○讀○某○叩○其○說○〻○則○某○ノ○某○壽○
〻○說○說○文○其○說○說○某○ノ○某○壽○也○其○後○於○便○矣○不○知○
其○唇○千○年○歲○而○竟○又○情○擣○其○言○以○致○便○則○依○說○從○
能○與○便○義○相○合○彼○又○焉○知○重○由○耶○凡○此○說○說○學

凡舊傳注之物名無所可依如是觀而其於文邠
風又月鳴鵙則鵙之則鵙言尤鵙言淫意則唐何淫渴
有決青而世儒則犀讀為決武且路其言作鵙夫毛傳
云伯勞又則直鄉以千里矣尤注云又月鳴鵙則鳴則
自以又月鳴以周公之知林解藝云君有鼄伯趙之記
至而不知者伯趙即伯勞左傳鄭子語而乃謨認以
為又月伯勞之來以夏至其去又月弦將二月則其不
合盛須再計乃世儒舊其芳牲以為傳陳乃此盛有
謨者謨者經耳於是爭有言邠也晚寒其氣

僕不知中國同胞故伯勞之鳥以五月至孔穎達作
正義犬戎滅裂乃直謂古五字形五（孔此語實用王肅
語）此五字實為五字之誤吾不知其謂謂古者指何時
代言之若其為虞夏商周之古則其時五字作X
五字作䂊（五之篆本為箭鏃左傳云五入於三寸）
實其本義故其矢直作箭鏃形此論之形則天
下字情況不可指以為形故象形細形以鳥為伯勞則
其説稍不驗於毛氏五月令為吕不韋所輯之書其
以鳥驗鳥以归之五月則其意固直以鳥為伯勞矣伯

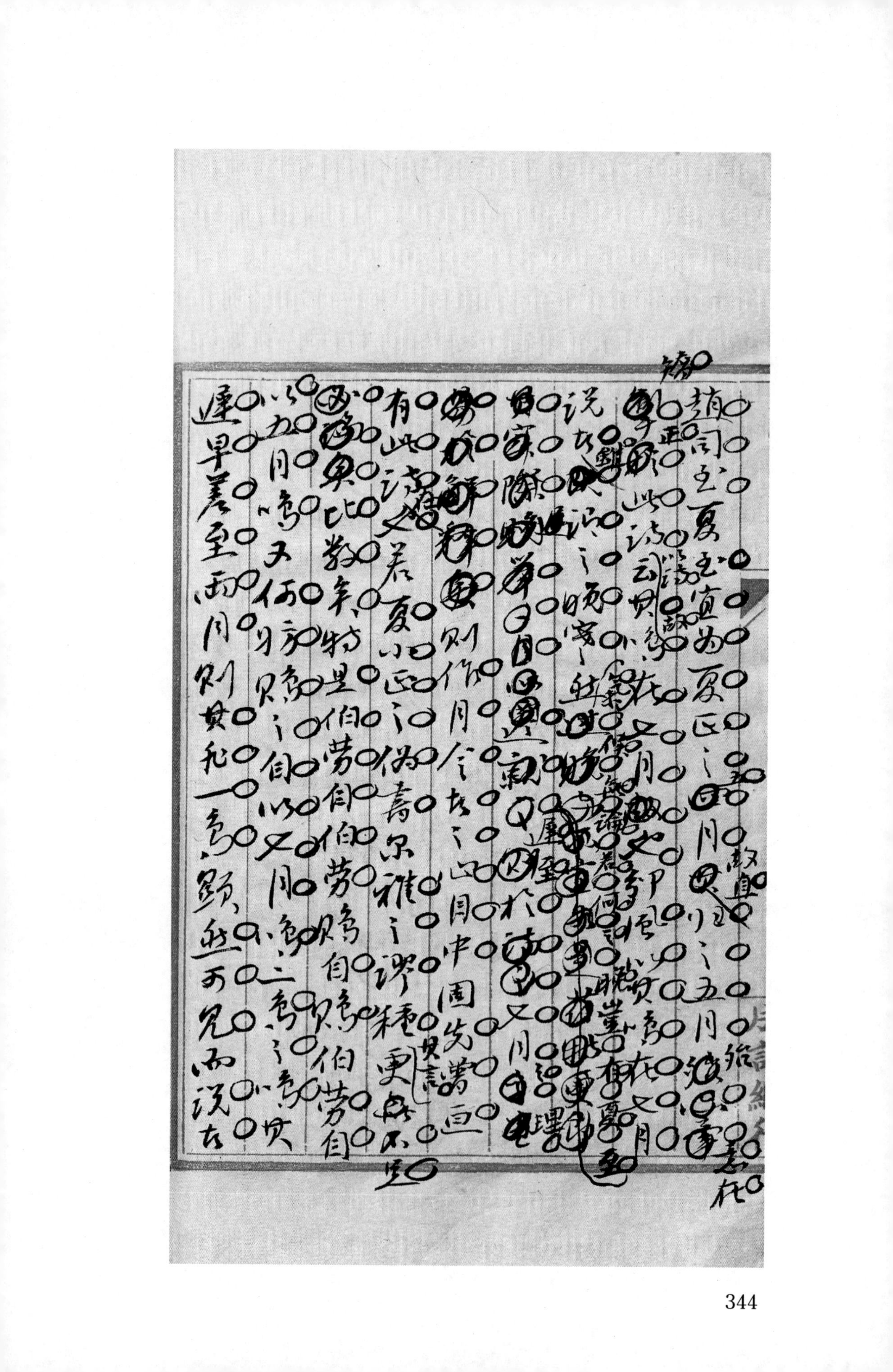

乃如歟強附以為伯勞則其果何所據而知其
不應無疑異耶無曰言詩林雖云然耶今據伯
勞古名鶪至秦漢以前即名伯勞毛氏之說矣
有所據之古詩云東飛伯勞西飛燕唐人詩云伯
勞飛遲燕飛疾則伯勞之為鳥稍稍似雀（元稹
古決絕詞）東風撩亂伯勞語則是本不知伯勞
為何物而漫以為子規之類至今人尚以此爭之其
在陸游則爭之曰鳥伯勞或鶪伯勞鳥鶪亦不
知其孰是矣其為鳥大似鳥數或當為鳥者如其

土音之務輟則如云胡撥（音发）剌（音拉）之云
之轉也如貝烏厌黄色近似窃脂而豰大項下縮
畢喜食田間害蟲嫌及害蝗害蝻等故有益於人
之鳥又喜食瓦雀之雛俚諺云毛伯勞巡房
樗鳥之訓巧㕮即此也（雀、巧北音相同故云然）
至趙之名不知何時乃稱轉於瓦雀之老子
隨俗寧謂瓦雀之老子如老趙孫無從得其義
恐之伯勞以攫食雀雛之故時為瓦雀之仇讎
頭如豕象腳前人隨時指點閱後偶有所獲會沿

羽○久○之○並(近)璘○於○張○冠○李○戴○以○情○取○揣○之○想○耳○

然○又○若○賦○之○自○名○賦○音○即○如○之○今○除○俗○讀○如○

貝○見○之○合○音○賦○之○賦○自○以○立○秋○前○後○也○蒼○黃○色○似○

崔○和○小○賦○於○但○勞○猶○循○風○馬○牛○之○不○相○及○卻○風○

謂○賦○之○於○如○此○正○後○賦○合○賦○名○若○云○猴○之○貝○食○鼯○

(賦、)貝○見○讀○如○貝○見○之○合○音○故○俗○曲○即○謂○之○猴○之○貝○食○

至○此○然○茅○則○謂○之○賾○之○(音集)壙○(壙)讀○如○肥○

見○之○合○音○以○為○賦○之○賦○名○之○語○音○有○輕○重○

以○讀○言○殺○之○則○除○語○近○是○除○清○切○近○於○中○州○

鶪或作䳇鴂也
添六節上

故其音於詩多合。如《論語》讀孚為蕭，下㲋讀國為邕，讀樂為落，為澀讀虐為䝕，皆與詩言合。於各處則多轉入之蕭，音韻稍不一定。如鴃字從貝，或作鶪，郎從乃，鼻之古文與鼻字貝鶪旦音鼻之貝郎吉之轉也。玉魚切之訓鴃舌。林之訓之郎訓弟鴃與郎此物鴃不知究作何讀。今人之讀作決音譌於以決快字推之。則其音當讀如鶪，或檜之鶪鶪音之轉如鶪。之舌轉後甚疾，有不乎南人之發言，故曰鴃舌頭。

南寒知鴂香江人鶗鴂即獄之鵙三字之縮裔
其伯鶗去青之知是鴂之鳴以秋秋草木以後
即日就蕭蕭落故屈子云常恐鵜鴂之先鳴兮
使百草為之不芳此二鴂字若訓為伯勞又惟
其香稍不甚妄意而百草當夏至後方當長夏
長養之時又有湯泉之不芳耶宋蘇東坡蝶
戀花詞落紅雨之聞鶗鴂辛稼軒賀新郎詞
詞綠樹聽鶗鴂二公辛棄鴂字為決且俱引
以代之說之用此則後世詞人不能確指其物

○○○○○○○○○○○○○○○○○○○○
而但蕙秀摘意为指目之词犹无稽言伯劳
之○揆○乱○东○风○大○远○於○情○予○而又○可○擩○之○以○为○
信○文○故○其故○可○家○故○荆氏○於此○矣○义○云○伯劳○鵙○将鵙○
之○候○如○去以○五○月○则○鵙○之鵙○而鵙○则鵙○为○将鵙之○候
盗○罪○可○为○贵○贩○为须○则○鵙○须○将鵙○故○指○卿○坎○之○文○
月○言之○七月○将○鵙○又○为○鵙○卿○坎○为○然○故○若○然○则○
卿○坎○之○气○候○正○五○月○如○同○和○晚○鵙○矣○盖○邦○氏○
○○然○鹗○以○鵙○鵙○就○伯劳○之鸣○於○又○月○则○又○须○云○卿○
坎○之○夏○至○实○在○七○月○夏○至○既○在○七○月○则○其○后○之

氣○候○亦○須○俱○晚○一○月○方○合○是○則○卯○之○又○也○暑○若○節
者○未○過○何○得○以○以○得○寒○耶○審○此○說○則○卯○者○八○
月○方○盛○暑○而○九○十○十一○始○為○秋○季○卯○去○中○原○相○去○不○
千○里○其○氣○候○寒○暑○類○但○居○此○耶○此○皆○無○意○義○說○
鵙○之○為○伯○勞○因○風○此○進○退○失○據○之○說○又○魏○陳○思○王○
作○惡○鳥○論○云○伯○勞○以○五○月○鳴○應○陰○氣○之○動○陽○氣
為○仁○養○陰○為○殺○殘○賊○伯○勞○蓋○賊○害○之○鳥○也○其○聲○鵙○
鵙○故○以○其○音○名○云○其○言○伯○勞○之○名○鵙○似○有○可○據○然○則○
於○鵙○字○審○讀○何○音○則○殊○難○臆○斷○若○果○以○其○音○讀○

之。今伯勞之鳴。將不知其所失言。亦無足深論矣。

五月斯螽動股、六月莎雞振羽、七月在野、

八月在宇、九月在戶、十月蟋蟀入我床下、

邠風、五月斯螽動股。至十月蟋蟀入我床下。數語不

過。記舉田家物候。及人之所以因物候起興。

之。節後。各章。初無深意。其意亦甚難解。乃自各家

解釋之。而其義始紛亂。索不可復通。漢人有然。而宋

人益復加甚。不可以相得益彰矣。毛傳云。斯螽蚣蝑

也。莎雞羽成而振訊之。鄭箋云。自七月在野至十月

蟋蟀入我床下皆謂蟋蟀矣言此三物之次此著將寒有漸我牀来矣則謂已寒所以鑑莎雞蟋蟀維儀然三物然矣月在野八月在宇九月在戸三漸初来言則為何物何以知則即謂蟋蟀下文十月入我牀下提出蟋蟀字則前此之詩言我謂蟋蟀躍然矣况蓋前說言如前已為蟋蟀則至此不知勇躍之為蟋蟀矣若以文理言之亦則謂此在野在宇在戸亦為蟋蟀無寧謂則為莎雞以君謂為莎雞猶可謂則為此據田上文鑑有冥凡無相破空言而

例〇合〇下〇矣〇哉〇義〇於〇文〇此〇節〇說〇注〇已〇屬〇滑〇未〇為〇有〇乃〇不〇

讀〇審〇是〇說〇鬼〇象〇出〇意〇壽〇至〇宋〇朱〇氏〇為〇集〇注〇竟〇直〇合〇

此〇三〇物〇為〇一〇物〇注〇之〇曰〇斯〇螽〇莎〇雞〇蟋〇蟀〇一〇物〇隨〇時〇變〇

化〇而〇異〇其〇名〇動〇股〇始〇躍〇而〇以〇股〇鳴〇文〇振〇羽〇能〇飛〇而〇

以〇翅〇鳴〇文〇字〇寫〇下〇文〇是〇則〇在〇野〇寒〇則〇依〇人〇云〇則〇是〇

此〇章〇言〇大〇半〇章〇乃〇是〇為〇蟋〇蟀〇作〇起〇屬〇注〇矣〇蘇〇氏〇

詩〇蟋〇蟀〇稱〇不〇識〇其〇有〇此〇詩〇多〇之〇變〇化〇而〇斯〇螽〇莎〇雞〇

既〇不〇能〇詳〇指〇其〇物〇哉〇而〇但〇言〇其〇名〇則〇以〇股〇鳴〇者〇謂〇乃〇以〇翅〇

鳴〇者〇總〇畢〇此〇物〇之〇亦〇皆〇從〇得〇其〇物〇然〇則〇先〇生〇於〇何〇

處。嘗見有此種怪物，再經蛻化，而終成蟪蛄耶？且蟪

蛄初孔肄物，乃歸穴之所，能知東漢古書，今不惟無之，

人知其為由伏物所蛻化，即其所化身之始雖不云。

總觀其能變日，掛景由田野而屋下，以字為檐下。

解為蹻跡而門戶，而屏下掛外，就壁條條移徙而有像，

不知春夏若然，則亦之人月，則將田野之蟪蛄亦九月。

則又檐下無蟪蛄，亦十月則蟪蛄皆不得有。

蟪蛄而屏集於屏下，氣不然在諸人都為言之矣。

之遂時遂地而有四種說之耶？此等解釋實非古。

之說能出喻大格致即物窮理而一旦豁然貫通之
後不能詳考遂悼之表裏精粗若此不知當日周
公之作此說其心之全體大用之果能盡臻此失候焉否
豈耶似此其故之說為務私吾輩家人之說知也節
說螽即蝗也斯則指點之詞猶言是蝗也動股
則漸能躍跳說其得能害苗也莎雞庸翁的
解爾雅說云之鶾天雞乃謙言不惟未詳其名即
其字亦不知其出何經典大概其字如作爾雅者說得
亦其物也惟作爾雅者說得免也樊光之說證以蟲

黒身赤頭、名莎雞。李巡則曰、名酸雞。郭璞則謂、
名莎雞。爾雅又曰、樗雞。許慎公郎言之、莎雞酸雞
或天雞。去羊象、今知牧物惟郭郎云、又曰樗雞
去則實有此物乃樗樹上、種分雲俗或謂之僞
醉漢以人近之、觸作僵死狀、故名与諸義反諸公
之郎説某雞某雞、皆象此蟲、[illegible]諸公持物之学大根
如是也（樗雞即花類中之不見其振也）不知此説
雞女實即寄焉之雞莎叢通雞之卵字之四月至
以月以貝雞長風貝毛明尚未[illegible]暫寄誘之然也

八〻披蓑衣也（莢萆本以其草能製蓑得名詩
〻作莢，不得謂〻純出假借也）今八謂鳥〻甫
生毛衣，猶曰披蓑衣，莢雞猶言披蓑衣之雞
又振叫，則言其羽翼將試飛，頭蓋雞雛毛已長
因又五月而蝗方動，股〻肥，而雛〻新，雛亦已振叫
時方資蝗以為食，故雛有蝗不為害也，二子乃相互
溪如睇衣，此但即名字〻本義求之，〻其義初不雜類見
乃釆蝕本謂蝗偏，不謂〻蝗雜，本如雜偏，不謂〻
雜任意亂指，又不能明義，真不解其是何肺肝

父○醢若父○聞○則○禾○穡○已○將○周○熟○不而○不○有○以○羅○寧○之○故在○
野○、聞○則○禾○穡○已○登○場○堆積○院○內○仍○須○笆○視○故在○
宇○（宇、院落父○）九月○則○漸○寒○而未○穡○則○仍○未○納○果○故
暫○移○於○庭○尚○以○遲○風○霜露○而○仍○不○管○視○院○宇○至十○月○
則○秋○穡○跡○間○憾○悵○畏○寒○暫○遲○而○入○我○府○下○載之○意○
前○以○知○所○需○矣○在○程○矣○本○羅○之○清○錄○陳○無○測○知○之○
爲○隨○緣○義○、往○跡○辭○在○多○於○忘○不○出○其○處○而○自○
甘○尚○歧○途○家○行○幸○祉○此○其○誤○程○則○又○與○泄○沮○猶○歟○
何○異○耶○

八月載績載玄載黃我朱孔揚爲公子裳

此章自蠶月條桑以下皆言蠶績事取衣服條桑蠶

事之始績染爲裳衣蠶績事之終中間以月爲節之

語乃記物候言鵙鳴則蠶績之候風土女紅皆有節序將急

纔寒之衣後人只識寒之衣褒之備刀尺如（人情物理）

千古如一特其汁向一般應儒不通情理故言之耳

五章於在野在宇在户極窮室熏鼠塞向墐户之

斯螽動股入室前中間寫一蟋蟀入床下義同此

蓋古人觀物知時物猶如此則人亦豈自為計卯風
詠絕之風物大抵皆原本於人事雅頌所以無畏聞
秋漫無厭義而隨筆濃染在古人稱無此情
逸致為之假應物作本紀矣知此則朱注貶為失均
之謬不識理勢可知矣此章自八月載績下本無甚
深義亦未甚難解知不過言績前此蠶桑詠得之深
績之風布染之則或玄或黃其在朱色之鮮明者古
之詠頌揚大抵皆頌揚之意其義甚廣鮮明亦
其之文則奉之公以為公子裳以公子之裳例用朱色

如此又於微婉之公私厥獻間隱寓其愛君之意与下

章之私豵獻豜同之旨趣詩美刺極明顯讀之

存之無朗用其疑議質言之則此等詩存無朗用其

注釋即注釋之而過如此者無幾一般陋儒率不肯

因此而遂少釋其義乎蓋天之生此等人原以

供覆亂者一經書之用故其生性即与尋常人異

愈見經文之極明顯者亦其心愈不能釋然沒竟

種種鑿過之則其心且或痛懣感疾以其有恭於朗

質之天賦如故毛氏即疾起而傳之曰鄭讀然乎畢

如麻子起矣玄、黑而有赤文朱、深纁文陽、明文祭服
玄衣纁裳者矣又矣八東章西杜若為說此詩又若
非參說此詩顛倒黑白橫生枝節一味無理厥術使人
驟讀之直不能以其意旨之所在吾意此時即起毛
氏於九泉即其當日作詩為此在彼之意又不能自言其
所以然之出於一時一無意義之論之作用而已所謂夫文
蓋傳孝所以明詩之通章稍無、語及麻即說其
前後章言之無論無言麻於思民而各說之矣又
所言麻不知解則毛氏作所取義而以拘此輒讀

之績字訓詁績者之以爲麻亦績原通用字凡治理
皆可以謂之績下章勸績勸功之績字兼即本此義
謂凡言績者以作之麻若麻更可以謂之爲勸功耶
且即以績之本義言之則凡絲繁麻縷有緝維之
物然紐麻之使就依胥訓之績猶後世之言
紡今文編編之編字即績之假借字今人或謂如
又知治理就依曰績敢潰崩失緒曰敗績之之爲
義夏務古人之衣用甚廣又邑渴以係風有不績其麻
之文不通謂凡古人之言績者概指麻言耶若

信也所謂則此謂言語也以後凡遇語字即指以為所語

也皆也此語曾言授在則以後凡遇授字即指

以為所授者皆在有是理乎且此語之但言載續而不後

言其所續為何物者則此文原以此工幣用綵

素通章之所言者皆為絲故此處不必再言其為

絲此乃合理上所言然者而熟羞陋儒竟得因此以肆其

毒耶毛以載續為續麻已奇玉下文載玄載黃我

朱孔揚也但言染色其所言之色又私隱僻而為

人之所雜冕者則似乎無所用其穿亂矣而未已

玄青今因避諱改
稱元青倦知詞之
在青黝謂其色則
即蒸可見蒸者稱玄
鳥即以其色名之
凡竅穴之深邃者其
色必玄故形容深邃
者亦曰玄此段不用

又詩毛言玄又黃又朱又此最通常之色亦人之共喻
之色又玄即今之[illegible]青又黑而有赤[illegible]故倦知詞之黑青
即今之正赤又其色尤殊故殊即因之得名（殊倦詞
之銀硃若黃則為纁之本色亦正色但纁之原色輕
重深淺不勻故亦深染之其色古今初無異名者
無深淺亦有可淺[illegible]毛氏以黃字無可分亂乃想然
舍黃之可語章甚不玄與朱並雜亮矣其詞玄
為黑而有赤又[illegible]黑又玄之色固[illegible]又特其既
以玄朱淺重此色古乃全為分亂下矣之朱字也又矣

朱之訓以為正色，而非之之訓以惡紫之奪朱者，以朱之色純不容有他色之攙雜參加之，則爰又與原本於此，純粹由他色之能發見，故朱與黃同為正色，具特立之性質，絲與黑白，於黑白者色之兩極，而朱與黃則色之原素也（此其義通光學者自能言之，不詳贅，茲之言此者，以明古人所言之理，其精者在今人亦無以易也）。而毛氏則於朱紫不偏之曰：朱，深纁也，斯則合玄而義之深奧顯然矣。夫纁自為纁，朱自為朱，二者之為色全不相涉，天下絲色兒有染纁而取以濕

朱者毛氏認朱為深纁是朱之淺者即為纁耶是

毛氏不惟不知朱並不知纁也殆毛氏彩不知纁為何

物及色又為何色而言八青中乃習用之臆為解說

又甚於為說微引因見此詩有玄字又有朱字足貫乎

時說私臆之謬解合雖二字之中當亘有之黄字亦不

別去之置說不論但撮合貫而綴之字中間別納、

纁字以便後為異時解說纁字後出是則毛之此傳原

私如玄朱費實全為纁字費也蓋毛之意以為由

黑而赤則為玄再加赤則為纁再加赤則為朱矣

故其於玄則傳為黑中有赤於朱則傳云深纁大
傳本既以經明若毛氏既為乃直妄亂經文以附會
其說作之作既說傳其為此則經更何理其能明耶寧
私古人之大底耶乃毛氏自有此說解後世之說之古
二藍皆食柔經文而後之馬注乎於傳鄭氏則了之周禮
染人之文曰凡染春暴練夏纁玄秋染夏凡既云
之直不知其於經言何指其以經言相合者僅玄之
而經從之於八月以後箋則言其在夏是強不虛執
周禮上以周公論列是非至唐孔氏作正義則要之

考工記鍾氏之文曰三入為纁五入為緅七入為緇則是
其言乃專為説明毛傳之纁字玄染色不言其所入
之色而但計其入俗儒之愚謬已大而慘毒天下後
論何色但若干入之即可妄為某之色耶（若記言
則別有義与前鄭氏所引染人文亦俱不詳數大抵凡
經文經前人妄亂十之八豈須改正文）若其説新義之
文尤属可笑謂鄭氏所以引染人知其特以記經所
言鄭玄鄭黄當於夏日染之時以用之實在夏而文
所以用之下者以養蠶浣麻是造衣之始故先言之

染色○作○裳○是初○之○說○故○後○言○之○云○之○是直○周○鄭○氏○有○

曰說○了○染人之文○為天○運也○義○而周○公之○作○也○乃○顛○倒○

事實矣在周公何不先說察其自己說作之周禮（此原

本俗說8實則周禮之作甚晚8當在戰國時8孔子既沒

以後8大抵出於七十子之徒之手8予別有說詳論之8而顧乃

今○其○自○相○矛○盾○耶○想○孔氏言○念○及○此○或○且○不○勝○其○代○如○

周○公○着○急○文○文韜能○柔○恒○予○染○細○故○何○時○不○可○染○又○

何○時○不○能○染○者○世○紙○見○業○染○色○者○遍國○晨○即○便○停○

止○工○作○而○人○之○有○事○玄○纁○者○必○候○須○之○時○年○四○月○以○後○

即此诗本序言之岁中楚歌桑之于楚都而后读之而后
染之而后叢乃于物之宗之顺序理之意然天觉为于之
以然否则有楚都然不读之而不染之而又不赏於其矣岂得
即摹之以存言体为之不可信即今再会与而复视体
文则体证言者玄文黄文朱文之三者燦然与伪笺正义
之证章批注纏者係之玄言外曾佔有丝毫之関
係且以玄言之心传于守如是之说之文中国人之习性
其於于文者存者在於甲乃不中途靈後而乙因之而
丙而丁但随其势之所遗而不时移易途其终极或

且並其造成之原因係爭而因亦忘之而不離於忍辱
初志（此其弊南人尤易蹈之）故中國人之係爭卒難也
其功於又時而自埋自損華由此也此在一般人言之則為
志行薄弱然其弊實出自知天而亂各人之認能自主此
強由我國淺而千餘年社會之風習所積漸而成其頭
甚之結果為善忘為依賴為苟且為重人輕己為褻
逐忘者為貴耳賤目吾嘗觀中國人無判斷是非之
能力此亦其最大之原因也通觀今古人中其能超出
此範圍者代不數覯而於文字上尤易見之經學之失

（玄）即玄青色。再入則為茲，故茲從二玄。玄茲後又轉而為緇，即深黑也。緇又稱緅，以其色似黑也。又稱繼，繼从茲从火，言如火上熏烟煤之色也。

雖原文具在，而二千餘年竟無人能畧窺其本面，此皆可當之，惟中國人能之。其在他民族恐未盡然也。今按毛氏之說，謂玄實即其說謂纁，而其說謂纁，則果莫從。鄭說其意之說在蒸，其說云深纁，則不惟不得謂之朱，且直無從想像其為何等顏色也。今更即玄與纁二者詳言之。玄，前已言其為玄青，實則今尚此稱，但依用之。廣韻故段稱玄為元，此則凡玄字皆然，不止此字也。之稱蕕尾青者之源，源自古蕪，古稱玄色，即以色得名。此則玄字最有力之證。蓋一日存在，則玄之色一日不容

黝即幽之形声字其出最晚矣今人则知黝而不知幽矣兹又作滋因指水言之故又加水也左传何故使吾水滋是也

此注加若由玄上

客换矣又凡幽远深邃之处人之目力所不能极者其色亦必为玄故玄天玄奥奥奥之本义原指室之西南隅犹于奥营荣于奥皆是其作深奥解乃借用之以及玄远玄妙皆从之得义而人目以劳极资眩之眩因其久视玄深之物而昏然若由玄而加赤则为纁毛氏谓黑中有赤也今则谓之红青纁者知只作熏凡古诸家言席冒熏熏者皆然冒前人因诗有席纁诸语属等误认为纁实则全不相涉熏之本义原为火之烟故字不从火诗庭燎有煇之煇字乃

其異女此卵因熏容久僵以其引伸之名義衍故特
别撰之以代其本義也熏訓為火之烟鼓則凡
和用火之烟鼓者謂曰熏穹窒熏鼠者是也此字即
溷入别加草作薰其加草者弦因之以名葱其臭
味遍入不可滌也如火之烟鼓然卒乃推之於各種
草之臭味擾其美惡而統謂之薰此猶熏之本以
刑客酒氣卒乃勃其气作醺更乃轉其義作醉也
如半醺微醺者是也向夕之日其色紅黄而濟其色黑
似火之烟鼓故謂深之日曰曛之曛又凡烟鼓之着

物。其色。概。为。红。黄。黑。浅。故。所。衣。其色。亦。六。也。举。说。之

纁。（俗说以为烟熏色）熏之。称。作。纁。即。说。缘。之。衍。此。

色。赤。文。说。纁。为与。玄。相近。尚。能。成。语。其与。朱。絺。为。绝。对。

相。反。赤。初。何。得。举。以。相。溷。以。朱。周。绝。着。、缘。之。青。不。得。

而纁。之。本。律。则。十。之。九。广。青。文。宣。和。叠。语。即。着。朱。之。

为。公。子。裳。则。以。公。子。作。服。朱。第。故。断。于。朱。第。则。皇。即。

其。義。凡。古。之。说。说。裳。如。概。指。第。释。若。言。之。今。人。

于。古。衣。裳。之。制。与。言。之。不。能。了。之。故。不。能。明。其。说。以。然

说详。衣。裳。篇。此。不。赘。、若则。即。言。祭。服。云。之。则。直。是。痴。人。说。梦。矣。

古月女日其罔載績武功宜有其類獻

殷甲文緣風周夏正考

卯○風○之○於○紀○月○自○四○月○以○至○十○月○皆○以○月○稱○其○自○十○○○

月○之○後○四○月○以○前○則○改○稱○之○日○二○之○日○三○之○日○四○之○

日○春○日、備○之○中○而○稱○詞○觭殊○寧○莫○能○通○其○義○

武○疑○十○一○十二○為○漢○數○字○於○文○不○便○然○既○能○改○稱○之○

日○二○之○日○若○不○能○直○稱○為○十○一○月○十二○月○且○一○月○二○月○三○

月○其○稱○謂○正○與○四○月○以○下○畧○同○又○胡○為○改○稱○為○三○之○日○

○○○○○○○○○○○○○○○○○○○○

四之日及其日卯毛氏更無端釋入三統為說殊、

不成義，其一二三四五自以周正言，以与殷夏和五
岂非妄生枝節耶？今按此詩之自四月以後至十月用夏
正，自十一月以至三月用周正，乃周公有意為之，其用夏
正者，以公劉之居豳，其時正當夏代，則敘描寫當時之
風物，自宜從用夏正，以顯其真。七月流火，八月萑
葦，九月授衣，三語殆為當時流傳之古諺，周公特取
其語，據之以成此詩。今但觀凡言七月流火，九月
授衣，或七月流火，八月萑葦，皆自成義，与下文迥不
相涉。如首章於九月下忽接云一之日、二之日，於九月

（乃於大田以外字
時當釋訓似周
時失訓尚作紙
此注添改
尾韻
據向上）

下忽㨖言春日鄣陽三章於月下忽㨖言夫觀

月條桑則首二語之曲係援用古語以为背議不惟

無疑義且火知初葉之字在周時語言已不甚

相之則只为後自古昔而乱由於周公自作益而

想見郎援用之古詩既用夏正則歎讚律之以

民詩蓋不容只不涉用夏正此三百篇中獨缺風

用夏正文然周公周人此詩作於世周盛時夏正之

麽葉正久使通篇皆涉用夏正則或且滿月豫者

之謨公以得無郎發微得知只为夏正亦乱周正

文○故○物○以○言○日○者○昔○時○古○代○所○行○之○夏○正○而○更○
以○後○言○日○者○昔○時○則○為○現○代○所○行○之○周○正○前○後○
而○相○對○照○則○説○諸○某○月○者○在○周○則○當○為○某○之○
日○説○諸○某○之○日○者○在○夏○則○當○為○某○月○自○不○難○
玩○索○而○得○説○諸○夏○正○者○決○不○得○誤○會○以○為○周○
正○説○諸○周○正○者○亦○不○至○誤○會○以○為○夏○正○二○者○周○以○
相○互○為○用○者○如○孟○春○日○之○稱○則○知○為○兩○者○之○關○鍵○蓋
要○説○諸○書○日○者○以○夏○正○言○之○則○當○為○二○月○以○周○
正○言○之○則○又○當○稱○五○之○即○而○自○此○以○前○則○為○周○正○

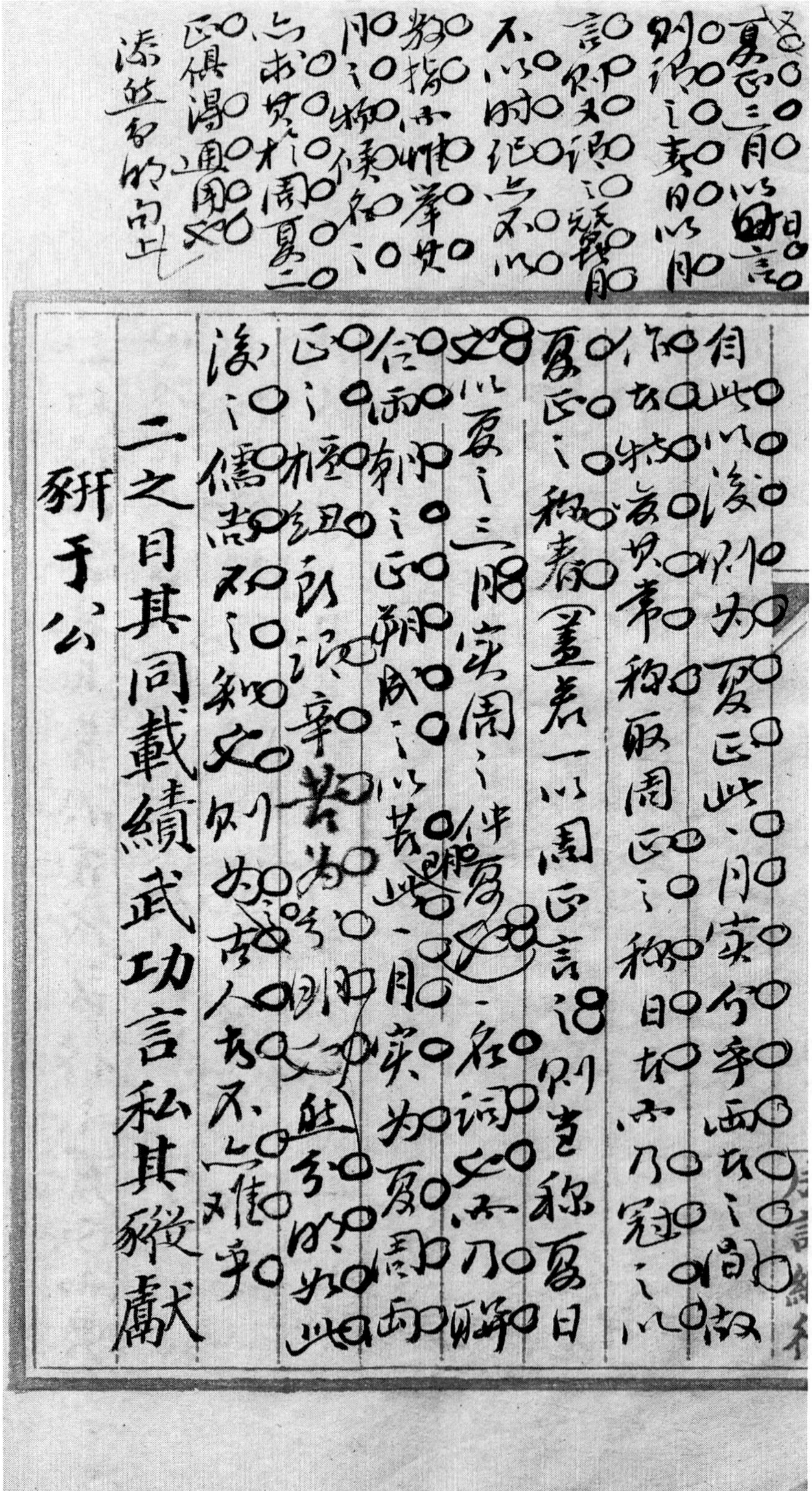
二之日其同載續武功言私其豵獻

豣于公

此文本無甚深義。所謂二之日者，以夏正言之，則為十二月。周、春同也。言周人有事也。纘，猶言治也。武功，謂田獵之事，即以農隙講武之訓，以講武事。田獵則必有所獲，詩人但舉家之一端，蓋宜其稚小者，則自私而畜養之，其壯大者則以獻之公家，以備牲牢。此殆亦上章所言"我朱孔陽，為公子裳"同義，皆言邠民之先公而後私，愛君而親上也。乃自一般陋儒言之，則又異想天開矣。鄭氏箋云："其同者，君臣及民因習兵俱出田也。不用仲冬，知亦卻比晚遂也。"臣心糊塗

反駁於他人之時白而不惜曲為之說与可情也
矣況但言其同不過為大寡存集之之其集長之確
原何人文說不載又何容確指不必其不為居[illegible]民与
邑以其實為居[illegible]民耶且其說同於之為居[illegible]民与
否於詩義又何關耶至其言不用仲冬之說尤可
矣鄭氏之說據於周禮大司馬之文其言云仲春教
振旅遂以蒐田仲夏教茇舍遂以苗田仲秋教治
兵遂以獮田仲冬教大閱遂以狩田其說与經言毫
無不合蓋周禮為周人致治之書其紀時自不容

序唐仲春

其不用周正而此之說識之以明如實為周正之二

月田其都讀謂此乃正周禮說云仲春教振旅

遂以蒐田如鄭氏說不知周禮如周之春漢以為過

其冒夏之說制故於其說用以紀時皆指為夏正蓋

鄭氏尚知其為周禮奈何竟疑其紀時為夏正耶周

八時□之正朔而自正之說後代反不啻用之遂

則其說須布之正朔將要責何人此周之耶鄭氏

於三禮每說不用其注乃其究也並其書說用之

正朔尚不能知則其書說注之書尚有價值之可

言卯鄭氏之義蓋謂周禮所言皆為夏正而
周之二月則為夏之季冬故云不用仲冬實則周
之仲冬乃為夏之九月與此之為彝薨皆絕不相涉彼
循不思周禮何以能用夏正鄭氏之說上二句正而
笑而其知毛氏爭論不二句大足使人噴飯毛信云
豕一歲曰豵三歲曰豣不洽其大小但究其年歲
其言正有語病夫豕之生也既無人為慶生
又無人知作年譜則人固因獨貿然獲得之
故又自從而推知其為若干歲而隨時異其名

稱卿又二歲三歲既名異其名亦二歲四歲五歲以
及紀千歲更出謂之以何名卿且遂歲更名又何
其不憚煩耶然其言能不通而其言尚無大悖謬
蓋其意不過在以年歲之多寡分以大小便言猶
可勉合乎其隨意穿鑿拘滯不通則渾之牲
長不知有騋多牝閑騋之知義被此說壞不
止此之乎文（如自第以上曰屢自輈以上曰軏馬為
七尺以上曰騋眉目之間曰清揚若經不皇遑暇蓋
鄭氏既更據衆經之文改箋猶字曰豕生三

曰縱此則更避更説思矣尔雅存蒼萃澤初陋儒
〃潔説説感意豈時又有以合文從字有二〃從
〃八〃〃為因是脂蛤〃其數為三生三說別有異名則
生〃生二愈不容已並更端〃曰二體一物至三以上則
其數煩甚窮於擬議乃不得已而漫置之此其
說〃旋移稍於乎理乃無不知其可笑蓋數〃
中猶彖之生殖為最蕃殖之產動且輒十餘甚
且有以亂不數用而餘數矣（彖之亂十八猶不數用
則其數直能達二十左右之其生三四左乃絶無之矛

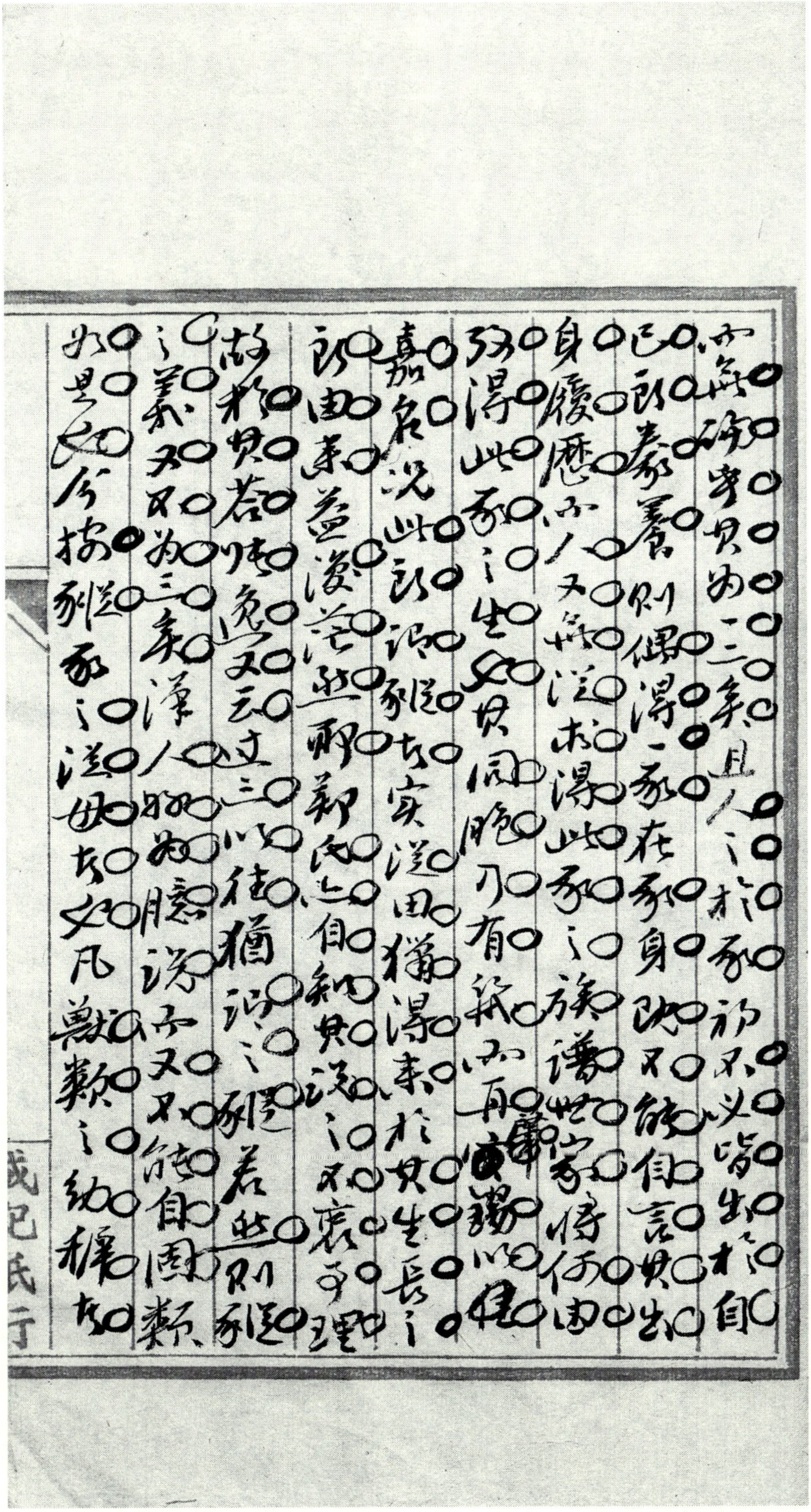

幸不敢離其母當自幼從之初不出於未能稱
孰女故稱孫於女從從人家所言文而家無會語其從弟
母家女家之稱家徑猶然之稱樸羊之稱美皆為其幼
稚時之一種通稱名即長後其常名即因以年
歲限之云只統羊其大概又於雜之聲之語其為
義年歲之稱即至稱鄉即其稱風作肩為驅從兩肩號
其肩為其假借字凡即其本字若稱即漁東說
新之秀開字其於女為所言其美反隱文肩乃家
之壯大女家之美花肩其樸育之先在肩（肩即

俗々所謂時方○故○言○家○知○但○華○其○肩○而○其○家○々○大○小○肥○

○濟○即○亦○見○禮稱○畏○平○佛○勝○肩○不○擒○豆○居方以為○

○過○倫○即○此○義○蓋勝○之肩○尚○不○能○擒○豆○則其勝○之○以而○

○知○乃言○其○吞○惕○不○肯○用○大○家○承說○其○吞○惕○家○肉○故○小○其○

○肩不○使○之○擒○豆○文○家○小○則○其○肩○之○肩○小○自○不○能○擒○豆○文○

此義前人亦未知○家○之○費○育○在○肩○故○華○肩○即○亦○以○

○知○家○家○之○名○肩○以○其○肩○之○費○達○言○之○文○故○其○義○為○

○家○之○壯○大○知○文○所○稚○困○器○之○語○兩○肩○與○兩○猶○兩○如○同○

賤○高○之○此○肩○字○為○指○鹿○而○言○乃○偽○撰○麈○字○以○豈○

已氏行

之貫通从鹿从拜即膚龔此文之从豕从拜又[illegible]
偽撰貫知矣更深知以義特於麏鹿之下啗㣲
之云絕有力者麃拜文麃之為物秝以力稱者何
以狗於貫絕有力者別因端以名且若何為有力
若何為絕有力果以何者為標準在作糢者
之不知觕言之取義又大抵前人筆不知豕之於肩有
特知係之漢下係初乳作貫之般數數之該得通用故
豪亭㐭更膚說之說豕在豫何加之於鹿食貫
觕推知貫真義則畢已無爭爭此端之作偽

日拙矣。然陋儒誤言隸山之畫，鬼造六世八骨葬

之。逆從章乃歸，四佛四四猶如當陳四姓四組繼

黃四罪收羅其說於其說，但之深，種說傳之

大着中蓋，今雅如之，陳為男，但圖志為此其深

高之說設文，然二千年來世周厚奉之以如雲文。

（古人於家之稱肩，猶今人於家之稱肘。肘之稱不

可以加諸牛羊等一般獸類；肩之稱亦不能

以加諸其他之一般獸類，不知人情物理，徒法

今之文）

鼓鐘送尸神保聿歸

楚茨說稱之神保毛今人無的解毛傳於神保
是饗句傳云保安文鄭箋以為鬼神又安而饗其祭
集注亦用之然遂取劉說又更之曰神保蓋尸之
嘉號楚詞謂靈保亦以巫降神之稱文異說
似矣故世多從之然於義實尚有未安如五章
鼓鐘送尸神保聿歸後尸與神保原本為一何得
言之上句稱尸下句遽稱神保古人必無此
夾雜重疊之文字四又且尸又何義而得稱神保

耶外以楚词之灵保相似则灵语谓灵保故谓而
巫邦隶不如即为尸巫之职在於左右鬼神故称之
为保灵魂神能有时降其身其旁有数人尸亦其
命名之义则在彼不在此又且祭之尸皆从时以卜
得之意在像神与巫觋之事以事神为职业者
其道迎祭则尸又乌得为神之保耶今於神保
相神者文神依乎尸则相尸即相神相有保
诗之义故称之曰神保又凡古者之祭祀尸必有
相礼器云周坐尸诏侑武方郑注云武当为无接尸之

渓也方衡常也告尸行節勸尸飲食無常若者

于江如也唐字就善齋方此江郎沢語脩即神保也

善尸像神只纂主爭肅穆故凡婦留行節飲食華

源有相馬以語脩江相江爭一主爭尸故只於旅酬守

時亦得白尸同飲食之隊醉而相之爭心畢故發遣送

尸神保之遂以也此求詳諸見知義是注戴雜記不雜

既歸而得長亦充無人深殺則經義安理見餘通郵

七月流火

豳風、又月流火的歷來相傳以火為大火謂心星也

以左傳火中寒暑乃退及今火猶西流之語識之似
虞說初看可疑議然即實際言之則其語實未甚
昭瞭蓋心星在後歲經天象漸移動其西流又初非
時時可季夏之月昏火星中至七月離稍偏西許差
並無錄為私淌心測驗緣無以辨之殊不足以使
一般人錯目驚心凜然知大寒之將至而急思所以
預備與其從之備衣服前可物值寒因指點而情可
即傳瞭然在不為徼異又詩但稱流火而不稱西流
於文義之未能盡合以火周正時不流而火之西流

亦只得但言流失矣今即物候細察之則即謂失
也似指螢失而言流則謂其往來上下飄忽而言
有似乎此之流矣今人謂螢爲流螢即古詞爲
流失說螢則以其名言之失則以其所實言之矣
螢之生以入秋而盛故曆書八月之言螢者多在季
秋種羅以爲之撲陳篋頂入之也皆其至[illegible]長
詩之言矣月正其移見時矣螢之爲物以其有光
故最爲顯見故人能角目驚心見麩金之上下
錦之花（麩金語黃見姜白石詞）知氣來候正由是

六竟不可不求而调御卑伯傳要之计若其如

在天之大火不惟流言之精神不見則方且炎景

依然自以行其不过一度与前日之说便见其绝

余甚顾其之殊异卿民移孔者夫文字易由仰

观之不即知其已过中途卿（星之海融必須於、

当时刹那之8方得8否则决夜動務8同自己信之

持此以与虞说相發則虞说实未為完善然其

義尚较强而通故说其他之鑿空乱道全不能

袁於了实在猶为稍勝然亦之以偷说可也

辛酉初秋

秋輝氏初藁

[illegible]僚軒說經卷十四

侘傺軒説經卷十四

臨清吴桂華秋煇氏著

黍離通義

黍離小序云閔宗周也此詩語和而哀不能作亡其詩義原存如是咼敢詩之説言在矣之以當時之時勢則其詩之何為而作周不離道標而知也夏之宗此詩為美宗周乃閔滿本原之誤以不然與則人將不明說指此存乎夏原齊為之説明此詩之旨乃不識後儒讀之每反周是而增出許多

405

詩言行邁此內

之萬縢蓋讀者既不明詩因之以蓋不明於子夏
之序合二者而參觀之則不惟詩之說言者不見
於序不序之說言者亦絕無如於詩序所言
其為閔宗周然詩則之說云者則惟有黍稷
如行邁如絕無有而以務指為宗周者是則也
夏之言不且為囈語爭然在彼則深信子夏亂
豈言之人不實又不能以兩說於是爭乃不得已
雖取序如詩之言非作叢據顯者然亦豈旋以
種之之禮造以序言宗周如則深指以為大夫行閔

添宗周必不

得至於宗周既為宗周則必有宗廟宮室而
詩又廢言黍稷黍稷於何禾稷之類因於是
取乃兼及言宗周而宗廟宮室兼言黍稷而不
黍離之曰過故宗之廟宮室者如禾黍其如之言
宗廟宮室如以禾黍生於宗周初不如其其如之
言禾黍在以宗廟宮室乃不以致生黍稷之意以
下之閔周宮之顛覆彷徨不忍去而作是詩云云
不過數行序言及章句後遂廢之之義以是周
前意云果無樂於學者只此如深泛泛出而二和

餘年之学者竟奉之以為不刊之論總無有
参以疑義抑此則為中國學者之物質的告
成今日之種種惡果者亦文廊奉臥以腸識之訓
未言廟者更於何知之即無厦之廟之意
原奉於詩義詩義之外周不得安者之讀文
詩中何嘗有宗廟宮室又何嘗言貴者知和泰今
而此行復者何以知其如如周之大夫大夫禮行
何以即知其黏於宗周且和王繼東遷宗周
邑遷無人而宗之廟宮室乃為和泰觀此詩及

居于手復居于陽之流滿則当時居于方以平王

之不復西之為儀著見此說則是謂之西之東

乃是晉之以竄身郭野矣秦仲得西周故地

秦遂以與霸西戎太故百年卒併天下偶暦

禍亂何至即如此哉陋儒心目中之所云三耶凡此

一切補具常識也即豈知其源乃二千餘年

來不惜不知其源即徹覺其有不合也亦無其

人蓋中國人之性質原不能剖析是非以為自

慰以同自証乃其學不可破之法習其於身也

識己氏丁

一家
但模糊影響，即自以為通曉國國再有人唱之於
前，諸家人即從之；於後，則時即百有人告之以
學之真象，稍不能，則彼不惟不知詳加致詰，
且笑從人為迂執，問再三，隱語之，則彼必將信
棄其説論之，是執不以為善意之研究，而以為其
有意與之為難，而敵視之矣。知大謬已成，而又不肯
自負其責任，則亡萬浮沉置之一旁，當時之初未有
其爭存益甚，不知別圖綦極之補救，於其修如絶
不能有一爭之風。就中國自戰國後，上下二千年

贯融会之心理，莫不由是。西不独经学目一家
的（推其原因，大抵皆政治压迫，教育失传所
致。然近百之教育，则又私家所敢知矣。今据此说离乱知
于夏之际，据为汉宗周，东以和王，清大戎之难，
宗周而仓帝东迁，遂离出于势之不得已然。
平王之后，若不即为周室所奄有，于东周而委弃宗周于不
顾。在故址时，居于岐，殷之遗地和王，所以归于
西北海外，和王私有之地，但乍为周月，前之所遣
而不睽为子，如百年之计，辛乃舍弃其祖宗之

葬之御因密松本回重比里以予人而甘自踏
原於河洛之間西隅决失而主灵与困之加不扶
此在後世溱吏古尚海不知其為失策而在尚日
論冶深兒袁之士其深僂太息曰更僞九那此冶
印原奉此予而作故子更放序言之為後宗周之
此治之大旨全在黍稷二字而以稚之二字為之用黍
之五稷其苗莖根葉以及其穗無四驪祝之
梅不全同惟黍之穗則攘聚而合攏稷之穗
則疎散而四垂此其異也至其實則黍之粒大而

圓（故天津一帶則謂之元米，元，圓之省文）其色

黃（故滿語及南直一帶則謂之黃米）其性黏最

宜於釀酒及糕與稻。穀中之糯，其作用相仝似。黏之

謂黍，即與粢文。其在穀類中品最貴，故寡請語

黍不黏者，其用處最廣、穰之粒則細而長，其色

微白，故又謂之粢，白之義文。其性散，熟之則取松

淳淺加頗近於粗糯，故其用甚少，而人亦賤視之

其與黍殊處，於居民之地位然殊，其貴為黃則能老

於農家者，亦如穀類相輔助之作，如此二物之所同而、

戊己氏丁

实异造谎近似法果似殊特取之以命宗周
与东周之不可潘祝为一盖东周之不可视为宗
周犹穆之得不得以潘为秦文李宗西湖与
以须薰风以湿适人醉直把摇州你沂州门
意在中与此诗瞻合古世人已深畏深识居此
诗视之则直同遇卫乐多与俱能识得秦穆
二物则诗人体物之工取譬之与自不难领取兵
此味国之诗须字去字皆不辨菽麦之流似此名物
俱在人生日用之识必须明法也当于田间归孺而可

蘇頌以秫為黏黍

知其擾攘二千年，實鑽研考證，稱辯論紛於汗牛充棟矣，人能得其真者，誰又大可哀耶。要何理其餘以誤義耶。前人言黍稷者不可為貴，飯毛鄭於二物皆不言其形狀，二公北人，似其心盡知其物，為人所共喻，故不再說。然在漢時，則已多不識者矣。許慎以秫為黏黍稷，是其不識秫，亦不識黍稷也。[illegible]則要以黍為黏稻，則併不識穀矣。郭璞知之，實似矣，則以稷與粟為二物，陶弘景則以為黍苗似蘆，稷米人皆難識，則

箋已氏行

其意中之誤黍稷，又不知其誤指何物。集注為指
何家書既成，欲其言即不難於推知一般矣。集注於
此詩云：黍，穀名，苗似蘆，高丈餘，穗黑色，實圓重。
其說似本之陶宏景，救其誤言，乃今之紅高粱，即古
之秫。又秫別有說，其相去直已如牛馬，其於稷則並
不能知其為何物，彼亦不自知。又其注曰：稷亦穀
之名，穄，似黍而小，或曰粟。又東章西杝，卒亦已亦不
能確指，則其言尚足道乎？近人考究此事者甚多，亦無
合說，惟李氏閣目尚為近，謂其言黍似稷而黏，稷

似黍而散二說頗得其真惟窮於詩離離之語以黍穗
散而稷聚則適得其反至吳江陳氏作稽古編取
李說而與不合惟謂北方通呼黍稷為黍子則誤陳
氏李人素談北俗固宜然之乃其於黍稷外因其不
識秫與粱與粟之分乃連同黍稷及蘆升穄等之
說而混三者並論而黍稷之真亦莫明之切依物類
私從實物上作審而考向從前之陋儒之臆說之未
有不失是者也詩言畧謂宗周與東周雖同謂之
周然東周終不知所以為宗周此猶黍之與稷其

稷黃果可以如黍又
何謂其離之不離之
耳胞

外欲離極相似不其實作殊不能免於精粗貴
然之名稱不得所稷實即穆離之然其黍離之區黍
下垂之貌黍即餘名因稷之美稷離之不黍
又離之此黍稷之訛以為黍稷之文黍稷離之則
直是稷矣又何得以河之黍即米酒去不知此
粢稷指稷曰此黍之離之去之文且黍果餘離之黍
陜離之當得以成而黍耶且去稷之不而以為黍
是知實見其離之名沒知其和黍哉即豈其方
黃文其為黍為稷之移名以雜文而乃曰彼黍之

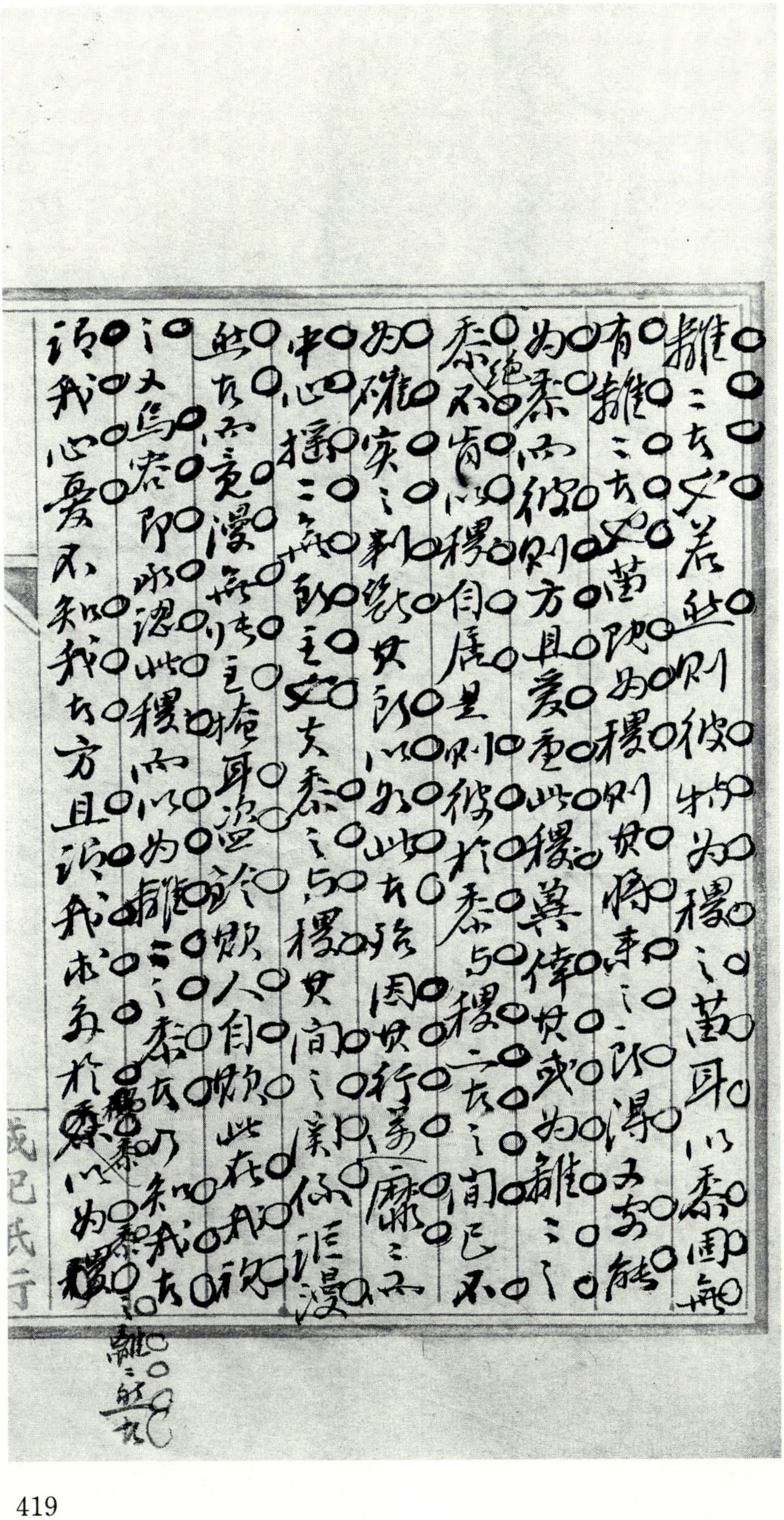

雖不同於

即稷毋又何因因只之內離黍耶但悠悠蒼天

吾見如何分雖然吾見為苗又猶有又則

彼為稷在戎常可冀其得穗為黍又而今則彼

黍之離之已和可掩矣則彼之穗之矣既為稷之穗

矣盡識識離之在已得識目驗矣然彼則仍不

以為稷不以為黍之離之在之大穗已離之而仍識

之黍是直醉人之既為後彼行道靡靡中心如醉

又無我自憂之一人自識我為我求於黍者何負

悠悠蒼天吾仍無知此人何如又今大稷之苗又而

○而○以○語○之○泰○繆○之○繆○而○以○語○之○泰○然○則尚○有○何○

而○而○語○泰○繆○而○私○泰○耶○夫○繆○之○謂○以○異○於○泰○者○

以○其○實○之○不○而○假○耳○不○然○則○又○何○泰○之○私○繆○何○繆○之○私○

泰○耶○乃○不○則○對○於○繆○之○實○而○仍○不○謂○其○為○繆○且○泰○

之○者○之○如○嗚○呼○名○實○之○兼○此○則○天○下○古○今○

尚○有○是○私○之○而○言○耶○若○仍○以○帶○使○語○

之○則○其○人○如○未○嘗○嘗○未○而○嘗○之○又○何○以○於○泰○

繆○之○莫○辭○孫○彼○行○遂○為○

以○嘗○未○嘗○不○以○然○其○人○既○若○此○則○乘○之○憂○為○害○

已爲人之所稱者多數，則稱之（慈之蒼天）似無出此人何文此
汝僅二三筆，六朝其所異者，在正藝德實擅之，品蘇出壹
節之手，乃竟能將中國數千年來之民族性之分析述
描寫殆盡，其筆墨直能奪化工，此等手段古人不能
看得到，六朝以前之人不能說得出，僅於二千餘年
後識得之，已大厚不易，若其筆墨則順手偶得
年之所凑，其萬人合能之文，此則人類之運會氣數也
之私人力之所能自勉之文
愚嘗謂中國人之不能判斷是非，不以求諸其大者

遠方即使人人一身而後有所自主之能加

其卑稍知皇遽歎其最甚者如著洋服吃大菜住

洋樓燃電燈者皆是其心矜我有新奇甘且上

未嘗不感其不便窮其所以然之原因不過自

洋人知此其久矣如此不知講自身和之之服食

起居乃傷其和靡費物以供洋人之衣食希又此

況前後三年措置其不歸罪和之刑情形實

曲

殊其其言泰離與穆二者家之宜實不貴

據其中國此次騷亂之原因中國此次之禍

乱国皆由於此也。盖中国以远国甚之，故贯於
一切事故，纸於皆有宗译，然势难骤改，尽故
审观知此，循名而责实之，约些乃焉，就贯名称上
发乱之名称之度，则贯可实之，若何，则国弱人
知以过诋之，故谋及恶称之，贯之以革命，则此事
矣。降杀丑名之，贯之以信者，则义举矣
赞誉则下士认为亲誉之，如运动，则大庭之
上不厉，昌言傲慢，则古今同成，而贯之如知时
则勤，济之，尚亦思字，知无浩激，亲耻则以为

為有能力反覆無常則以為應潮流變家需

脅文需知以日清厭寒責惆悵文而可以日示威

造謠言惑眾則可以日新聞改策稍說遲遲則可以

哲學思想恐惑愈驚則男女不可無社會道德謀

則政治不可無手腕統禦之下自信以為萬工

努和之徒相爭以為佛[illegible]老凡此種之何六

不如穩之泰離之數而但著豪言之則穩

之泰離不快不容湧之且適相友文[illegible]

獨有常以古今之矛盾後之則知古人之智識只

箋記紙行

遠乎於今人者實不止十倍吾之時其尊容未甚成
如今日之甚而吾人之言之若此且不止於此詩為
然文小雅正月之詩所謂謂山蓋卑為岡為陵者
其兼知之後如此則知此其說存者惟正蘇其似而者
人即逆知其禍之至所之以為言乃之以為大戚
自此以後乃無復有見能及此者而國人乃後
日真作於此泰離與禍二者名實之中而不
能自覺禍極於今日而當事之有其父使吾人
生於今日其太息之痛恨更何如耶

君子于役

君子于役小序云刺平王也此詩之刺平王但循諷
平王時實乎何合之詩意亦不難知之以此詩之而
義所謂不君黍離君陽之歎詩之深懷而託諷之至
後幾淺近、徑尋繹其意旨即瞭如也乃自不覺
後所謂漢儒宋儒之援據兩千餘年竟無人能
窺見之則以我國民性但有人亂之格節能後
無論君子小人卒不能辭其是非實則其誤認
是非也即在目前初非難辨語有人指出之也

不○能○滇○然○以○解○特以○圍○於○積○習○故○世不○悟○有○貫○人○耳○

（此篇即經學之文言）◎蓋其代◎則與此等民族習◎尚

以與之辨論是非◎則甚屬危險文◎此詩○之作○故○以和

主○耆○雜○東○寒○情○非○得○已○強○猶○人○之○行○役○於○外○乃

/○郎○常○然○之○事○第行○役○則○但有○旧○圍○不○得○以○行役○道

故○叢即○兩○寒○源○於○饑○又○蕩中○並○命○以○雜○與○羊○牛○

尚○能○及○時○而○來○歸○其○故○也○而○郎○須○居○士○與○乃○竟○後○於

行○役○則○是○得○雜○與○羊○牛○之○不○如○其○為○事○如○源○矣蓋

平○主○於○犬○戎○之○亂○平○後○宗○周○之○教○物○已○後○本○以○

重薩[illegible]都以先後前人之感業故當時朝野人士
理之甚切王風十篇中其即此而作者直居其[illegible]（印

此篇及黍離[illegible]居於陽之危處中谷有蓷[illegible]為蕭[illegible]刺[illegible]
大車[illegible]丘中有麻則為鄭風[illegible]

[illegible]

采葛[illegible]此章有[illegible]唯采葛[illegible]

[illegible]

閔世[illegible]

之不知知刺之則當時之[illegible]

種憂鬱太息痛哭流涕之情形可以想見[illegible]

中故不覺其詞之過刺矣（此卷在[illegible]般隨儒言之則

[illegible]氏丁

必又以為擬居於禽獸為大不敬者之詩人不應有此
而道臆亂改為鹿斯狼跋等篇之改為必令之不啟
語而後已抑在彼等初不知此詩為刺平王得以竟
卻許多囈語無非直陋原非克奪之子其解適后
戎難幸而得信已出意外（犬戎之難由於申侯而
宜四時方倚申則是幽王之哉宜其四實與其此又
世鮮有責之者以幽之無道故又然此等人又安望
其能大有為補避信東都早有此晉鄭不思罰之意亦
又有幽王為前車之鑑深恐密邇犬戎備之且要樹

當○落○則已○身○或且○垂○㻌○乃○反○之○蒙○辯○故直○掌○設○詭○
社○稷○宗○廟○靑○昀○久○物○萬○事○一切○不○足○以○務○男○兒○心○不○惟○
以○首○且○偷○安○為○子○孫至○子○孫○百○年○之○計○長○驚○春○駒○之○謀○
則○周○後○身○未○嘗○夢○見○·佳○佼○人○之○和○篇○識○仙○在○彼○初○
若○未○之○亂○文○追歸○首○則○秦○宗○周○萬○不○滋○矣○周○之○
盛○衰○家○以○此○為○大○漢○讀○文○詩○云○若○謂○人○之○于○役○文○時
其○常○文○然○于○役○則○不○知○有○期○文○至○期○則○豈○然○後○歸○文○乃
君○子○之○于○役○則○不○知○其○期○文○不○然○何○為○其○久○之○不○至○耶○以
言○乎○雜則○見○其○棲○于○塒○矣○日○之○夕○矣○羊○牛○下○見○其○來○

箴記氏行

倭又语之倭程没倭、
或语之没准或语之
没则以程与准如诗

牧下来气是难与羊牛之主时自知归来文而居子则
络于于役文北之何贝又思一耶且支居之于役文其
於则以限有文或满以目计或以月计至日月则满则自归矣
乃居子之于役则以又见文不以月文则又有何知可以为
之限制文传毛传会文纯康不知家言后人之德
於之在则以后人之偷有能知此方在文今揣此言现
男存北人以语中方转如尽究之合言间有作调况之
合言在北人凡语人之发言行动漫无限程取检束
不可以常情限制在则目其人为没传此言传子之

字雅之則其義和
知已添古語字上

僅存其文彼夫雜之極文其于媾或猶可曰為貪其媾
之奇亂在外四字從淂此義即文若其于絜乃其就
刑之即雜識即最忌文絜、後創作櫟刑牲之木架
文凡牲畜𦍑割後則必懸木架上剥褫分割之其
架即名絜之古文作栔象形字文（絜不見古文
乘手從之得義觀所儀象桀者可知文不然
絜字係夏桀名外絕無義矣古未有無義而言為名
制之字文副後刑人之架亦漢之桀寢假而分裂尸
体亦漢之桀則本義失矣、桀雖為雜之最忌然

戊己紙行

其原本栖于是也亦以旦夕栖之即羊牛所何莫不
然羊牛之於栝亦猶雞之于桀也栝後都作牿牛
羊之牢獄也栝之義本為牢（牢本牛羊之室之志
閑之也後推而廣之人之陷獄引伸義取此義人猶知
之也牢有容納義故牢宮括之容後又援其義為
保之喉而本義乃亡廢之牿矣費誓今惟淫舍
牿牛馬杜乃擭敜乃穽無敢傷牿牿之傷汝則有常
刑前之牿語在牢之牢牿牛馬語牢中訓閑在
牿之牛馬淫舍教牧之文後之牿語盖取此淫舍

之牛馬而私牿之文（費誓訓因此曰斁字斁字敎字敘字

故多此地方言念人尚未之知文係又說而時宜詳

論之牿之牽牛作牛牛象角調著横木訓

說之牿衛文（說見上囊羅氏古殷商貞卜文字攷印

牛在牢之象至牿乃後起字告已從牛不從旁更

加牛古初文字意是如羊牛之形插牽孔若地然

周易之節卦[illegible]是日之夕矣猶下而歸之而居之則從

於于得文且見于得文更有别有所為之但當求

飢渴而已然則從之不知肯以文其恃之矣可惜

○引○此○滿○雖○通○滿○為○比○然○貝○敢○譬○甚○近○且○詞○意○迫

切○不亶○須○所○直○指○與君○子○備○ミ○ミ○俸○例○畧○同○亦50

藤襍免○蓑○中○從○有○藉○甑○ミ○蔫○藹○諳○ミ○匕○律○有○與○試○

揚○為○易○觧○乃自○像○以○康○却○ミ○刻○人○肉不○吟○詩○義第

見○貝○言○手○從○文○貿○然○讀○ミ○曰○居○如○行○從○無○期○度○大○知○

畧○貝○竟○難○以○風○馬○拉雜○貽○文○無○於○不○感○白○讀○貝○設○

說○居○如○頃○不知○貝○意○中○畧○以○為○侮○人○至貝○詞○說○大○知○如○

更不○知○貝○涅○何○處○頃○起○判○以○訂○說○居○子○為○平○王○則

和○王○弱○來○營○行○從○兆○說○和○至○從○人○無○期○度○爭○則惟懐

怨○于○役○去○之○不○归○乱怨○使○之○去○文○且认○认○免○雜○去○
又○何○在○耶○此似○種○不○成○知○理○之○言○竟能○误○者○二○千○餘
年○○之学○去○則中○國○之○說○说○学○去○尽大○可○言○句○

君子陽陽

君子陽ミ○小序云○閔周文○此ミ說○○○亦可以○千○遠○可○證○為
東○遷○之○周○積○積○前○之○宗○詩○盖平○王○之○種○業○盡○周○六高○
於○東都貝可○令○人○可○悅○可○懸○而貝○愚鼎畏○懦○甫○慮○處○
○貝情○可○寔○大○可○憐○敵于○憂○於○世○種○棄○苛○周○文○則曰陵○
宗○周○文○於其○為○於○東○周○文○則曰○陵○周○文○由憂○○之餘○去

东瀛迁已二百年，周瑛在东圃，故特於西圃別之曰
宗周所於东，則仍言周，如此、郑、许雖出自于宋之
物華然實，訪忘云然，前和于夏之朝，腸觀古人之
於知音園者，有漫然，九草者之，故吾謂于夏之小康
貫精神處，直可與德並傳古人，知音之高處在此，而
淺世隱儒之不能解，因致謂說橫滯，隱全於美趣，
不淺處亦在此，可見無論何事，切不可以過高大
世人常謂造物忌才，又自難其能自樹立之士，貫人又
不能大顯於當世，愈久而愈光於故紙上，則馨香而

組晨其生前或求其極水而不可得其不至驟而見殺
斯章矣此自國人之點性為之然則予與不如於中國
文西洋諸大賢於家亦每有生前得志者享其成者
乃另有人文此則所謂命文查子論天降大任知其然
初未言其所以然文然其謂賢者所為家人不識則已
明言之矣平王之綿促東周其不可復處此說不深邪
容甚狹屈子予役章為餓飢渴之言乃簡章言之
至此說則於其之種愚懦鄙陋之狀態描寫得維
妙維肖類上三毫柳之欺浯矣古人之筆真可畏

文作者以和平之詞寫東周窺其意似甚樂而其情實
大可哀節始猶樂工之以樂舞自娛其意仰以如樂且
招往觀之而不知人國名有其安居樂業之說
其視此等樂趣特笑置之耳祿爲人肯舍其說安
而課此爲保之以樂文畏說君子陽陽然意甚自得今
俗所語謂常人揚揚自得殆猶古語之留遠志揚揚
案本作陽陽文舊儒不明此義毛傳云陽陽無所用
其心文後世亦謂涅涅失之遠矣其所以自得者則
執得之簧文左簧之爲樂物以娛人者耳已離樂

江贯为渠六岳絲女乃君子不菊自以为渠且左

执贯篑浓出在弟而指我往就江而我则自在我

江房中贯所说渠我闺久已取御而自见江贯渠

六口此说已我而不惟不见贯为可渠且我六义不肯舍渠

贯房中江可哀ら江世为此岳说江渠女以我在房

中凡彼所说渠去我自有江我春往即江是人江探所以

渠我去我反躁渠人贯所说渠去男客在那然

彼君子则闺阳之然女且浓情厚意不时出贯右手

以指我女矣贯指我女以执篑猶可说女以篑江为

戊己氏行

始奏其與聞其猶得以其之也乃君子於此為時則
更不止於陽之其樂而直陶之矣蓋猶獨以為自
得也至此則更樂而可矣亦所歡其忘矣陶之念
俗語音讀如濤義與詩同也且其所執以為樂也
並亂舞乃好翿矣去翿舞也之所執以舞也之
陳風所謂無冬無夏值其鷺翿是也之舞也為容
在舞也之本身初不得自見之乃為以供人之樂也
也而君子之樂此乃見陶之然也不惟自樂之且更
不時左執其翿而翿出其右手以招我而其所招我

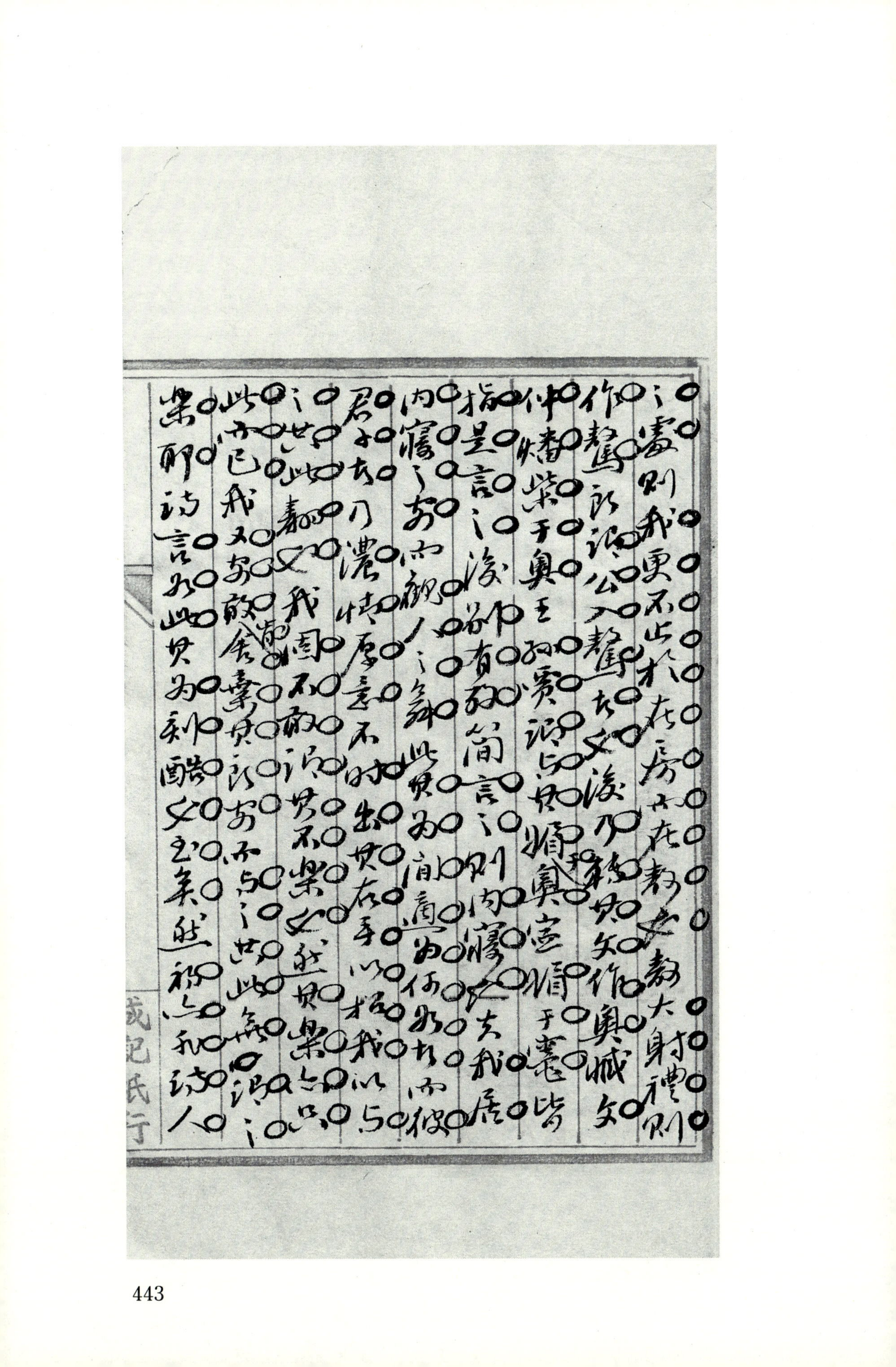

之殆為新酷狗矣周之於此只祝东周殆不意囊
中物一猶憂之方教之中觀聽人之樂舒長也即也
不得已時亦下就之不為晚矣乃平王於□為可
之其亦下就之則只5去房興教之實亦知就樂
工謀策素之樂何異之足樂之不已更從不以貝
樂採之則遷呈以供之遠之冷不已此詩之作大抵
嘗出自西周人之手平王嘗東遷之後意又道才云
務宗周舊人亦嘗時之人之思鄉見者睹懷宗周
之士乃作此以謝之平王為人如友者懷恥矣
擬

然於倫在古人初無異置竟語矣無非世之陋儒所見

能明其讀之為此更不復知只且二字之為何語氣矣

於數字則愈不知所云乃為之說曰君子遭亂相

招為祿仕全身遠害而已後之讀者雖於此必未竟

了然之與只模糊置之付諸不解又不解之借耳

（古今來於此詩猶未有置議者矣不孰能信及其圖

為天地間之快矢耶）此其所以為中國乎

此篇數出稍亦不取所說毛無傳鄭以窮於擬

議故至鄭氏始從而箋之而右手招我使我從

戚記氏行

之於羨舞之位以教為羨舞之位造語甚奇
後世之模糊混之矣舞各不同若有所謂、
宗之位而知以指之為教故舞有綴兆
絕不知其有位况更謂之其舞之位則所謂
羨舞者蓋今人不解其為何舞是舞之中
別有一種謂之羨舞特有之宗之位其位名
教手此時俗稱民之不明其義見上文執翻
之語絲其所言者為舞而上章之如此為對文
知乃俗之傍手不知樂章有所謂之傍中之樂

以○例○推○之○則○當○云○數○中○之○年○然○今○來○祝○
不○新○有○此○時○異○之○居○目○不○在○其○私○勝○中○則○食○
此○說○定○以○易○之○於○是○和○御○船○作○者○安○其○知○
云○並○篇○之○信○其○所○謂○並○知○實○何○勝○龍○蓄○房○
中○之○意○其○云○篇○信○則○自○數○言○生○出○之○彼○得○
不○思○前○之○所○謂○曲○房○之○著○也○果○人○曲○房○而○
指○顧○之○則○又○須○果○人○自○處○於○房○中○不○顧○之○
友○退○處○於○房○外○而○居○則○果○人○知○觀○果○知○
同○處○於○房○中○又○家○得○獨○標○的○果○人○所○在○之○

偏〇改〇數字〇誤〇義〇爲

以〇數〇以〇迷〇還〇很〇笑〇數〇

積人〇數〇〇不笑〇不〇數〇博數字數〇〇〇

好〇無〇〇舍〇〇在於文〇義〇

雖〇知〇只〇書〇然〇添然

從甚

於內上

〇〇〇〇〇〇〇〇〇〇〇〇〇〇〇〇〇〇〇〇

也〇曰〇由房聊且果〇爲〇郎云云則曾云由房於〇〇

我〇亦不〇得〇云〇指〇我〇由房〇聊〇久懷〇此〇疑〇知〇其義〇於〇

之〇教〇房〇尤〇爲〇切〇近〇然〇何〇甚〇於〇無〇郎〇徹〇驗〇及

後〇讀〇身〇大〇禮〇公〇入〇聲〇〇知〇雅〇悦〇然〇於〇此〇〇

以〇語〇聲〇在〇日〇儀〇禮〇〇〇郎〇語〇聲〇而〇他〇書〇〇郎〇

語〇奥〇文〇聲〇字〇郭〇氏〇注〇云〇聲〇夏〇亦〇樂〇章〇文〇以

鍾鼓奏之〇其詩今古〇此公出而言入於〇射宮在郊〇

〇以〇將還〇爲〇入〇並不聲〇於〇於路寢〇出入〇如〇漢儒〇

〇之〇迎〇〇宣〇乃至〇如〇此〇實〇出〇爭〇弗〇人〇理〇想〇之〇外〇矣

阿○泥○鷲○夏○如○於何○處○嘗○○有○其○名○○芥乃○樹○加○以○

夏○言○泥○之如○樂○章○已虜○壽○多○乃更○云○其○詩○谷○

之○宗獨○能○譯○其○奏○法○同○以○鍾○鼓○奏○之○然○則○更○

於○何○處○求○得○其○奏○法○乎○宣○我○情○乎○乎○其○大○可○

懷○者○但○聽○之○言○公○入○而○注○則○以○易○之○曰○公○出○

之○曰○入○乃○乎○之○相○反○者○不○獨○能○安○易○之○則○尚○

有○何○爭○知○所○為○乎○下○如○了○已○射○宮○者○鄉○射○之○彼○獨○

未○讀○前○此○唯○天○子○有○射○於○國○中○之○矣○乎○而○乃○

諸○天○子○之○射○宮○此○在○鄉○乎○玉○其○阿○之○蕪○不○鷲○二○

戠記紙　行

浩○直○不○的○其○意○之所○在○似○說○鬱○夏○不○於○蕪○而○奏○

○之○玄○嶺○寫○者○之○出○惟○餘○○之○○之○乃○仍○意○之○文○

（試）思○之○有是理○（乎）其云○驗○蕪○寢○無出○入○則○以○其○

○在○說○瀑○蕪○稽○有○朝○服○乎○寢○之○文○（亦說絶說○此○

說○法○窮○夫○惟○其○太○情○（文○）以○如○蕪○及○在○寢○而○已○之○說○

○六○50○之○句○而○之○如○蕪○寢○路○寢○（此○亦○今○人○莫○名○

其○（牀○）更○徵○以○無○出○入○三○者○之○絶○世○言○則○彼○注○

○蕪○不○鬱○之○意○伸○而○讀○者○之○腸○亦○熱○矣○原○彼○所○

以○云○無○出○入○者○不過○云○說○不○詳○其○出○入○然○此○云○說○

不詳則又是有出入於不奏鸞之義又不合時
急不暇擇遂直注云無出入於文雖移為痛快
特寢之錫果如是則是郎注寢如此寧獄犬
醼而郎注君君注故乃終身暮遂於此也而
德無遵矣之而通文可笑孰甚耶要之鄭氏
此注乃全屬囈語貝謬滿眼蔓處大錯緣
於上文窮陳下奏陔之文而貝私臆強欲湊足
周禮鍾師之郎注九夏之數六為貝學之一
原因特此文不唯無樂章字且並無奏字何

渴印指為樂章況此文自處辭因秦陝後賓
與卿大夫之出及公之入乃同時可證人之出公
既不送則出如御出入如御入時陝樂再奏又
所於旋踵之時更取許說於古樂章於世樂徵
之鬱夏不淡奏之此在樂猶通文義者與不足取
然說家文然吾國之許說大儒則周優於此
文今按此鬱字即說由書字之異文大凡字
之初起則與先假借字代之後世通行
亦後賄為考用之字者則未有本字之前則假

備○之○宇○祀不○如○一○試○女○鷙之○卿原○而○寔之○危○此
祀○○公○入○乃物○諸○其○於○鷙○者○於○大○射之○禮○自○此○皆○畢○
無○後○除○予○使○取○直○入○而○瀍○安○息○以○於○其○以○無○種○
射○禮○之○異○此○似○參○觀○假○射○禮○自○能○取○之○其○如○此○
互○相○對○照○蓋○備○射○禮○於○實○像○奏○陳○漆○不○惟○實○
及○寡○賓○之○出○主○人○須○送○之○門○外○而○於○日○更○有○賓○
拜○賜○主○人○拜○辱○及○息○司○正○等○予○若○諸○儀○如○式○
有○後○此○而○行○燕○禮○者○至○云○云○之○大○射○如○無○之○實
及○卿○大○夫○出○而○公○即○入○鷙○於○其○無○澀○再○有○所○

茂記紙行

可如文鶩与教骨虏假備字至貝本字即为
奥由平声轉入去声去以去音时有轉安旦
去於四声不甚詳究文奥之義本指內寢只
言內寢之義主深藏为外人之所不易窺見故
引伸奥義为深奥为秘奥为玄奥而与奥同言
者相類則为窔奥（窔墙之内隅亦幽隐之處）今
俗語讀窔見不知者多誤为角窔則内隅非何况
之角文梵之詞多有窔處即以窔为幽深義者（也）相
反則为堂奥（堂宅第中之至明敞處为人之

所得無兄奧、乃宅第中之至幽隱處，為第中
人之所私，有外人所不得至者。此奧之義至如此歟
兄者，如奧之義，雖主乎幽隱，然其在第宅之中
則為之所之主。蓋第宅無論若何深淵，不其所以
供其主人之棲息者，止此區區之地，其餘一切皆
奉此者也。如《曲禮》為人子者，居不主奧，為其
擬於主而僭於親也。如吉者之五祀，為中霤之座
竈衍所說中霤者即奧也。如甲奧主乎寢
息門主乎禦外之處主乎陋，内室主乎飲

合行之乎車駕五祀雖各有所主然門戶
竈行之四者實皆在於奧之下蓋奧主寢
處凡居室之中一切皆屬之門戶之為屋室之一部
祀不待言竈與行之外有宮廬而後始有門祀
附麗故奧獨為五祀之首而中霤禮殺五祀
之禮皆先設席於奧即此義也與其獨於
奧當獨於竈殆因時代遷移之後自有此
種俗語謂人窮可無居不可無居故奧雖尊
而以不獨之竈雖卑則不可以不獨主而貴之

第〇此〇心〇后〇孔〇子〇弦〇歌〇諷〇孔〇子〇食〇葉〇貝〇大〇哉〇壽〇哉〇而
〇先困〇閭〇謀〇貝〇急〇且〇近〇哉〇之〇意朱〇亞〇語〇王〇如〇貫〇諷〇孔
子〇使〇之〇瞻〇已〇田〇作〇人〇比〇哉〇以〇周〇此〇遂〇目〇王〇如〇嘗〇如〇權〇庠〇（謂〇興〇為〇善〇靈〇為〇目〇並）
哉〇天〇下〇室〇有〇諷〇人〇媚〇已〇哉〇求〇孔〇子〇語〇獲〇罪〇於〇天〇無
所〇禱〇文〇則〇語〇凡〇予〇皆〇稟〇命〇於〇天〇與〇其〇媚〇舉〇無〇所〇
用〇其〇媚〇人〇但〇能〇順〇受〇天〇命〇則〇與〇其〇竈〇胥〇〇〇不〇后〇
祈〇不〇以〇其〇有〇慕〇〇大〇〇〇〇〇之〇若〇不〇知〇順〇
天〇而〇動〇從〇而〇相〇媚〇則〇如〇獲〇罪〇於〇天〇則〇所〇與〇竈〇
之〇知〇能〇如〇加〇而〇敬〇則〇稱〇文〇已〇益〇人〇於〇和〇但〇當〇祝〇貝〇

戲記紙行

丁○祭天燔○柴○祀○廼○
郊○有○明○知○儀○祀○、
祭天燔柴○祭山丘
陵○埋○祭○川○沉○祭○地
○天○子○祭○天○地○故
知○本○惟○天○如○有○之○
奢○以○殷○至○之○命○和○祀○
禘○謂○有○禘○以○如○祀○
添奧於五祀上

既○遣○其○儀○為○大○小○嵩○無○郊○庸○心○儒○和○子○家○乎○皆○為○
逆○理○凌○節○而○祀○天○之○既○禘○○禮○器○載○臧○文○仲○燔○柴○
于○奧○孔○子○謂○之○不○知○禮○蓋○燔○柴○乃○祭○中○要○禮○之○最
大○者○既○以○告○天○祀○天○之○○○○郊○禘○天○○○○○○○不○舜
典○柴○○○望○秩○于○山○川○○○○無○惠○於○甲○戌○之○㩳○于○周
廟○燔○于○周○室○○○禘○祭○文○奧○在○五○祀○中○雖○為○從○其
典○制○甚○細○其○義○甚○近○褻○故○在○之○其○祭○直○以○至○歸○之
之○其○器○近○豐○極○簡○畧○○○○○臧○文○仲○○○周○柴○已
為○祀○禮○乃○激○用○之○於○奧○則○於○燔○禮○之○中○更○激○不○

歸○之○賜○主○争○寢○、敕
寢○○室○○之○祭○即○以○如○
主○之時知其主上

○○○識禮意實知○之○主○而○矣○故○凡○于○物○舉○古○禮○
以○祀○之○曰○夫○奧○者○老○歸○之○祭○之○盛○于○位○首○于○廟○其
曰○老○歸○主○歸○之○設文○知○其○主○祭○者○為○老○歸○則○其○
舜○祭○可○知○之○其○盛○于○位○首○于○廟○則○其○祭○之○祭○可○
知○夫○以○此○莫○之○祭○乃○用○燔○柴○是○其○但○知○備○禮○不
惟○不○知○燔○柴○並○不○知○奧○但○舉○奧○之○本○義○而○燔
柴○之○與○自○見○矣○知○孔○子○之○所○言○如○古○禮○知○以○其○50
遂○禮○中○之○中○霤○禮○文○所○載○不○合○文○（中霤禮文
見鄭注○此則鄭注之有功經學處○侯全書得流

傳至今則後人於古禮古制古文字其獲益尚可傳
述耶惜乎古禮經五千六百篇其得傳至今者僅得十
文今並無人能讀中國人之書適當而言者孔子之物
并古制所以明禮之本義所謂禮從其朔也
其意為現行之制則條侯字孔子之言之矣職矣
仲尼雖不知禮亦何至並主祭於之祀但何人亦不知
亦用何讀
耶不惟臧文仲不容不知即孔子所與言之人皆
並奧祭之祀何如也亦不知待孔子言之亦殊甚耶
奧之祀最為普通凡士之有家者在所必具中

當禮之所載乃限大夫之有廟者記之兼四兩兼
○○○○圓○○○○偽○故其所言五祀之祭皆依廟
聊○○○者士庶人則五祀當不如偽（如孔子云以吾從
大夫之後不可徒行也是乘則士人不必備五祀中
之行已無可祭故禮云大夫祀五祀孔子不可徒行
之說因為偽制言之而與徒行則五祀不能備也
大夫不可徒行之（大原因也）此等乃歷來之意有
能知之者（即其長）然其於與或仍依舊制行之而來
而知也（王制云士一廟又云士祭其先則士祀無

廟也。蓋但祀其先而已。不備五祀。又。其不備五祀也。
奧以上竈也。亦不容漢祝。或即從簡而循古
禮。之意。牛羊。又。此。最可笑。如擬人之前說尽得夢
鄭氏注。禮兒。此。矣。說。載。中。霤。祭。祀。令。又
不。明。燔。柴。之。為。何。義。乃。何。燔。柴。為。祀。先。神。矣
祀。先。神。而。燔。柴。此。從。何。處。見。之。那。此。猶。不。足。為
奇。又。因。淫。言。奧。為。老。婦。之。祭。又。乃。隱。指。之。老
婦。先。炊。者。又。先。炊。者。之。又。為。婦。之。而。又。為。老。婦
想。而。說。奇。極。矣。其。淫。明。之。言。奧。而。注。乃。言。先。炊

是知如寔矣奥文寔文則殊煩斟酌矣卒

以見經前附記燔柴燔柴附之寔棷迹茆又

云者帚者掃又為先掃則其為寔文竈矣

遂然它之之曰奥吉為窶字之渓（或作渓）淸迺文之

其臆説不合直起而改之矣解經如此乃仍異

抑淺小緒數耶設使果依其言而改之全文

昔同人論耶議禮住每被此等説據此

大有自專也且其説奥文稱不止於此處又其於

曲禮為人子者居不主奥之文則曰室中西南隅

識記紙丁

須之奧與茲同處，不敢直說萬處，大奧哉，須之中

當說日中，當何得須之西南隅邑先生動中

與西南，而不能分耶（其於注據說中當之如則

又不以為西南隅矣，細玩此公之妙，妙處無復似

善忘而又將是題說耶，其日又敢直萬處是也

宜中西南隅，何以得須之萬處耶，不知此公於何

處別有心得，而乃能此妙說（大抵此公之妙說皆

有所本，特其所本處無不令人棒腹，故務此公

文字之趣者，世人竟以和餘年宋人之注

論語康熙時之編字典猶從之良不新文大抵之鄭禮經多被此公說壞至今尚沿謬種流傳未之或艾歎鄭氏之則孔蔡萃全經（語之禮）參至即證詳細研求以重為注釋不可特其書矣悚精究乎志心孜孜期以十年不能藏事余於論語左傳尚未從事於此文（王弼）經則余自去年抱有同此尤須期法最後其義精深而其則似可緩之余之於易乃忽視之矣難視之矣

箋記紙行

揚之水

揚之水，小序云：刺平王也。今以詩言考之，則平王之母申后刺平王也。序不言申后，故以此詩之出自申后，讀詩自知之（衡）。小序之作者，當以此祁不待言也（由是而知葛藟序申王族之説出於孔子覆原文）。申后以平王欲與其家連結繒與戎（繒者即後世之鄫），攻殺幽王與褒姒及伯服，然而終得保出王城，又不知何人為此時已變作叔叔戮矣（禮意）（曹）叔德乃申國有難，平王不能救，故作此詩以刺之。舊説

水○流○薪○常○如○而

評○不○風○語○但○稍○能○吟○理○也○即○豈○知○之○亦○不○再○勢○之○詩

思○累○理○朗○此○之○水○勢○不○足○以○流○而○束○之○薪○水○之○朗○然○

也○必○淺○緩○流○之○力○薪○重○於○束○則○乳○有○力○如○不○能

以○流○之○以○水○年○既○以○流○新○而○薪○大○水○水○當○不○能○流○矢

上○維○既○以○偉○束○狀○而○係○流○僕○申○國○兒○儒○理○值○遷○而

代○之○然○以○彼○則○之○不○之○儒○彩○其○視○朗○然○澄○流○之○水○又○何

以○異○又○如○鬼○妙○有○流○束○薪○之○力○而○吟○哉○戊○此○申○國○耶

然○彼○維○不○能○五○哉○戊○申○而○哉○以○力○也○能○忘○懷○焉○如○懷○於

懷○衣○何○月○多○還○日○而○視○之○於○美○此○時○申○后○世○家○之

成記紙行

父母已死無归處之義即母寄之父母不死未亡人之

無归處之義故其言云云又詩之影月無期也之詞如

詩中以申為秋申指申至為彼其之子（彼其之子猶云

彼尔是子經忽之詞說詳英為何期下在方言例為代

咏言個儂之子則其人之為誰自不難想見故序但

咏蓋詩旨其渡想者斯乎至於義為已足又世儒於詩之

白知矣當不能通更何渴責之以錄合詩氣者耶二章

三章美我以獨是但楚之則更難易流於薪（楚之今之

斲之蒲則東易流於楚之束之作蒲即作蒲耶如

許印鄭箋今河南許州府也故自近東周南二國

皆周之詩雅故周府鄘河之歌兩二國之州南陽較之

近於周許更較近於衛由是可知古人之知字實淺

源次第之間具有宗絕無有序之法用古前人注

詩動同義同前章錯觀但注其首章子即置其

餘切於不顧則根於自知當求終遂深更何見

以之言諸義外

揚

揚之水語在言蒲中凡三見王風鄭風唐風

文舊說皆釋以為激揚之此與上文意適相反背所
不待言但激揚之此四字細繹之實不合文理蓋激
揚二字貫說本如為激之使濁揚之使清二語不知
既謂揚之使清者猶云澄之使清耳況揚起之使
之清乎天下之水豈有揚起之反能澄清者耶前人
讀書不求真解第見上文為激字因誤以揚字為風起
浪揚之揚得不思不知乃使清乎求諸實際安得有
此乎耶激之與揚和相成而實相反則激揚之此四
字在文理上勢實兩通然此須正不得長兼為然泰

了
說文古籀補、所收
揚字有作𢿱，此今
𢿱〻字出揚揚貝
大〻玉乃渤去私文
本非是如，此字滲入
〻注言〻
下

漢後之人想無不然文蓋揚之本義世久已無人能
知別其他作揚起解之势便然文今𢿱揚字在古文
作𢿱（畀倚其象亦即其最善通古言之象人兩手
捧玉向日之形殆取其光輝發越之義意对揚𢿱
揚發揚（發揚猶發射之言發皇之与揚字通用皇義
同𢿱皇說注与揚同性於日上更作數直足以象日光
之發射即世之說詛光𢿱毛伯𢿱揚字析文作𢿱皇
而詞𢿱實貝奉義揚字在古人最習用之故貝了伸
之筆最廣注此文即貝之𢿱玉揚起之揚貝与此揚

是否一字無從強知。觀猗嗟抑若揚兮美目揚兮二
揚字連用，則其確有之義，則有可參究，言因詩中之兩
處，複證以其義異於文，揚之本義為先耀，故舉
先之説之揚大體乎田郎説，失到且揚文此字後名
作揚之七炎耀，炎，因炎耀而引伸之，則其義又如
明郎猗嗟説，説美目揚兮文，揚與清對舉而同處
之目，則其説郎可知，不然本目文而故可以揚起為美，
觀耶（若作揚起之揚解）則是目四望耳，又武説之上
視乃目之病，非美矣。故凡詩之以清揚稱者皆謂清

郎毛鄭不知此義，因揚之言目，遂章(?)并說於
眉，謂清揚為目眉之間，并說不惟無稽，且美目揚兮
解以為美目眉目之間，豈成語耶（并訓以此此故因胸(?)
中橫直一揚起義，揚眉二字又為世所習用，故不措於
懷之言目者，偏注為言眉，以演成此不通之解。揚
之水之揚，弟(?)治乃由郎吉(?)義乃伸尚嘉(?)者，目與水原
同物，故凡可以形容目者，即可以形容水，清與揚二字同
文。清之義，人所習知，至揚則以為美義之稱，故其義已表晦
失亦在(?)人則習聞之蓋。凡水之湛清而靜止者其回(?)

周人民〻法

为明故古人於無流之小水為浪〻揚又或𢦏其切音
曰滄浪（滄浪有二意〻倉郎〻蒼涼〻文）故其滄〻或
轉作蒼涼或轉作愴悢〻不□孟子所載孺子之歌滄浪（所言）
浪〻水与此之揚〻水正同義語平陂之積水也故不
以灑澤灑回禹貢又东为滄浪之水乃江名其因以
清朗而滑義也不可泥为〻文或轉其音曰注之形容
詞亦或作名詞今加言則轉作注（注〻名詞见左）
使其轉注見閱微草堂筆記其義則古之揚〻文揚
〻本音又或作洋此与揚〻於此作揚故同古之語

望洋古乃以水其仰海洋古洋又其误亦相离石
秋水篇於是焉河伯始旋其面目望洋向若而叹注
之後人不解读古故误以洋为若如一物不知其所谓
旋其面目乃左右回旋其面目其回望洋古乃望
其向所自来之秋水其回向若古临指海若言之
二误於洋之形容字实但模糊因以为形容也
大不知此所形容古乃其广漠无涯於其深深之
大野平畴野其面积之广漠因故谓之洋之大曰汪
洋犹言野无边也由是可知洋即扬之即汪又

晟记氏行

曰滄浪則於詩即詞揚之水以及清揚芳美俱略

然矣

中谷有蓷

中谷有蓷小序云閔周也則其義乃復式盼之蓋

平王之君道衰根本之重此而來遷形猶家異其本

穆也或得化而為雜之之乘（乃以東周而始留周之

實之意乃說根本孔子所繫日孔子猶如子之所商

九八雖物注而亦後為及數詩人自說為緣兒切子

之言以相說以蓷之說根失自謂其如之且又果論

穆也

庸我人而詞語如故仍偏語言則貝佛似與貝氣豪
審固仍如比殊既詞與云比左與蓷蟲同義故於義
如據之詩意畧說夫蓷生於澤生之物貝於澤之乃
貝畢生既託命而不可娶須離（傷於）于之今乃不
有之於澤而有之於中谷則貝暵周勢之說
又至於之暵或作旱猶言乾之貝與不乾之異
之暵暵詞乾形容詞之然豈貝之物有之之雖
傷於暵弦猶不自覺之則不過就貝原來之乾
處覺貝為暵而已此猶如子之化離魚得失

訖○侘○傺○於猶○不○覺○其○甚○但微○感○其○不○庸而
喟然○發○為○歎○息○而○已○其喟然○發○歎○息○之○之第○感○周○人生
合○之○不○窮○而思○其○鄰○難○蓋○猶○不○意○其○即○遇○之○人○之○人
果○為○不○善○之○然蒼○有○根○中○衣○其○為○朦○之○初不○
止○於○僚○朦○其○乾○懷○之○乃未○絲○其○去○根○本○稍○
遠○之○憂○而○為○其○周○有○之○淵○濟○即○不○易○及○長○而○之○朦○
之○矣○蓋朦○其○終○矣○此猶○如○子○之○化○離○而○失○路○依○
倚○漸○覺○其○不○幸○而○知○其○寧○之○兩○其○漫○常○引之○
以○為○大○戚○而○倏○然○發○為○長○歎○矣○歎○者○撮○之○合○氣○

啟○告○人主○殷○憂○啓○可○以○何○日○顛○倒○此○狀○文○係○之○

義○猶○足○長○文○其○係○然○長○肅○文○盖○已○知○其○所○畏○之○

人○之○實○如○不○善○矣、乎○游之○如○言○善○文○然○其○法○果○

之○邑○至○於○是○處○已○哉○彼○講○之○有○於○中○於○文○極○已○原本○○

無○而○知○何○從○如○云○同○但○於○朦○而○後○已○則○並○其○溷○處○

亦○亦○朦○之○矣○溷○處○皆○朦○其○從○處○可○知○盖○至○俯○觀○

矣○此○猶○如○之○之○從○離○所○安○既○係○倚○雖○深○勇○其○苦○

而○將○恨○多○加○辛○之○無○能○如○計○則○惟○有○日○暮○中○飲○

泛○深○已○（醒飲文）其飲○注○文○在○堂○其○來○此○離○之○

在諸夫
先周年知其如有此自不生局者願漫不自省乃
意以致一朝失足玉演風此諸果則能嘆涖者
勢大何西及哉其物之不可輕移其故土女之又不亮
適去和人其間之為渴如矣移不離顯見而成也
但想於目前一時之偏見種如是之周如冀其不結
如是之果其撫已動而猶復偉其業不然实
則復霜堅冰第將偉免印使後而果安之已
莫而如何文而說乎其不知路聊平生之東還勢
原本如是旧則舊物不失東西兩都出入之間正多餘

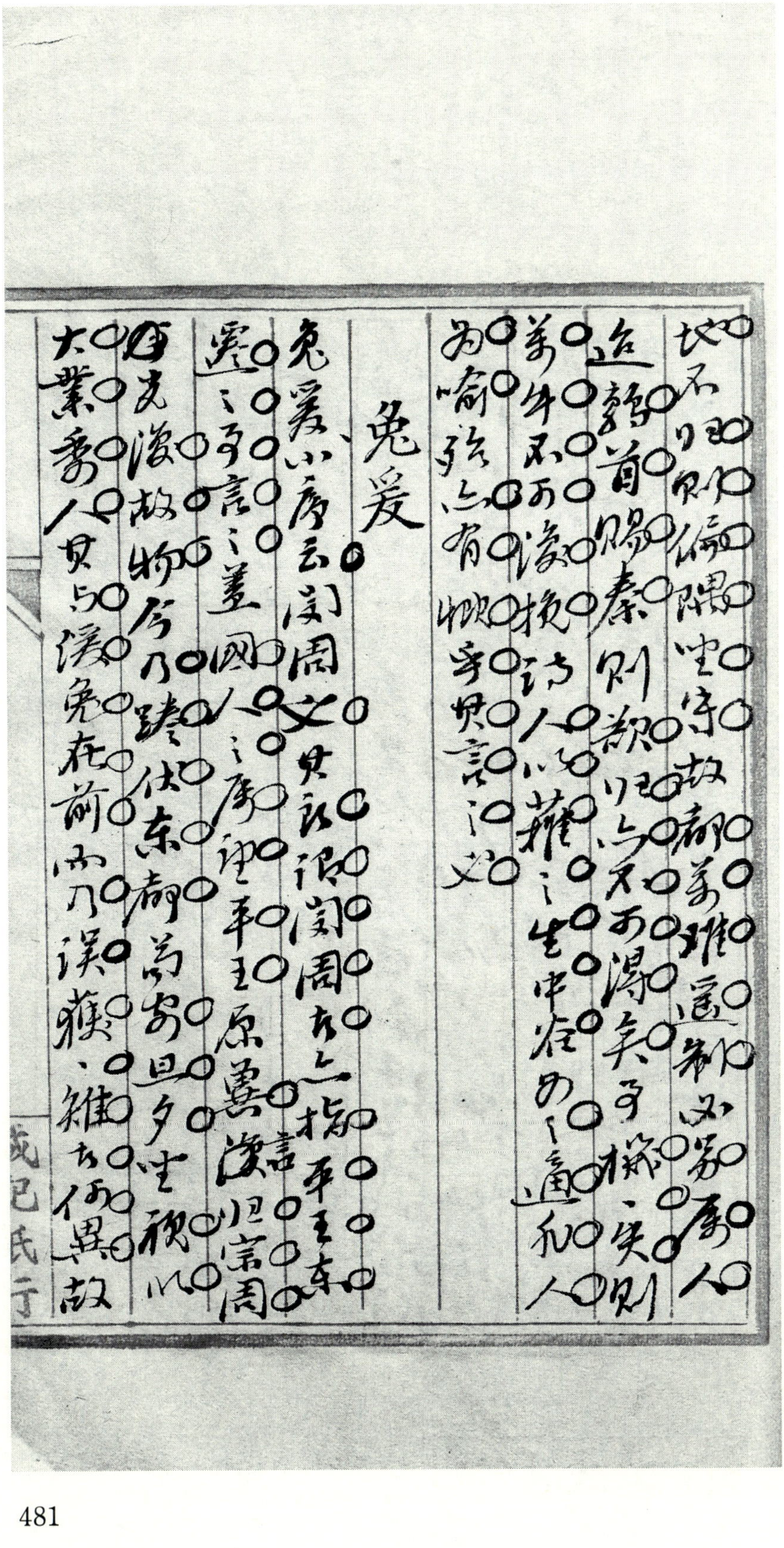

也不歸則偏隅空守故鄉差難還鄉以爲鄉人
追錄前賜秦則歸與不可得矣子猶失則
美不可後換詩人以離之生中含多遍和人
爲喻弦上有懶守興言之也

兔爰

兔爰小序云閔周也賊閔閔周者之指平王東
遷之子言之甚周人之康退平王原畏讒言但宗周
故先後故物今乃蹉伏東都若宕旦夕生機以
大業秀人與不暇免在前而乃誤獲雉去何異故

詩人慨想其前此生長於宗周時之治平無事而自覺入
東周後乃遭憂患迭乘不可紀極俯仰今昔大有不
堪回首之感而惟勉之以不見不聞其傷心至矣
先儒向人其視民同為何如耶如得更向何處哭耶
讀小序者不深於詩義見代詩多直刺平王而此詩僅
言宗周且詩中又有生初生後之語疑其詩豈生
於平王後而發察周室之譜牒則桓王之後實為
桓王於是乎疑之其世為桓王而加之以失信諸侯背
畔昔語未要須辰不樂其生（詩雖感慨然述何嘗有不

梁先生之言○此張惠揚應詩中生字○納入序中○故成
此乃道之論眼○原序之○庶藝○語乃後○之○所以○讀○○自序出○失○
○之○經○(案)詩義折中○○而獨○序○舉○貝○於○之○說○國○貝
○說○兄○之○嵩○采○正○應之○則○知○之○如○否○不○知○十○耳○○○
有遺方義之失在國此詩稍○嫌○甚○深○義○且○貝○矣○亡○
不○甚○難○解○以○說○且○從在○主○唐○序○詩○中○嚴○爲○以○了○
然在○余○視○之○例○幾○貝○難○此○於○從○之○○○之○說○語○難○也○
余○故○以○爲○易○從○○○之○說○易○也○余○故○以○爲○難○也○識○以○
詩中○○之○說○說○羅○學○壹○如○雖○同○之○爲○田○獨○之○網○
成己氏丁

其制則今已無從致得。又三字甚為刺耳。字但有
綱之概。義其詳乃不可得聞而詳知。則以此三字為分章
之淺深次第。絕不容以模糊置之。則欲藉此得三
者之真象。以為說此詩之根據。不識憂之事雜多耶
其義則終不可得。文亦第意為解釋了而已（舊注
以罣由翻轉。以罣為同罪。此亦通矣。理者之言。存古
人稱無是。無俚之詩文）詩意累深有覺而後之於前
則悄羅而捕之宜矣（舊者緩之者文猶納之作內
贊之作晉文。今人讀若元大渊）乃知意見自後之

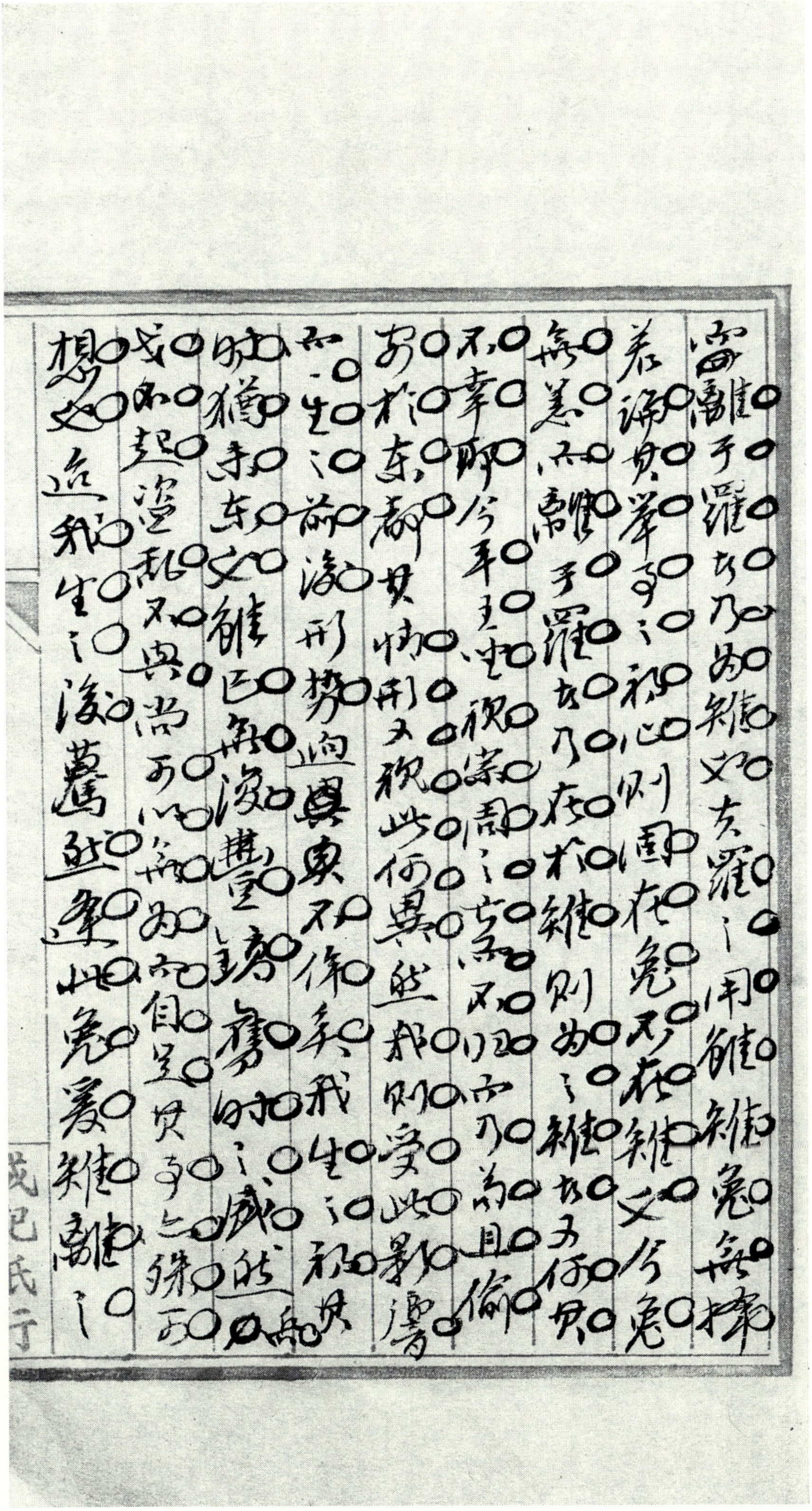

此處可移後另

时代东土偷安西伯莫下王阔晚南郑祸乱四形势

全孔暮日尽者夏袭虽出兵乱萧条凡百堂

禍患矣由後思前則向之謂謂者爲古盡籍出人

向之於天上界争遂容再得乃貫樹織則自此雛

晃之得矣焉如耕之至此尚後何言耶而得如此

之謂謂而羅衣乃相逢來矣則之雌有待不

况不啻塵緣欤常因在夢寐中而未知貫長眠無後

鶯驚夢醒於心戲態猶繹耶然知不知安得有是事耶

咄、夢驚矣破碎四風是咄是矣 可無原本作說無

作一段說字攷

寐或寤或說是也夢驚而說之說也凡人睡眠驟醒

醒神魂未復精氣未定時復迷離而錯訛故有所

容此種形態之言語訛誤之義甚廣故解文較安

只文作吪以志康之夢寐亦玉周禮則更與作靨

六夢也之有噩夢夢者又象人張目而騭之形大戒如丹

者人字即作噩噩之文象形義依噩字从遻噩

即見字文噩漢兆稜絕無義意終不同噩字之異

像而以依語諫之長文噩鳳開見切言作嘵擾牲

丹亭傳奇說不由人拆個嘵諍即說不由人、

掙又方言謂醒覺而神魂未復故曰囈掙而謂之也周

夢醒驚或爲無意識之言語動作故曰掙囈掙則說謂

囈掙即說之說謂他則說謂掙囈掙即周撲之說

謂靈夢又特以他之言何以能耕爲囈掙則殊難

孜渴取一且之雜之離於羅又猶不讀爲羅之郊本

大個兔切時或不以倭及於雜之第本原如如西渴

辛乃至免脫而雜離又若若爲免之纏之故但

若如即不捕之撈當及又則且不用羅而用

罕之故翻本之網用舊說然幸鮮稿記翻本

依頭〻張網〇〇乃以反悖為用〇〇乳求〇〇兄物〇〇

物〇鬱〇初乳〇羅〇〇〻〇懷〇附〇所示〇以但〇物〇〻〇自〇有〇〇〇

亦爲〇〇〇羅〇奉〇訓〇以〇掩〇免〇而雖〇〻〇故〇乃〇仍〇為〇雜〇〇〇

則此〇雜〇〻〇不〇章〇弦〇以〇不〇間以〇獲〇兔〇〇〇因德〇我〇生〇〇〇

〻〇初〇貝时〇〇知〇物〇燥〇此〇凡而〇具〇僞〇備〇仰〇自〇〇〇褡〇先〇尚〇

須〇手〇我〇〻〇營〇造〇此詩造字旁做〇〇與說予小子遺

家不告〻告造字旁〇〇今〻做字〇〇即為告〻古書〇〇

世人不知〇〇膝指貝為作字〇〇〇〇民度而字典字

彙冒從〇〇此不識字旁〻〇〇〇〇做字此果為作

所謂家則其字不要能再与作字相連成語今人
常習用做作二字則做字爲累得再爲作字做
作即造作文俚俗通用字不是我生之源也於今
日乃竟以爲而爲雖寫之雜舊遂此有誤之晷覺
文夏[illegible]來無臣惟尊其長眠無淺覺醒者
庶幾渴穆起於心耶且夫捕兔而用寫雖教之
羅為有準然其概限發則加上回氣滲渴以底
存其韻到於寫則書然可以無誤矣寫之名
畢乃入和挑之間而可以知在惟人如文畢之名

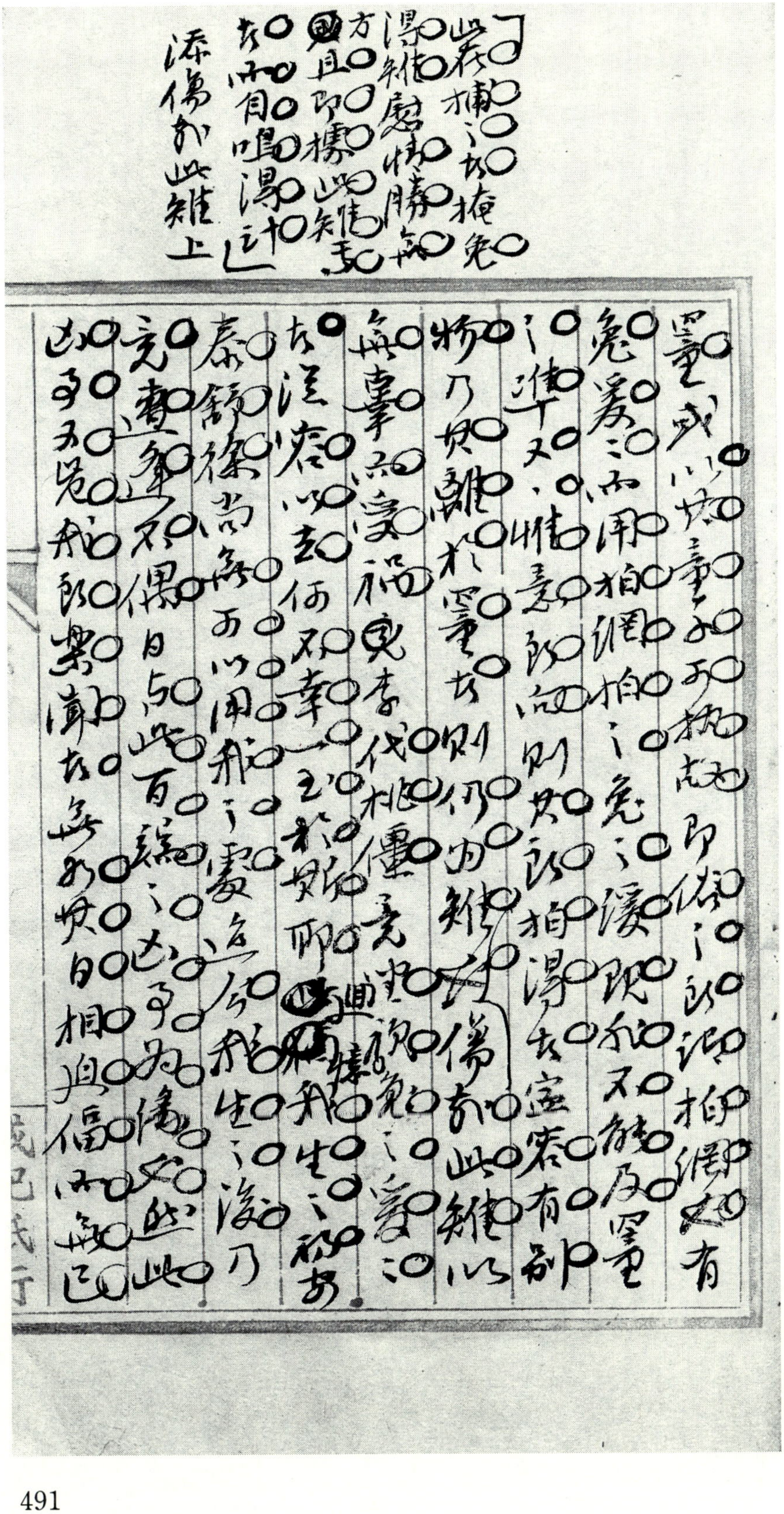

惟蘇軒貪長眠，使了浚尺聪，則應緣神志渴以稍
安得魂夢，前兩至以驟，顧也可不驚，覺又浚
尼庵以靜風度，尼氣之宮靜，既於事又實補耶此
濃梅含追夢倚仰身世感慨蒼涼讀之直使
愴然涕下大抵不主衰亂年則不知此年之為
可貴也，人之未睹景象則又知衰亂
之為可傷乃惟是此處渡時尚之人物之身西欄前
之況滄判卷天御田前節慶蒸覺頃氣在不足感
慨白髮宮人說開天遺事，讀之知添涼縱橫之

古之神色淒黯，又周至幽厲之世，已無復如成康
之際，雖其間故家遺俗，流風善政，猶有存者，其以
視東遷後之上替下陵，政教俱乖，敝極反作，實堪
寓目詩中三歎之，其說云周其有紛寸至言者周處
則惟以寐自勉，蓋邦國無足勢，勵莫挽，雖難收
先澤已遠，此處天荒，城郭如故耳，新目見遺民
傷心，則惟有俯仰，欲見不亂，桃黃粱知覺
偶泯塵而以稱……耳，待不傷心何處
而但願長醒不願醒，古之傷心人何如其有異於今

卵然彼易兔為雉古式且奉雉而觀且矜自雄而自笑

者之也

葛藟

葛藟小序云王族刺平王也此序之王族予頗疑其

孔子夏之舊以其合之於他序為不類也此詩之出

自王族讀此詩中述遠兄弟謂他人父見於義原無大

出入但序於揚之水不言其為申后於君子陽陽不言

為西周叔季於此詩乃特著之為王族以子夏文字

之謹嚴恐其無是理深之筆墨也此二字殆子夏後

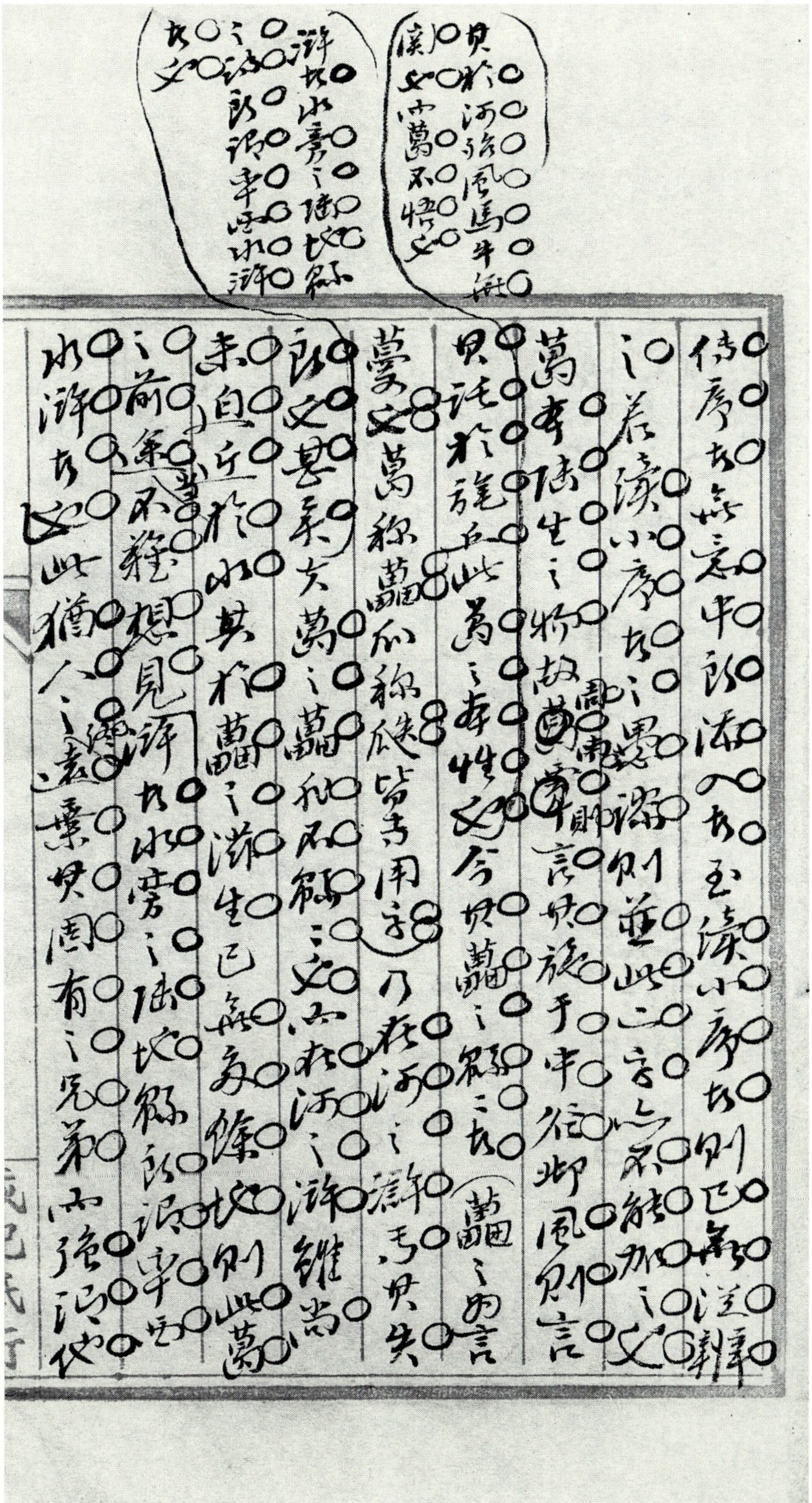

人之父為父，父亦人之於父覺亦漫無識之其今而識

他人之父，稍覺是親，而遠與人之隔而之則而熟悉識他人之父

而人亦莫我肯顧耶？若果見父即不識之豈亦無

不顧之切父，而終遠棄，見兄弟如不悟父，彼亦莫顧

之在河滸，父雖尚未自近於此，然至此亦豈知河之綿

益於己矣，而荷則仍不知悟，父則且直起而近自之乃

綿在河之滸，河之漘，河之漘焉，漘在河之崖，岸葛藟則識在此

之涘，父在河之涘，則河之真見矣，此猶人之終遠棄也

周有之兄弟，而識他人之母為母，父亦以謂他人父而

不○足○乃○進○而○謂○從○人○毋○此○互○為○之○以○在○河○濟○而○不○足○而○進○
而○在○河○濟○如○何○異○推○其○意○是○不○以○公○主○宗○而○毋○主○慈○謂
從○人○公○而○不○顧○其○謂○從○人○也○戒○猶○可○冀○其○拯○我○而○有○之○
耶○而○孰○知○其○謂○從○人○也○而○人○亦○莫○我○肯○有○耶○若○果○
存○其○母○即○不○謂○之○意○之○遠○不○有○之○其○如○而○決○去○棄○其○兄○
弟○其○不○憐○之○又○彼○解○之○之○葛○藟○綿○延○且○在○河○濟○而○其○
心○則○仍○不○信○背○河○之○決○不○能○有○益○又○則○且○無○追○而○近○
之○乃○蒙○而○在○河○之○源○焉○源○其○流○而○隨○之○直○據○處○猶
人○以○之○有○辰○如○在○河○之○源○則○已○直○溯○於○水○之○後○迴○

〇〇〇〇〇〇〇〇〇〇〇〇〇〇〇〇〇〇〇〇

剃〻鋒長者訖仰企於河上俯拎即是於彼於此者情、

爭竟見矣河而可待即移根入河而渡可矣河而不可

待者歎及前〻隨怨〻有路不可渡矣西猶然如此葛

當者六〻口〻蹈從於此二困者〻前進不可後退不能以

決志於此河源已取其不處於此猶豫令〻決袁葉者

圓有〻見弟而謂化〻父母為父母去者謂化〻

父母為父母忘恕不顧法重於父母圓胃不為以謂化〻

父母為父母即可以滿足化〻為昆弟取此者即以求

遠業者圓有〻見弟父然遠業者圓有〻見弟而

謂他人昆而他人見他若莫之聞矣則亦徒然遠
棄其國有之兄弟耳而國有之兄弟則他遠矣此
又以葛藟之綿綿河滸進退失據故依異鄉此詩
人之詩以託興於葛藟也今按此詩能為王族怨王之言
而其即謂他遠兄弟如實仍指東遷之事言之蓋
平王為安河洛舍棄其舊日兄弟之國而東依晉鄭
衛故畀知其不足恃其時鄭助鄭逮（鄭桓寄帑
於虢檜之間乃幽王八年事其去平王僅三四年
其由咸林遷徙而東豈即在此三四年中鄭桓死

出王之難，武公深之；莊公又深之；鄭莊大，晉文內亂逃生。
自顧不暇，其視宗周，故地鄭識千里，親賢依違。
其衛重之，以藩屏周室（周之藩內），雖親賢，莫遠其究。
其實際，則依親為而賢也，則前人之賦謀者矣，而執
言平王意棄而去之也。終不可以無語，祇不敘憑葛之
身而知王業之不復，振文教之，詩人直以葛藟之旅於
河源比之。近以喻其依遠兄弟者，以喻其食根本
之重也，而為都於東都，為失氣也。續以序之不知
詩而言兄弟者，為兄弟之鄉，序所言王族者為王

族〻有國言〻而横加以棄其九族〻滅兄亡九族也
詩何以言其後遠兄弟耶此公〻知瀆大抵並族
乃九族〻知有宗能親則其言斷過遠乃

采葛

采葛小序云懼讒也〻夏此言殆幾經據序而
後得〻之蓋此詩寄〻三章〻僅數言而其義異
者又止葛及蕭艾歲月字〻旁空〻間〻漫無所
指較〻其莖〻詩〻紀以動作〻原委爲淺淵者
尤難玩味讀小序者到此詩乃竟此而不讀蓋予

夏雖以言其為懼淫、而此心則並其所以懼淫、

憂而不知能求得、此其所以免出於閨筆之毛第

知力往懼淫、二字上除而於罷義男不直的如故無

說愈遠王集泛則第棣般概指以為淫書切忌

忿之詞此自宋人之肆色亦足以為害同二千年來讀書

人之代表其於詩中僅見有一日不見兒女每月又古代

字則淫東實自其反曰淫書者則先生於正心誠意

不後也其心目中者淫書外無他事也今按此說之

說以為懼淫淫則之人深背其罪雖曰正

相習之人而一日不見亦難保其不從往而謀孽

其間若其以言則固不得深以為信也然彼之

於宗萬也（周八世說都事）則苟也人又能無爭於衛論即不能無

爭於萬為衛為後出而宗之爭之常也然宗萬而

出自彼則我弱彼強敵〔□〕信其宗萬外無他爭也故又

如其以來而於心殆猶釋也然即此宗萬之源而日

又見在我之懷之危懼愈企迫而愈不已（設）不意然

三月之久矣今於彼之宗萬也附其外是因彼忽

一旦而有爭於宗萬則我心愈不能釋然矣蕭之

為用雖不若葛之廣，然歲云暮矣，取采蕭獲薪取
蕭祭脂，亦人生之所有事也，特於彼采葛獨不可洵
信。惟采蕭更不及采葛之常而可久，我又安得遇處忘情
於彼乎？則如采蕭，一日之中不我之懷，三危懼所以
企望之甚，猶其不止於三月，亦直如三秋矣。三秋則九
月矣。彼之采蕭其可懼，交臣如是。語更進而彼言矣。
艾我之心豈更何如乎？艾者所以療疾，艾亦所以
又年之病，亦三年之艾。采艾雖亦為人生之所有事，特
其爭似不若采葛之常，復不如采蕭之暫，則其予直

使人不能暫釋矣故我於彼之所以采艾如此一日之中而
不見彼其懆懆危懼其憂久之殆有如三歲又三歲則更
秋三秋也矣此詩之大義全在葛蕭艾三字而以月秋
歲序之故乃更次第詳其義為懼讀之至後世之讀者知
但見其字之如草頭艾則概以如草忽忽耳此種摸
積之見為容以讀詩耶此詩單之所由後不能的
也